横看三国

——词话三国人物

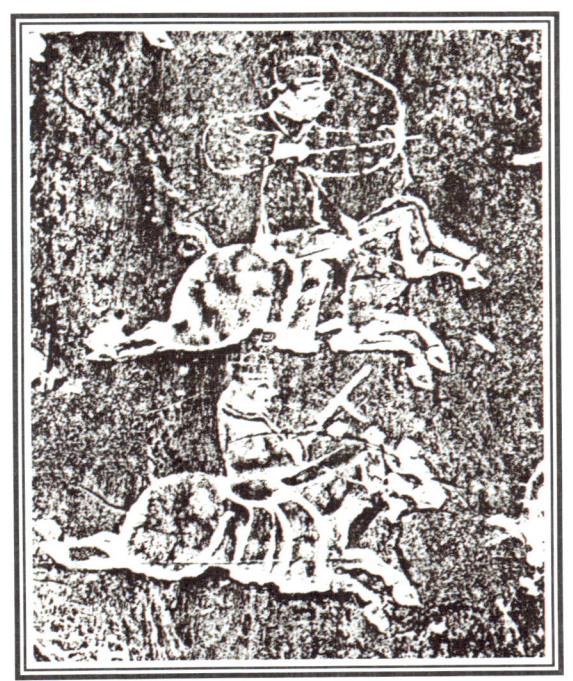

Mission archéologique dans
la Chine septentrionale | 北中国考古图录
Edouard Chavannes | 沙畹

EX.LIBRIS

中国画报出版社·北京

图书在版编目(CIP)数据

横看三国：词话三国人物 / 谢德新著. --北京：中国画报出版社. 2016.4
 ISBN 978-7-5146-1294-3

Ⅰ.①横… Ⅱ.①谢… Ⅲ.①《三国演义》－人物形象－文学研究 Ⅳ.①I207.413

中国版本图书馆 CIP 数据核字（2016）第 079953 号

横看三国：词话三国人物　　　　　　　　　　　　　谢德新　著
出 版 人：于九涛
责任编辑：史文良
责任印制：焦　洋
出版发行：中国画报出版社
　　　　　（中国北京市海淀区车公庄西路 33 号　　邮编：100048）
开　　本：16 开（710mm×1000mm）
印　　张：20
字　　数：324 千字
版　　次：2016 年 5 月第 1 版　　2016 年 5 月第 1 次印刷
印　　刷：北京通州皇家印刷厂
定　　价：38.00 元

总编室兼传真：010 - 88417359　版权部：010 - 88417359
发　行　部：010 - 68469781　010 - 68414683（传真）

目 录

卷 一

诸葛亮 /1
司马懿 /4
曹 操 /6
刘 备 /9
孙 权 /12
袁 绍 /15
曹 丕 /18
汉献帝、弘农王 /20
曹 睿 /22
刘 禅 /24
董 卓 /26
司马师 /28
司马昭 /30
司马炎 /32

卷 二

赵 云 /34
关 羽 /36
张 飞 /39
姜 维 /41
马 超 /43
吕 布 /45
周 瑜 /47
黄 忠 /49
陆 逊 /51

邓 艾 /54
钟 会 /57
司马孚 /59
卫 瓘 /61

卷 三

王 允 /63
庞 统 /65
郭 嘉 /67
荀 彧 /70
贾 诩 /72
荀 攸 /74
程 昱 /76
刘 晔 /78
桓 范 /80
李 儒 /82

卷 四

孙 坚 /83
孙 策 /85
袁 术 /87
刘 表 /89
刘 璋 /91
公孙瓒 /93
卢 植 /95
黄 祖 /96
陶 谦 /97

王　朗　　　　　　　　　／99
马　腾　　　　　　　　　／101
公孙渊　　　　　　　　　／103
韩　遂　　　　　　　　　／105
李傕、郭汜、张济、樊稠　／107
张　鲁　　　　　　　　　／109
孔　融　　　　　　　　　／111

卷五

张　辽　　　　　　　　　／113
张　郃　　　　　　　　　／115
曹　真　　　　　　　　　／117
徐　晃　　　　　　　　　／119
许　褚　　　　　　　　　／121
夏侯惇　　　　　　　　　／123
夏侯渊　　　　　　　　　／124
魏　延　　　　　　　　　／125
甘　宁　　　　　　　　　／128
徐　盛　　　　　　　　　／130
凌　统　　　　　　　　　／132
太史慈　　　　　　　　　／134
典　韦　　　　　　　　　／136
丁　奉　　　　　　　　　／138
夏侯霸　　　　　　　　　／140
张　嶷　　　　　　　　　／142
羊祜、陆抗　　　　　　　／144
曹洪、曹仁、曹休　　　　／146
郭　淮　　　　　　　　　／148
诸葛恪　　　　　　　　　／150

曹　爽　　　　　　　　　／152
孙峻、孙綝　　　　　　　／154
司马望　　　　　　　　　／156
杜　预　　　　　　　　　／158

卷六

鲁　肃　　　　　　　　　／160
法　正　　　　　　　　　／162
沮授、田丰　　　　　　　／164
许　攸　　　　　　　　　／166
陈　宫　　　　　　　　　／168
陈珪、陈登　　　　　　　／170
伊　籍　　　　　　　　　／172
谯　周　　　　　　　　　／174
郤　正　　　　　　　　　／176
张　昭　　　　　　　　　／178
诸葛瑾　　　　　　　　　／180
杨　仪　　　　　　　　　／182
李　严　　　　　　　　　／184
张　纮　　　　　　　　　／186
黄　皓　　　　　　　　　／188
十常侍　　　　　　　　　／190
邵　悌　　　　　　　　　／192
贾　充　　　　　　　　　／193

卷七

廖　化　　　　　　　　　／195
黄　盖　　　　　　　　　／197

孟　达	/199
刘　封	/201
邓　芝	/203
马　岱	/205
马　良	/206
霍　弋	/207
程普、韩当	/209
张任、杨阜	/211
诸葛诞	/212
毋丘俭	/214
周　泰	/216
孟　获	/218
严　颜	/220
庞　德	/222
李　典	/224
于　禁	/226
董　承	/227

卷八

曹　植	/229
司马水镜	/231
徐　庶	/233
崔州平、石广元、孟公威	/235
崔　琰	/237
杨　修	/239
陈　琳	/241
王　粲	/243
秦　宓	/244
阚　泽	/246

马　谡	/247
张　松	/249
彭　羕	/251
蒋　干	/253
许劭、紫虚上人、管辂	/255
胡华、郭常、关定	/257
左　慈	/259
于　吉	/261
何晏、邓飏	/263
蔡　邕	/265
华　佗	/267
郑玄、祢衡	/269

卷九

蔡文姬	/271
貂　蝉	/273
甄　后	/275
伏皇后	/277
小　乔	/279
孙尚香	/281
董贵妃	/283
甘、糜二夫人	/285
徐庶母	/287
吕布妻严氏	/288
孙翊妻徐夫人	/290
吴国太、乔国老	/291
夏侯令女	/293
蔡夫人、刘琮	/295

卷十

诸葛瞻、诸葛尚　　　／297

刘　谌　　　　　　　／299

刘　琦　　　　　　　／300

袁尚、袁谭、袁熙、高干　／301

关平、关兴、张苞　　　／303

夏侯楙　　　　　　　／305

曹昂、曹彰　　　　　／306

孙亮、孙皓　　　　　／308

曹芳、曹髦、曹奂　　　／310

后　记　　　　　　　／313

卷 一

诸 葛 亮

[水调歌头]

卧龙耕读家,轩开望桑麻。聚散白衣狂客,谈笑纵天下。观星位测流霞,演算太极八卦,思香帝王花。坐待三顾请,试黄钟釜瓦。

空钩钓。连弩发。戏司马。火攻借东风助。符遣六丁甲。尽收江山一担,付与衰翁痴子,不恋寸黄纱。风秋五丈原,熟陇黄绿瓜。

[词 话]

诸葛亮自奉早年"躬耕于南阳",敌手也常贬称他"诸葛村夫",这个村夫少时志向不在"菽麦桑麻",而在天下。草堂春睡,日迟方醒,观苍天为罗盖,视大地若棋局,不是个合格的村夫,耕耘天下,则极为称职。尽管仅收获天下三分其一,政治的魅力却远在统一中国的霸主之上,历史长河光环显耀不绝全在"神""圣"二字。

"神圣"这个词拆开来是神人、圣人,神人体现在无所不能,圣人彰显为脱俗无我。遍览史籍,数典传说,称为神人、圣人的不少,但集神人、圣人于一身者便寥寥了,诸葛亮当之无愧算是一个。神之智算为百姓所景仰,圣之忠贞为统治者所推崇,超时代、超阶层的溢美之词都罩在他的身上,可谓荣极备崇。

说他"神"，统兵布阵、谋划军机、治民立法、知人善任、宦海优游、文章传世，无所不能；知天文、晓地理、习民风、熟经济、工机巧、遣鬼神，样样精通。儒家的理想、道家的通达、法家的严治、墨家的奇技、纵横家的舌辩、阴阳家的装神弄鬼，兼修全备。未出山知三分天下，一出手脱颖显威，借力发功赢赤壁之胜，无中生有川蜀立国，以弱迫强六出祁山，撒手归天布排好身后大事……即便在失算失误、穷途绝境状态下仍导演出令人拍案称绝的"失""空""斩"，不是神人谁能做到呢？鲁迅以"诸葛多智而近妖"评价之。其实"神"与"妖""魔"甚而"鬼"在智能上均是超人一等的称谓。

说他"圣"，爱民如子，重诺至死，淡泊明志，教及后人，庙堂之高不置私产，忠心谋国矢志不移。世人论忠，往往读书立志时易，功名腾达时难；教诲别人时易，身体力行时难；位卑力不足放诞空谈易，权重一时自我约束难；伴明君易，侍庸主难；开国创业时易，功成守国时难；虑及人生苦短献自身易，念子孙传承有宁静心态难。对这些"难""易"的考验，诸葛亮都跨栏成功，不是圣人焉能做到？一个从僻乡陋野走出的二十多岁青年何来如此宽泛领域的近"妖"之智？一个熟谙官场规则、洞达世事精明的乱世能臣怎会有肝脑涂地、两朝事忠之诚？诸葛亮有超人的伟大之处，人们传说中的伟大还包括了人们的想象。《三国演义》中的诸葛亮是作者用理想化的笔触塑造的一个凝聚了封建士大夫情怀、志向、智慧、精神操守的理想人物，作者借助这个理想人物弘扬封建士大夫的志向与定力，理想的光环掩饰了他现实生活中的"不能"与"不可"。历史上真实的诸葛亮不是无所不能的，正史有"奇谋为短"之评；刘备身前身后的安排也定下了他不可不扶阿斗的楔子。他和刘备这对搭档演绎的一曲高山流水，成为历史绝唱，充分反映了"士为知己者死"这种封建士大夫力争人格尊严的最高信条。在卧龙岗耕读，抱膝《梁甫吟》，自比管仲、乐毅，诸葛亮青年时代人生志向的定位是明君的辅臣，他没有刘邦、项羽见秦始皇那种"大丈夫应如是哉"和"彼可取而代之"的志向定位。与一般人相比，他难得的是有非凡超人的定力，选定了终身的奋斗目标和人生定位，不受环境、时机等各种因素的此消彼长而变更丝毫。心灵上练就了"铁布衫"的功夫，世俗的刀剑再锋利也难刺伤他了。坊间有议诸葛亮之忠为"愚忠"，妄议他为何不选辅曹操，为何不取代刘禅。假若那样，诸葛亮便不是诸葛亮了，而是曹氏、司马氏。如此妄议诸葛之愚，只是用世俗的小聪明去判定他的大智大慧，在神圣的诸葛亮面前，不过聋人说声，盲人谈形，哑人论语，乱了标杆，论者自作聪明而已。磐石之定，洞烛之明。燕雀不识鸿鹄之志，夸蓬间之自在，哪知九天翱翔之逍遥？

司马懿

金缕曲

弱冠冷观棋,错过了,水火赤壁。候诸葛变阵斗谋,赢取得声名立。逼武侯,街亭失斩,无奈险弄空城计。柔克刚,笑对巾帼戏。君通《易》,擅进退。

绝唱远超兰陵曲,布大盘,曹魏宫局。装迂卖傻,坐大权臣藏尾迷,变川脸谁识已?君狩猎,看小鹿麋,三百家丁撬龙椅。泰始景,司马笑虏公泪,曹刘吴,空忙惜。

词话

司马懿与诸葛亮的斗阵斗谋是《三国演义》谋战最精彩的篇章。纵观三国这盘大局,司马懿是中盘入场的。在曹操时代,他始终未走上前台,先任上计掾,后又任文学掾,是个技术官僚。史载他给曹操献过军垦的主意,被采纳了,献策取汉中后乘胜攻刘备,未被采纳。他曾敏锐地感到曹操有野心,便装病辞官,被曹操派人夜刺,混过去了,后曹操以命相逼,才勉强出山。也许因此,曹操对他不放心,故一直未予重用。书中曹操还交代后代此人"狼顾",需防。曹操一死,此公横空出世,便不同凡响,与诸葛亮试比身手,逼得韬谋盖世的诸葛亮几次出征祁山未果,含恨五丈原。透过小说家的"失空斩""死诸葛吓退活仲达"这类传奇的迷雾,单就魏蜀的胶着战结局来看,笔者认为在这场争

斗的大盘中，司马懿虽输了阵，但赢了"势"。

司马懿的赢，并不是说他在算上要高于诸葛亮，公正地说，两人见识、韬略旗鼓相当，诸葛亮在某方面肯定高胜一等。对方出招，彼此心明，知天识地，互不相弱。司马懿的高明在于，他似乎始终将自己定于守的一方，不急、不缓，不与刚争锋，用一个忍字，应一个柔字，忍得奇耻大辱，柔得似缩头乌龟。在忍与柔中瞪大眼睛，等待对方的稍一松懈失误，哪怕是极微小的环节，决然一扑，让对手猝不及防。这正是高明的棋手，貌似用棋信手，不主动攻击，等待对方出错。可以说，他对阵诸葛亮，是"磨功"的胜利。胜则胜了，却没有慷慨激昂的豪迈气，反而留下了那些真真假假的窝囊形象。也许只有诸葛亮心知肚明。刚则易断，柔则难折，世上最难对付的怕就是这种牛皮糖似的"柔"与"黏"。

史论中还有一种说法：空城计是司马懿故意放过诸葛亮的。这个观点倒不仅是猎奇，似也有三分道理。以司马懿的识见、谋略，知己知彼，城中有多少军队应当晓之一二；且小城弹丸之地，即使有埋伏，怎能挡得他亲率的十万虎狼之师？这个"老谋子"也许具有高人一等的谋算：历史上"狡兔死、走狗烹"的例子不少了，何况他与魏延一样有魏武"狼顾"需防的定位。有诸葛亮的威胁，魏廷不得不用他，对手不存在，他便没有存在的价值。以自己当时在魏廷中的地位、影响、实力，远不到挑战的时候，仅是魏王冲锋陷阵的一枚棋子，可用可弃，因之时势。司马懿不傻，后世的邓艾、钟会傻，他何止是在与诸葛亮下一盘软功磨棋，更是与魏王府下一盘更深功夫的软功磨棋。这样便出现了魏蜀在祁山脚下拉锯般进行数年近乎游戏的战斗，两国的君主眼睁睁地看这两位高手斗技逗能，退退进进，谁也吃不了谁。诸葛亮也许更明白这一点，敢与实力悬殊的魏国大军主动对阵，且战必亲征。想后来，诸葛、司马不在，邓艾以区区精兵三千，奇袭功成，也许便是佐证。

如果说司马懿对阵诸葛亮打了个平手，他布盘的魏宫大局却最后完胜。当然，他将胜利果实留给了子孙。他虽没留下文字记载的《隆中对》，但他的功业超出了三分天下的隆中对。最后三国归晋，帝王花开司马家。想魏、蜀、吴开创基业者当初何等英雄豪迈，群雄并争高手云集，千姿百态，一个半道冲出，名不见经传的秘书郎竟凭借布下的棋局，以"绵""黏""柔"的功夫，巧取天下，曹刘吴空有叹息，诸葛地下有知，料想不禁唏嘘，还是"老谋子"厉害呀！

曹 操

满江红

浪子好痞,声色犬马伴岁去。逢乱世乾坤敢移,舍我其谁?刃利剑藏专诸鱼,马奔啸聚招盟旗。笑天下英雄皆豚犬,劲无敌。

江山弄,天子戏,又何惧,春秋笔?伟丈夫立世,比高天地。沧海横流博浪击,幽燕雨吟鬼神泣。铜雀台尽收普天姬,红帐语。

词 话

曹操以"奸"名震天下,传闻后世。其实这个"大奸"成为曹丞相的专属有些冤枉,想三国争锋群雄及麾下的那么多谋士勇将,用计用谋,置对手于死地,哪一个不是"奸"人呢?兵者,诡道也,诡通鬼,性阴,阴谋无阳,以谋作成事者,都可说"奸"。说他是"乱世奸雄"吧,这个"乱"并不由他所起,相反他因乱而起,治乱而兴,志在中原一统以结束天下纷乱。被称为英雄的人,也是有大谋划的人,这谋划要做到神鬼莫测,瞒天过海,方得成功。别人成功了,称为枭雄;曹操成功了,却称为奸雄。《三国演义》的作者以封建正统观念仇视曹操对待汉献帝的态度,将他的雄才大略、谋划事功贴上了"奸"的标签,这也是没有办法的事。反过来试问:倘若曹操将权柄交于汉献帝,他会不会成为下一个韩信？孱弱的汉献帝可否在群雄割据中威慑诸侯，实现北方乃至全国的统一呢？世人责其奸，更不能谅其奸，只有后来具有王霸之风的人才敢于为其翻案。

论辩曹操奸者雄者的文字已不少了，这里不想旧话重提，笔者印象至深的是他具有一种常人难及的豪气。这个阉宦遗丑，身上看不出丝毫不男不女、不阴不阳的遗传基因，相反从头到尾展示出一种男子汉的阳刚豪杰之风。少年时代放浪形骸，斗鸡跑马，连别人的新娘子都敢抢；初入仕，不过区区小吏，敢立杀威禁牌，当朝宠宦的亲弟弟也敢罚；董卓专权，不惧强势，置生死于度外，出专诸刺僚之举；逃亡在野，其心不死，散家财，举义旗，风萧水寒显壮士一去不回凛然之势；结盟讨伐，众军不前，孤军深入，兵溃败且不悔，愈挫愈奋，终于成一方诸侯。无论是在朝在野，弱势强势，他都展示出一种强悍之风，豪迈之气。华容大笑，横槊赋诗，幽燕雨吟……无不为这种豪气添加注脚。

也正因这豪迈，他不拘小节，轻慢祖法，用人纳贤不拘出身，不究瑕疵，身边围聚一群能征惯战之将、深谋远虑之士。也正因这豪迈，他当断即断，审人多疑，用人不疑，认准大势，敢于豪赌，不计较一城一池之得失，不拘泥斤斤两两之挫败，一往无前成就大业；也正因这豪迈，他敢于言别人所不敢言，敢于做别人所不敢做，用行为诠释后世王安石的"三不畏"。祖宗的法度、道德的规范、儒士的迂腐、史官的评价，在他那里，均成了焚纸的灰扬，该用时也许是工具，不该用时弃之不惜，什么也束缚不了他。在汉末那个讲究礼法、崇尚儒学的世界里，他像一只横冲直撞的野牛，踏碎缸缸罐罐，踏烂棘条荆丛，皮肉多伤流血，从不叫疼，相形见绌的那些畏缩于风雨泥泞，怯胆于柳衰花残的诸公，均败于这个王者的脚下。

有感于曹操之"豪"，笔者数年前曾写有一首名为《曹操本色》的诗，录之如下：

  也曾走狗放鹰
  也曾荒郊寻草
  荒唐事都成不凡人的非凡气度
  一切都因年少

也曾宫中行刺拔刀
也曾坐衙严法诛强豪
英雄事都成大英雄的惊世义举
一切都因年少
也曾横槊赋诗惊叹月明星稀
也曾东临碣石千年弄涛
千结肠展白云苍狗的情结
一切都因年老
也曾趁人生苦短陶醉杜康
也曾趁天上人间铜雀台笙歌良宵
风流人难还风流债
一切都因年老
也曾宁愿负人滥杀无辜
也曾兵败赤壁华容逃生大笑
也曾探枭雄青梅煮酒畅怀
也曾容狂生骂曹杀人借刀
处乱世不惧捉放
面强敌义旗敢挑
饱读书不拘于礼义道德
生阉门大展雄风呼啸
仗剑入朝独享九锡
气压群雄哪怕骂声如潮
这就是英雄本色
大汉丞相曹操。

刘 备

〔 汉宫春 〕

苗裔苍龙,草莽也枭雄。枝栖存志,云涌展鹏,尽显腾挪闪功。梅煮不醉,君心有桃园果红。漫神话徐州三让,抢荆益阿瞒同。

莫笑丈夫多泪,看山高石坚,柔水穿横。诸葛多智何虑,关张蛮野,马超霸勇,攻心上尽握掌中。白帝托孤轻弹言,一语哀定卧龙。

〔 词 话 〕

如果说曹操是霸道的代表,刘备便是王道的典范。霸道让人怕,王道使人敬,逐利期达之士疑王道而崇霸道,圣哲君子鄙霸道而仰王道,历朝历代黎民百姓莫不企望"王道乐土"。

刘备行王道之举最大的特点是以心服人,而不是依势压人。桃园结义、三顾茅庐、徐州三让、长坂摔子、白帝托孤,一系列精彩表演勾勒出刘备攻心为上、成就王道功业的形象。以"天时、地利、人和"评三国态势,刘备占人和,以"人和"占三分天下其一,力量虽小,但稳保一方安宁,史官春秋之笔也多溢美之辞,《三国演义》的作者更是将其书之正统,将扬刘抑曹作为小说的思想主线。

王道所体现的仁义礼信、尽忠爱民、谦和克己等理念在现实生活中带有理想主义的印记。这种理想色彩在天下大乱、诸侯争食的氛围中到底有多少可信的成分,人们是怀疑的。历史上不乏尖刻的批评家将圣人之道斥为伪道,甚至说圣人之言是引导人们变得虚伪的根源。因之对刘备的行为是真还是伪不乏议论。如果将曹操和刘备做一比较,我还是认为刘备的行为是真实的,至少在某些阶段、某种情势下如此。也可以说是不得不为的。与曹操相比,刘备有什么呢?出身、财富、社会影响力、所据地盘等可说是一无所有，想行霸道也无本钱。除了那稀释二十八代的皇胄血统，靠什么霸起来呢？又不甘屈居人下，只能选择慈爱、谦和的做派以赢取天下人心，再以这种人心所归去招纳文武有能之士，在诸侯多强的夹缝中左右逢源，寻找机会为自己争得一个地盘。徐州三让的戏，自知力所不逮，后来事实也证明了，真的占了徐州，板凳还未焐热，就丢盔弃甲，输得一塌糊涂。投曹操、依袁绍，曹袁待刘均不薄，刘却并没有投桃报李，更别说守住信义了，心存二意，寻机即叛。到后来，取荆州，夺益州，虽有几番犹豫，但该出手时便出手，不显丝毫的慈让怜悯。由此可见，刘备的王道之行是真实的，被逼的，不得不为的，实行得久了，成为他行为的招牌，不想放弃，放也放不掉了。

　　一无所有的刘备以王道的大旗扬名天下，靠这名份累积本钱，真正地获取荆益立足基业，还是依霸道行事。可也不得不看到，刘备在治国驭下的治术上，还是坚持了王道的理念的，并且取得了成功，比曹操、孙权都成功。细究刘备的基本队伍，关羽、张飞是布衣时的结拜兄弟，桃园一拜生死共存、矢志不移、贫贱不弃，不得不佩服刘备这当大哥的有几分能耐。三国中结拜的也多，曹操和袁绍，马腾与韩遂，拜也拜了，后来却兵刃相见，似刘关张者未见其事。赵云本是公孙瓒的部将，与刘皇叔一见便倾心至极，忠贞到底。按说荆益能人志士归心不易，刘备却能垂拱而治，上下同心，法正之类视为知己。收拾了刘表、刘璋这两个摊子，并未见刘备集团清除异己，排斥土著，以客欺主，先来者后到者各得其所，政治局面平稳和谐。这与曹操那边形成鲜明对比，曹操连追随他起事创业，功勋显著的荀氏叔侄都容不下。

　　最令人赞叹的是他与诸葛亮的关系，两人虽未桃园结拜，但诸葛一生谨守忠臣本分，以无所不知、无所不能、天下第一智士的大脑，事君两代肝脑涂地，能被刘备的个人魅力所感染，是难以想象的。如果刘备待人有伪，怕是无论怎么表演、遮掩也不会瞒过诸葛亮。刘备在世，有关张在，诸葛亮不可能张狂；刘备死后，诸葛亮还会那样对待刘禅吗？单纯从诸葛亮忠君克己这一方面看，恐怕还不够，还应看到刘备有识人、知人、容人、感人乃至人所不及的人格魅力。这靠的是王道，而非霸道。

　　刘备白帝托孤的一番话，引起后人多种猜疑。人之将死，其言也善，聪明盖世的诸葛武侯听了竟汗浃满背，伏地表忠，这表情有悲哀、惶惑、惊惧，甚而也有几分无奈与遗憾吧。托孤者，不仅诸葛亮一人，还有那位川蜀土著，志大不笨的李严。刘备让诸葛亮取而代之的半句话，大概在无奈中流露了真情，这真情便显出了三分"伪"，君臣相知了几十年，一刹那间，金黄铜镀的同心锁闪了道裂缝，也许诸葛亮的心被深深刺痛了。

孙 权

[念奴娇]

　　钟山灵秀，江东风流，月偏朗金陵秋。千里烟波雾瞳迷，荻苇深赤壁处。沉沙铁戟，筑城石头，笙暖秦淮楼。承父兄业，据汉玺光耀吴。

　　得失岂在荆州？尽周郎才，督阿蒙读书。七百里连营何惧？有书生缚龙手。东风眷顾，天寿也助。碧眼儿福多，合纵连横，据天堑戏曹刘。

[词　话]

　　三国君主中，孙权是个有福气的主儿，相较于曹操、刘备，他的运气是最好的，看来人生祸福，不讲一点儿命运是不行的。曹操殚精竭虑，左冲右杀，奋斗至死，也未坐一天皇椅，反而落了一个万世奸雄的骂名；刘备惨淡经营，几经生死磨难，好不容易从族兄族弟手中窃取一块地盘，称帝号没几天便撒手归天。孙权凭借父兄开创的江东基业，留下的文臣武将，不急不抢自然坐上吴王的位置，统治的是中华富饶之土，凭借的是长江万里天堑，除了赤壁拒曹、夷陵抗蜀两场惊吓，基本上是顺风顺水，在乱世中做个太平天子。更为难得的是长寿，曹操、刘备没法比，曹丕也没法比，运气不错的司马师、司马昭也没法比。论在位时间，唯一可比的是刘禅，但刘禅有亚父丞相独揽大权，难以说一不二，尽管诸葛丞相忠于刘氏没有二心，但在权力掌握上，他都与高高在上的傀儡皇帝没有区别。孙权却不同，弱冠挂侯冠，乃至后来称帝，一直大权紧握，没有人挑战他的生杀大权，众臣俯首，他哂然称朕，谁也不能有丝毫拂逆鳞之念。

孙权的福，有运气的成分，但也不可说单凭运气，还与他秉承帝王天赋和聪明才能分不开。因《三国演义》写魏蜀事多些，全篇结构中吴仅是个配角，对孙权的志向才干、安邦治国、招贤纳士的举措着墨少些，渲染不足，但从字里行间衍化的细节处，明显可看出孙权作为一个合格君王的识见、才能。孙权接管的大都是父兄留下的老臣老将，他们并不是随孙权血里火里走出来的，故没有生死与共的战斗情谊，却甘心情愿接受这个儿辈主子的调遣，小小年纪没有三分能耐是做不到的。魏国有叛乱，蜀国也有叛徒，但在吴国似乎找不到叛变的例子，这是很不容易的。说明孙权驭下之术有过人之处。

再看，孙权审时度势，当断则断，大事不糊涂。赤壁主战，力排众议，以弱少江东之众击败曹操百万大军，渡过了他一生中最大的政治危机；在三国中，他所处的境内最为平和安宁，但却"缓称王"，最后一个当皇帝，相反却劝进曹操称帝，聪明的曹操一眼看穿孙权的聪明，以"小儿让我在火口烤"来比喻孙权的狡猾；将关羽的首级送给曹操，显示他擅长借刀杀人、不争锋树敌的纵横之术；对三足鼎立，联蜀抗曹的战略他与诸葛亮心有灵犀，刘备报仇发怒七百里连营击吴，孙权初时是讲和的，被拒绝后迫不得已才战，以胜利之师不追穷寇，及时接住诸葛亮放的和平鸽，以后吴蜀再无大战，这与孙权为吴确定的外交方略是分不开的。

赤壁之战与夷陵之战是孙权一生中面临的两次危机，均是以弱小抗强敌，孙权不仅显示出决策上的果断，也表现出用人上的大胆。周瑜和陆逊，两位弱冠书生，世知有限，资历更浅，孙权敢于对其临危拜将，准其全部杀伐大权，没有一丝犹豫与干预。尽管程普、韩当等老将老臣怀疑不服，孙权全然不顾。没有超人的胆识和魄力是难以做到的。这两处大胆举动在曹操、刘备那里是见不到的，即或是求贤若渴、宽厚待人的刘备三顾茅庐请来的诸葛亮，初时仅授予军师之权责，何况那还是草创时期。付家国之命运悬于名不见经传两书生，没十分大智大勇，何敢也。孙权用周、陆，用得漂亮，周、陆报孙权，也干得漂亮。要记功，应记孙权头功。

无怪乎，连自信满满的曹孟德也仰天长叹，生子当如孙仲谋！何止刘表之子皆豚犬，曹操呢？刘备呢？其子难比孙仲谋！曹操如有憾，与孙坚契阔有年的他，这或许是人生的最大憾事吧。

袁　绍

> **满庭芳**
>
> 三公四世，人羡袁郎，轻裘少年狂。檄召天下，主盟射天狼。马踟蹰洹水钓，踢筵抢食诸侯王。神州乱，应本初愿，风紧旆旗张。
>
> 与昔日兄弟，官渡对垒，逞符坚霸，聚文武盈帐，投鞭断江。漫夸百阵取胜，兵溃一战气数伤。撒手悔，鄙马弓手，斩文丑颜良。

> **词　话**

封建王朝末期，往往是庶民起义发端，动摇瓦解统治基础，天下大乱，各藩镇起兵，以勤王为名，借镇压民众起义的口实，登上更高的历史舞台。最后由旧王朝统治者中的一员替代旧王朝统治者，窃取胜利果实登上大位，像朱元璋以贫民、刘邦以低层小吏的身份取得胜利的屈指可数。汉末这一段历史也不例外。继桓灵之后，收拾残局，重开新朝，按道理袁绍最有可能当皇帝。他四世三公，树恩天下，早列朝班，且有大志，几番折腾，割据一方，率甲数万，武将谋士云集麾下，不然十八路诸侯讨董卓，也不会共推袁绍为盟主了。可惜袁绍将这个机会错过了，白白浪费了他曾经拥有的最大本钱赌注。官渡与曹操一战而败，最后家败身亡，输得很惨。袁绍对曹操输在哪里呢？其实在两人刚出场时，袁绍劝何进引外将进京，曹操反对，两人的见识优劣便一目了然。官渡战前郭嘉的一番妙论分析透彻，用一句话概括：失败在他公子哥儿的个性上。因他的门第太高了，成长的条件、环境太过优越，把事情想得太容易，有些东西得来的又确实容易，更助长了他的自负。他从内心里傲视一切，对人驾驭，身份看得很重，这从当初会盟时，鄙视关羽张飞便可见一斑。尽管他做了些礼贤下士的举动，不过是为了虚名，"外宽内忌"。判断大势，做战略决策，处理具体事情，他往往从随心所欲出发，用现代的语言说，太过任性，以致一错再错，满盘皆输，临死都未有悔意。

至少有三件事助推他致命的失败：第一件事是，汉献帝失去长安，流浪时，沮授劝袁绍收留，因袁绍本来对汉献帝的上位就有意见，故不喜欢他，大概也是担心身边有个发号施令的皇帝，自己不大自由，就没有采纳沮授的建议，白白给曹操送去个机会，以后的历史证明，曹操功业的成功很大的因素是"挟天子以令诸侯"。须知这机会本来是袁绍的。第二件事，刘备与曹操在徐州大战前，向袁绍求救，还搬出了袁绍口口声声景仰的大儒郑玄，也是这个沮授建议出手相救，因为这不仅是助刘备，也是牵制、消磨曹操势力扩张的好机会，以较小的力量支持盟友去与强敌作战，从战略考虑是划算的事情。袁绍不是不知这个理，不是不同情刘备，不是不愿出手相救，只是因为他喜欢的小儿子生病，没有心思，将这个稍纵即逝的战略机会错过了，使曹操轻轻松松地打败了刘备，占领了徐州这个战略重地，以致后来曹军可集中力量与袁绍决战，一想这件事都觉得荒唐。第三件事，袁绍仗着兵强马壮，劳师远奔，主动去寻找曹操决战，谋士田丰正确分析，袁军虽众但勇不敌曹军，袁绍一方的优势在粮草充足，后勤有保障，曹操的劣势在地穷粮少，这时应当深沟高垒，以逸待劳，让曹操兵疲粮竭，不到两年，天下大事可定。这正是司马懿后来对阵诸葛亮所用的"蘑菇"战术，事实证明很有效。光脚的不怕穿鞋的，因光脚的不怕输，而穿鞋的却没必要去与光脚的拼命。袁绍公子哥儿的毛病又犯了，偏偏要与光脚的去斗命斗狠，在没有联军的情况下，逆势去寻曹操决战，又加上后来还犯了些无可挽回的战术性错误，将自己世袭家族庇荫，积累多年的本钱孤注一掷输得干干净净。兵败后,不仅不去赏当初提正确意见的田丰,还赌气杀了田丰,活脱脱将他公子哥儿的习气表现得淋漓尽致。

其实袁绍这个人是不笨的,而且还有本事,有魄力,当初杀宦官,斥董卓,主盟讨卓等举动都展示出英雄本色。几个儿子也都很有本事,但后世的悲剧命运说明,后代也继承了他的公子哥儿习气,自负、狂妄、不容人,兄弟相斗,最终走上不归路。他的兄弟袁术也是如此,以自我为中心,任性偏狭,目光短浅,像刺猬一样乱扎人,兄弟不能抱团取暖,最后同归于尽。

曹 丕

风流子

建安七子名,侪三曹,道德文章成。堪叹帝王功,托父庇荫,与弟争声,青史书平。有谁念,往矣品百家,君《典论论文》。非仅尚武,君也擅文,风华迭代,光灿魏晋。

皇家千秋业,拒谁能?建安终黄初兴,新庭业旧朝臣,君熟二柄。江东坐孙权,蜀地孔明,君实不易,乾坤挪腾。悔托孤多司马,错也恨恨。

词 话

曹丕其实是个了不起的人,也是个很有作为的君主,无论是《三国演义》还是人们的印象中,均忽略了他的才能和作为。原因是老子曹操的事功太光彩夺目了,弟弟的文采辞章影响太大了,压抑了他的历史位置。一般来说,创业之主王者之气,霸业之势,强悍的魄力先声夺人,往往会使第二代继承者只能当个守成之君,弄不好还显得平庸猥琐。刘邦如此,李世民如此,秦始皇更如此。与曹丕同代的孙权、刘备之后更莫论了。曹丕是走出了这个阴影的,曹操撒手时,留下的摊子外有孙权、刘备这两个劲敌，内有已练达成熟的汉献帝及宿臣老将，功业平平的曹丕接手这个摊子，稳定局势，收揽人心，防止崩盘已不易，继魏武遗志，有更大的作为更是极难。曹丕做得不错，对外守住了疆土，对内安定了人心，镇住了汉献帝，没有杀伐，没有大的清洗，使得随父王南征北战的老将谋臣乖乖听自己的指挥。对王位曾有非分之想的几个兄弟也被慑服。更重要的是，逼汉献帝退位禅让的大戏是经他的手完成的，虽靠的是老子打下的基础，但皇位的移挪平平稳稳，没引起什么骚乱，和平过渡。对外战争，攻守有度，这个度把握得也十分好，没有犯袁绍官渡之战、父王曹操赤壁之战这样性急的战略错误，拖得蜀吴国力逐渐衰退，为后世谋得一个好"势"。更难得的是，曹丕做到这些，是在朝纲乾坤独断的情况下，没有哪个权臣牵制到自己的决策，这与刘禅大大不同。

史籍与小说直接留下曹丕惊天动地功勋的并不多，因当了皇帝，精彩的故事都记在执行者身上了。所谓《本纪》成了《起居录》，少略记载的一件事可以看出他的识见：刘备为关羽报仇，举全国之兵讨伐孙吴，夷陵摆开七百里连营战场，消息传到曹丕这里，曹丕评说："备不晓兵，岂有七百里营可以拒敌者乎！""包原隰险阻而为军者为敌所禽，此兵忌也。"后果如其言，可见他的见识不凡。再看用人，内用贾诩，外用曹真、司马懿，都是当时一顶一的极品人才，刘备说诸葛亮"才胜丕十倍"，诸葛亮殚精竭虑出祁山难乎其难，名在司马懿，究其功还在曹丕。

曹丕还是个很有文采的皇帝，史载"帝好文学，以著述为务，自所勤成垂百篇"。身为"三曹"之一，留传下来的著名的《典论·论文》是古典文论经典之著。因父亲功太显著，掩了他的事功；因弟弟才太高扬，掩了他的文名。又加上年过四十，英年而逝，没有孙权那种寿福，来不及统一天下。还有，对人对事虽学会了其父的一些阴谋和盘算，却少了些曹操的旷达与豪气，只能"青史书平"了。

汉献帝、弘农王

〔水龙吟〕

美高祖三尺剑，斩白蛇汉家气象。大风起兮，聚云飞扬，摧枯拉朽，声昂还乡。江天有变，光武转寰，调天兵天将，托金阙，诛王莽。

堪叹龙子末世，寒蝉秋凄切宫墙。袭黄龙袍，系紫金蟒，颁鹦鹉旨，囚华殿堂。识马指鹿，魂惊锡杖。夜数更漏，昼望雁行。子胥何去？城头目张。

〔祝英台近〕

王也帝，帝也王，连理隔烟墙。陌上柳秋，枝瘦垂落阳。无絮飞丹阶白，昔日别样。钟晚惊社鼓瞑鸦，洛水长。问否约归期来，传书逐逝浪。虚梦真幻，怎不语父皇？帝哉王也，岂脱得黄雀罗网。

〔词 话〕

汉献帝是董卓扶上来的，代替了弘农王，他当时还是个稚童，就是因为机灵一些，乱中不慌，会说几句话，被董卓看好。当然这是表面上的，根本原因还在董卓这个权臣要以皇帝换马来显威，自己立的人会更听话，董卓死了，他立的皇帝大家还认账，这在史书中不多见。弘农王被逐下皇位不幸，汉献帝当这个皇帝是幸还是不幸，还真不好说，长安之乱，洛阳逃难，历经磨难，被曹操收留后，方得喘息，从此被高高捧起，成为曹操吓人的画像。这一当竟然十几年。

傀儡皇帝的滋味不好受，特别在曹操这个集能臣与奸雄于一身的权臣面前，要忍让还要显摆一个架子，要争斗还要不捅曹操的肺管，世人骂曹操"托名汉相,实为汉贼",但"曹贼"却始终没有以魏代汉。除了曹操这个大政治家站得高看得远,考虑较多外,汉献帝恐怕也有机巧聪明的一面,没有使曹操忍无可忍。与虎伴食若许年,既没被取而代之,也没再演换马的游戏,也是很不容易了,内里乾坤牵涉皇家秘闻,史书透露不多,常识推测肯定有不少故事。

想刘邦英雄一世,光武帝刘秀砥柱擎天,后来的子孙这么被人玩弄于股掌之间,祖宗叹息,子孙怕也不甘。汉献帝也是不屈服命运摆布的。他封赏刘皇叔,两次发密诏,也想勃然一击,从权臣手中夺过权力,却都以失败告终,牺牲了自己心爱的皇后和爱妃。奇怪的是,看事甚明的曹操追究这两件事"到此为止",一直没有废汉献帝,可见汉献帝还是具有曹操不舍的地方。后来曹操还将自己的女儿送给他当皇后,这除了有加强控制的成分,也说明汉献帝身上有可爱之处,不然曹操不会将自己的女儿往火坑里推。更为奇怪的是,后来曹丕代汉,曹氏皇后大义凛然地站在汉献帝一边,叱骂她的兄长曹丕,可见汉献帝还很会哄女人喜欢。

曹操在世,最起码汉献帝还过着安稳的皇帝日子,没权就没权,反正也不操心,美酒美食有,美丽佳人有,人生若此,还图个什么呢?曹操一死,好日子似乎到头,曹丕就不客气了,迫不及待要当皇帝。汉献帝尽管无可奈何,倒也识趣,举手谦让,表现上心甘情愿,亲自出席禅让仪式,还给曹丕送去几个绝色美女,弄得甄后失宠,让曹丕无话可说。汉献帝反正也忍惯了,心理不平衡就再忍着吧,反正社稷和江山也是夺来的,享用了几年,没有以脑袋去还就万幸了,去做个山阳公,美酒美食仍有,美丽佳人仍有,后来寿命还较长,不仅熬过了曹操,还熬过了曹丕,明帝时才死。中间没什么记载,看来很守规矩,以至死时,明帝还"素服发哀,遣使持节典护丧事"。追谥为汉孝献皇帝,葬以汉礼,比起曹刘吴的后裔来,生虽不大安乐,死亦安乐也。比起他代之为帝的弘农王,更要幸运多了。虽都是落网的家雀,一个早死成盘中菜肴,一个苟活于世,养之供观赏,都是悲剧,悲则不同。

曹 睿

[潇湘雨]

　　幸生曹氏子，太祖宠深宫有识。感父胆代汉，昨魏王宫，今育龙池。承文武有致张弛。驾驭得，大将军司马，亲征披挂常胜，见著知微，料吴蜀事。

　　念念，嫡母非命死，少年射鹿堪怜子。恸父王悲悔，显孝勇智，滋悯仁慈。兴魏业叹叹后有人，早夭折惜惜借斜日。又哪知身后事，三国一统，竟归晋祠。

[词　话]

　　比起刘备、孙权来，曹操还是幸运的，儿子曹丕争气，孙子曹睿也争气，虽然后裔最后都殊途同归，五十步笑百步也当自豪。

　　曹睿封明帝，这个"明"字倒恰如其分。除开国元勋外，史书中皇帝的"纪"一般是较乏味的，无外乎改元，谁死，天象异常，大赦之类。也确实难生动丰富，事都是大臣将军们干的，记在各自的"传"上，剩下皇帝可记的也只有这些了。明帝的纪要丰满多了，比较一下，甚至超过了老子曹丕。原因是他在重大事件上均有自己的判断，且英明，有预见，史官虽有溢美的地方，想来事实也大致如此。以下几件令人印象颇深：其一，刚登基两个月，孙权趁新君未稳出兵攻江夏，朝议发兵救，明帝认为，权习水战，敢于下船陆攻，不过趁敌不备，现已相持，攻势不会长久的。于是不派兵，只派劳军的官员沿线发动人在山头举火虚张声势，便将孙权吓跑了。其二，诸葛亮兵出斜谷，明帝命司马懿领兵拒之，亲自下诏规定战争方略："但坚壁拒守以挫其锋，彼进不得志，退无与战，久停则粮尽，虏略无所获，则必走矣。走而返之，以逸待劳，全胜之道也。"人们称赞司马懿对诸葛亮的以柔克刚，以守应攻，"蘑菇"战术以磨取胜，看来战略方针还是明帝制定的。作为一个英气逼人的盛年之主，对前方大将不催不督反而让其坚壁严守，这理智、气度、智算不是一般人可做到的。其三，蜀、吴两路大军夹击，明帝亲率一路拒退孙权后，大家都建议转战去攻诸葛亮，明帝却说："权走，亮胆破。"那边还有司马懿，不必担心。果如所料，得知孙权兵退后，诸葛亮也无心恋战了。类似的记载还有好几件，可见史评其"沉毅断识"绝非妄言。

曹睿的母亲是甄后，后期被打入冷宫，没有寿终，他是由郭后抚养大的。也许幼年丧母的悲痛对他的打击太大，养成他沉毅冷静的性格，又加上天资聪颖，心地慈仁，留下不少善政趣话。最有名的是随父王曹丕狩猎，曹丕射杀一只母鹿后，要他射杀幼鹿，曹睿流泪拒绝，"陛下已杀其母，臣不忍复杀其子"，借鹿喻己，讽刺有度，可与叔父曹植的《煮豆诗》相比。谦让的山阳公即汉献帝死后，明帝用汉礼葬之，并追谥为汉孝献皇帝，"葬之日，帝制锡衰弁绖，哭之恸。"其情至真，实属不易。他还发了一些深得人心的诏书，对外藩，对封王，对社会的弱势群体，体恤关照，书之有史。可惜他三十多岁便死了。如果长寿二十年，也许魏又是一番气象。

史书还说，他"口吃少言"，在东宫时，不交朝臣，不问政事，唯潜思书籍而已。因为与朝臣不太接触，大臣们也不了解他，刚继位时，都想一睹风采，他也不见，过了好长时间，才召见侍中刘晔，"语尽日"，刘晔出来后，大臣们都问新君主怎么样，刘晔答："秦始皇、汉武帝之俦，才具微不及也。"从他以后的所作所为看，刘晔的话倒也不仅仅是拍马奉承，曹睿确算得上一个有作为的君主，可惜在位时间太短了。缺点也有，一是喜欢大修宫殿，秦皇汉武好像也有这个毛病；二是太信任倚仗司马懿了。后来托孤虽也安排曹爽以牵制，但白费心机，为司马氏篡权埋下了祸根，这个责任他首先要承担的。可若干年之后的事，谁又能想得到呢？司马懿至少与曹操类似，在世并未代魏。

刘 禅

[千年调]

　　父志纵天下，掷子早忘家。少年苦漂泊路，草贱失志，人踏弄傻。似疑幻黄金榻，胡语戏，管弦乐，蜀锦华。

　　得乐且乐，百年过隙马。说什么兴汉祚，盛汉履麻。晋宫有酒，何忧思家。谁聪愚？君笑我，我笑他。

[词 话]

　　阿斗已经成了愚钝及不争气子孙的代名词。想刘备枭雄一世，竟然生下这么个儿子，还是赵云舍命两次救出的，戏语之余人们会为之叹息。这不仅仅是刘备一人的遗憾，想秦皇汉武唐宗宋祖，儿子赶上老子都难，比起胡亥、晋惠帝等不肖之徒，刘禅还是不错的，只能说是平庸。平庸还算知趣，听从先帝遗命托孤，内外大事全交给诸葛亮，当自己安乐小皇帝，没有捣什么乱，偏安一隅苟延残喘了二十多年。后来又将军权交姜维，政权托蒋琬、费祎，基本按诸葛亮的后世安排没走样。尽管中间有点儿小摩擦，大的决断没有更改，甚至姜维闯入后宫，当面指责他重用宦官黄皓，他也不发怒，而是不顾君王尊严，替黄皓求情，从国之大局出发，也算难得，略显得乃父之遗风。

　　后世看不起他，笑话他，一是邓艾兵临城下，不依凭成都城固坚守，轻易举起白旗，闪姜维几万大军于外；二是被俘困于晋宫后，安然享乐，乐不思蜀，全无常人心肝。这两个表现确实不能原谅，平庸乃至极其无能，昏聩以致恬不知耻，平头百姓如此尚引众谴，何况一国之君。史书载他十七岁当皇帝，生于小沛城，生下不久，刘备便丢了小沛，抛下他处于流浪之中，即使是小说所写赵云长坂坡相救和从孙尚香手上飞舟夺过他的情节属实，也说明他年少阶段生活有过极大的不安定，小小年纪被两次动乱惊吓坏了脑子也说不定。《魏略》记载的更为传奇：他从小沛失散，并没被赵云相救，而是飘零流落，几次被人转卖，后被一个叫刘括的商人买来当义子，还给他娶了老婆，在汉中遇到刘备的部下，向张鲁要回他，回到刘备身边。对这段传奇的真伪，史上有争论。但不管怎么说，他并不是一直"生于深宫，长于妇人之手"，锦衣玉食安稳长大的。苦难会给人坚强，苦难也消磨斗志。刘禅大概属于后一种性格。其实作为枭雄的刘备身上何尝不也具有这一面呢？东吴招亲差点儿中了孙权、周瑜的圈套，在温柔乡里沉醉熏风，连家国都忘了。曾做到春秋霸主的晋文公，在外流浪多年复国无望时，也曾陶醉于齐女的温柔红帐，大志抛到九霄云外。刘备、重耳那时身边都有一班鞭策的大臣，使他们不得随心所欲。诸葛亮在世时，刘禅性格的这一面难以暴露，没有了诸葛亮，一直在大树底下乘凉的刘禅遇到那样的场面确实没办法招架。保命第一，享乐为要的破落子弟心态占上风了。

  世人没少议论刘禅的真傻假傻，其实是真中有假，假处亦真。分析他的成长经历、性格特征，再看他的降与安，可说是真。投降时还那么诚恳，连棺材都带上；面对晋宫的调戏安之若素，语以"乐不思蜀"，只能说他是假傻、装傻。从皇帝到俘虏，已经人生如戏了，干脆将这个戏演逼真，保全了性命，也保全了富贵。不如此又有什么办法呢？发牢骚，有怨言，不服气，恐怕连脑袋都保不住。南唐李煜不就是这种结局吗？连老婆被人霸占都不敢吭气，还去作诗发什么牢骚，白送了性命，也成不了英雄，那才是真傻吧。至少在刘禅的思维定式中，会有这个意念。

  傻人果然有傻福，且看司马氏如何对待当了俘虏的刘禅："食邑万户，赐绢万匹，奴婢百人，他物称是。子孙为三都尉封侯者五十余人。"比起大汉江山基业正稳时，父亲在织草鞋卖，不可同日而语矣！

董 卓

好事近

生胡地天狼，沐冠长安嚣狂。杀伐金殿如戏，血溅屠宰场。

东施但效伊霍事，断头思西凉；草长羊正肥也，帐暖待酋王。

词 话

董卓之乱，成为压垮东汉江山的最后一根稻草，虽汉献帝随曹操又做了十几年皇帝，但汉作为一个朝代，事实上已崩溃了。大乱的由来，是召董卓进京，始作俑者为屠夫出身的国戚何进，也为后世平宫乱召外将作祸提供了明鉴。

糊涂主意出自大将军何进，当时的曹操劝何进之语是有见地的，诛杀无兵权的十常侍，几十兵士足够了，何必要召虎狼之师入京呢？握重兵的藩镇，哪个没有野心？奉旨明正言顺领兵进京师，请神容易送神难。史载和小说都将董卓刻画为一个残暴有野心的军阀，岂知召来的不是董卓，任何一个外将都会引起朝廷动乱，最后不好收场的。

董卓其人本身的素质也不足以临危受命，再稳社稷，充其量是酋王。长期生活在西北荒漠之地，与羌胡不发达的边民打交道，感受中原文明风习较少。他身上有侠气，有胆气，但更多的是野气。史传载其两件事：一件是"少好侠，耕田于野，有豪帅来杀耕牛待客"。感动得豪帅得杂畜千余头以赠卓，可见很讲哥们儿义气；另一件是与羌胡作战，伪装钓鱼，拦坝蓄水，待追兵至，毁坝放水，挡住敌军，胆略与小计谋也有一些的。侠气、胆气可以成就他为一方诸侯，但难担任擎国支柱，后来所见的韩遂、马腾等都是如此。这样一个粗野的武夫到了京师，执掌了宫中生杀大权，可想而知，荒唐事不会少干。换皇帝，擅嗜杀，乱分封，铸小钱，一朝权在手，行事任疯狂，是不足为怪的。史载他的残忍不仁少见，"时适二月社，民各在其社下，悉就断其男人头，驾其牛车，载其妇女财物，以所断头系车辕轴，连轸而还洛，云攻贼大获，称万岁。"这哪像一个独断朝纲的治国太师，简直像个流寇强盗。还筑郿坞，与长安城一般高，"积谷三十年储"，说成就了大业，雄据天下，不成的话，守此以养志。后来的公孙瓒也这样筑易京，认为别人攻不进去。小家子气可见一斑。庙堂、朝野经纬之士何止万千，看你张扬，待你疯狂，寻机一击，不灭才怪。

董卓行事残暴，最后自己死得也惨，被人在肚脐点天灯。后部众再犯长安，收尸再葬，偏天下暴雨，冲塌坟墓，暴露尸体，真可谓死无葬身之地也。看来上苍也以暴易暴，以解民恨吧。

司马师

师师令

天赐帅家,名重三司马。上阵逞勇父子兵,将门虎崽看仲达。上方谷困神之助,龙兴归汝家。

仗剑临朝效魏武,威威天子怕。亲征不惧箭矢雨,目疾误江山撒。权臣自有后来人,兄技弟耍。

词 话

晋之龙兴,起于司马懿,兴于司马师,旺于司马昭,定于司马炎。师昭两兄弟长期随父转战南北战场,出生入死,历练有年,父子兵上阵成为魏战场的一道风景。比较司马师和司马昭这两兄弟,似乎司马师更有领袖的风度和气质,可惜四十六岁便死了,让司马昭捡了个便宜。说这话史书是有证据的:司马懿诛曹爽,仅与司马师一人商量,起事的当天早上才告诉司马昭,做大事前,司马师安睡如常,司马昭却睡不着觉。司马懿都夸赞司马师"此子竟可也"。小说书写司马氏仅

依仗几百家丁成事，其实不然，司马师早已养了三千死士，分散在民间隐藏，当日一声令下，集中效命，成为司马氏与曹爽较量的主体力量。可以说，在这具有转折意义的一仗上，司马师是唱了主角的。

　　接过父亲司马懿的遗产后，司马师一刻也没停止削弱曹魏的皇权，镇压中书令李丰为首的更换辅政大臣行动，逼死有异心的叛乱，果断换了心有不服的皇帝。这些较为彻底地动摇了曹魏政权的基础，趁机布局安插亲信，以晋代魏格局基本形成，剩下的只是时间问题了。只是司马师看来没有当皇帝的福分，天不假年，一个小小的眼疾便使他丧了性命，只好无奈地将权力过渡给弟弟司马昭，由司马昭血统去黄袍加身了。可谓谋事在人，成事在天，幸好肥水没流外人田，皇权归司马氏。他后来被侄子加封了个景皇帝，封得也有讲究，弟弟为文皇帝，"文景之治"本是父子相传，这封号兄弟同列本不宜，反而弟前兄后，有什么办法呢？谁让他死早了呢？

司马昭

昼夜乐

　　仲达狼顾望后人,奈此子,谋业成。军旅飞燕踏马,宦海门授权经,十年磨剑炉火青。效王莽,不羡周公,何畏路人知,坦坦代曹心。

　　操弄权柄线牵影,逆者亡,顺者存。杀伐决断慑三军。落子棋高一着,堪笑邓艾钟会能。天不寿,黄泉知命。有小儿出息,看三国归晋。

词　话

　　一语"司马昭之心,路人皆知"成为野心家的代名词,这对司马昭倒并不冤枉。晋代魏,前台戏司马昭已基本唱完,晋公的封号,也是司马昭开始的,与父兄的性格、做派相比,如果说父亲司马懿擅权专政还羞羞答答,兄长司马师还用虚情假意包裹的话,司马昭干脆赤裸裸地,野心毕露,行为方式更为霸横、强权,顺者昌,逆者亡,不管天王老子,该杀该斩果敢决断,不需要一丝面纱去遮遮掩掩。

　　当然,这与他的父兄打下的牢固基础分不开,可司马昭也确有野心家的

狠道风格和强势才能。纵观他率兵征伐的阅历，要超出其兄司马师，也不亚于其父司马懿。在战场上，能攻善守，料事奇准，均有不俗的表现。平叛诸葛诞之乱，消解诸葛恪之围，击退姜维之攻，场场皆胜。派钟会、邓艾两路大军伐蜀，一举灭亡蜀国，并有先见之明，提前布局，防范二士争功、钟会叛逆出现的不良后果，显示出他的雄才大略。

　　司马昭的强权也确实够狠的，凡阻挡他道路者，格杀无赦，连名正言顺的皇帝也敢杀。可怜的高贵乡公曹髦不知天高地厚，凭自己的皇帝身份，想着舍命一击，侥幸取胜，而对司马昭这样天不怕、地不怕，且手段老辣的角色，只有送命的份儿。死了连杀人主谋凶手都未得到惩罚，尽管朝野皆惊，也仅杀个替死鬼搪塞了事。在东汉末乃至三国纷争中，敢杀名义上皇帝的恐怕只有司马昭，董卓仅毒死个无权的弘农王便惹得天下大乱。因此，要论三国第一狠，怕是非司马昭莫属。这样的人竟然寿终正寝，儿子还稳稳当当当了皇帝，延续近百年的江山，可见天道也不公。当然，晋以后司马氏"八王之乱"，窝里乱杀，大概也是偿还昔日杀戮太甚的债吧。

司马炎

[庆春泽]

祖辈远谋，父伯浴血，夺得魏武基业。文附武归，英雄落花去也。笑三国末代亡君，筵前欢，筝鸣击缶，长揖拜，喋声朝事，只谈风月。

收拾得四海一统，连缀得金瓯缺。赤壁櫂唱，幽燕烟雨，大江去人评说。五丈原松秋悲歌，铜人泪，岁月淹得。洛阳春，燕归柳新，晋家宫阙。

[词　话]

像司马炎这样的开国皇帝不多，江山基本上是上两辈创下来的，自己坐享其成捡个便宜，而且王朝还不短命，延续将近两百年，不得不感叹他的幸运与福气。

幸运的首先是自己的父亲不是长子，却接了班，作为长子的伯父英年早逝，还无后，过继的儿子不是他，而是他的弟弟司马攸。本来他的父亲打算让他的弟弟继位的，身边的人夸他聪明，"发委地，手过膝，非人臣之相"，才定他为晋王世子。可见贵人奇貌，出奇一些的相貌也会给人带来好运。

幸运的还有祖父、伯父、父亲给他打下的基础太牢固了，该清除的障碍暗礁已清除，他驾驶这艘船可以放心地行驶。还给他留下一个久经考验、忠诚能干的班底，尽管他没有率领他们南征北战，在战斗中结下情谊，单就司马氏血统这一点，便获得他们全心全意的支持，不因"少帅"而轻看他。因此，他在位数十年，少见老臣宿将去给他添麻烦，不得不佩服祖辈父辈三司马的用人之道，识人之明，这在历史上是相当不容易的。

诚然，他也具有帝王必备的资质。历代王朝的二代往往都有个瓶颈危机，何况他接下这个摊子时，江山还是残缺的，他要在渡过瓶颈危机中去圆了它，单靠萧规曹随似的守成还不行，外有吴国未臣服，内有魏皇未谦让，这两件大事都经他的手波澜不惊地完成了，何况伯父、父亲处事那样霸，杀伐那么狠，树敌那么多，他都能举重若轻，以自若淡然的君子之风至少在表面给予化解，虽不能说云淡风轻，但确实没有腥风血雨。别的不说，从他处理魏、蜀、吴被俘而禅让的亡国之君上看，甚至对当年下台的刘璋后裔，都是礼待有加，只要不存在复辟的念头，照样有酒喝，有肉吃，有官爵有女人，隔几年还将他们的地位提高提高，自由度放大放大，不然刘禅这个安乐公也不会乐不思蜀，这不仅表现他的一种宽仁，还显示出他的一种自信。汉乱之后，国家乱了这么多年，人民思盼安定，司马炎深知这种民心，翻开《晋书·武帝纪》，可以看到大赦、免赋、救济孤寡的措施一条接一条，对官员的规章、约法不时有新的内容。应当说，他是个善治之才，晋初的社会稳定、国泰民安与他的努力分不开。他以后的惠帝倒是真正遇到了瓶颈危机，对此司马炎有很大责任，明知惠帝是个白痴，迟迟下不了决心废了太子，因为孙子聪明心存侥幸，又忽略了孙子并不是未来皇后所生，且这个皇后又不是善茬；听从身边人出的不好的主意，封了那么多地方王，主观愿望是希望他们保住司马氏天下，恰恰因为这些王之乱，差一点儿葬送了大晋江山；撒手太匆忙，没有做好周密安排，让皇后和她兄弟钻了空子，篡改了遗诏，为"八王之乱"提供了由头；再有，继任的皇帝没选好，皇后也没选好，而且糟上又糟，惠帝和贾南风成为史上愚钝和蛮霸淫荡的一对活宝典型。子选错父之过，看来司马炎还是缺乏他祖、父辈的人生历练、斗争考验，不能深谋远虑，接下来的是顺顺当当的好摊子，传下去的是危机潜伏的烂果子，皮子上好端端的，虫子正在里面生长哩。

卷 二

赵 云

[六州歌头]

三国将勇,谁人似子龙?志苍穹,气贯虹,行天马,翅展鹏。一身浑是胆,围千重,任纵横。百战胜,岁峥嵘。明忠义,剖心肝赤,涛头壁立峰。两番救主,长坂鹰扬尘,震威大江东。孤胆护驾,狂澜信步,雄挚风。

勇者有细,疾如骏,定如松,知用谋,善守攻,逐鹿猎,从未空。青枝翠,经霜枫亦红。蛮地热,祁山月,青缸染,汗马血,白头翁。羡煞也老廉颇,栋折天塌武侯哭,阿斗黄伞拜,祠封昭烈从,极备哀荣。

[词 话]

三国武将如云,光烁灿灿无与伦比者是赵云,他可说是个名符其实的常胜将军,也是个找不到一丝缺点的完人。文学作品写英雄难,写完美的英雄更难,走向极端的"三突出"创作原则塑造的所谓"英雄"常被讥为庸俗作假的"高大全",即或如此,还得点缀一些"英雄"身上的小缺点、成长过程中的小不足,以丰满人物的血肉,彰显人物的个性色彩,避免神仙化,不接地气。赵云却不同,一出场就近乎完美。作为武将,武功高强,高强至杀遍天下无敌手,从未吃过败仗;身为武将,难得心细如发,用兵谨慎,从未吃过大亏、上过圈套;作为臣子,任何时候都摆正自己的位置,不居功自傲,不争功夺宠,属谁管就服从谁的命令不打折扣;为人处世,义薄云天,忠义两全。先投公孙瓒,明知公孙瓒不是心目中的英雄,还赌命相救,发现良枝也不背离去投,甚至被疑也不失其志、丢其义；忠心事主，有始有终，认准跟定刘备后，无论什么情况下，没有丝毫的犹豫和彷徨，两番救幼主，从未见其点滴居功高傲的表现。相反，随诸葛亮出祁山，各路兵败，唯独他全军而还，有功不报，封赏婉拒。丈夫本色，勇士形象，君子风度，忠臣气骨无所不具，难怪每个少年读《三国演义》时，心中印象最深的楷模都会是赵子龙，笔者也不例外。

说他是"完人"，作者还赋予他堂堂仪表，齿庚有年，寿终正寝。因两次救了阿斗，死后也极备哀荣，书中所记刘禅以万乘之躯唯一黄伞祭拜的是他。书读关羽失荆州处，读者也许会遗憾，倘若不派关羽而令赵云去守荆州，或许荆州不会失，也不会有后来一连串的摇动蜀之国本元气的衰败。诸葛亮授关羽印信时，犹豫再三，反复叮咛，是书中的曲笔，知人甚深的诸葛亮可能也有这种想法，但玄德公的命令不可不服从。刘备兴事知义，在派谁守荆州这个问题上，失误也在义。荆州与益州远隔千里，鞭长莫及，独当一面的大将不仅要有勇有智，最主要的还是绝对放心，这时私心作祟了，认为交给自己桃园结义的兄弟最是放心可靠了。以刘备的精明，不可能不知道关羽的性格缺点，也不可能不知道赵云是比关羽守荆州更胜任的人选，小团体的狭猎思维使他犯了个大错。宽厚、大度的刘备竟也犯如此低级的错误，是令人遗憾的。政治集团的山头不可避免，做君主的要驾驭山头、平衡山头，自己不能有山头，因所有山头争高争低，相争相斗，正是给君主平衡、驾驭的良机，如果自己立山头，反而会参与其中的争斗，贻误大业。何况，深知其性的赵云是个无山头的人，只是没有与自己桃园结义，且是个半途来归的外来户，便放心不下派其独当一面去守荆州，一着失误，近乎满盘皆输，惜哉！

关 羽

声声慢

三拜桃园，结草衔环，君子信义多难。驰马酒温斩将，单骑闯关，践三约去不恋。华容道，捉曹放曹，知我罪我，苍天可鉴。

舞刀青龙偃月，赤兔俊，眼丹凤，夸美髯。刮骨眉头不皱，华佗神叹。失荆州走麦城，阿蒙白衣胜红脸。生轰烈，死亦尊祭祀神坛。

词 话

关羽是神坛上的神，后世供奉其为"武圣人"，芸芸众生崇其神圣之处在于一个"义"字。桃园结义、千里送嫂、挂印别曹、多难寻兄乃至绝境刎颈不降，以轰轰烈烈、多彩多姿的一生诠释了"义"的坚定，当之无愧。义是社会性的人维系团结、共同应对艰难险阻的精神支柱，无论是底层庶民，还是达官显贵，甚而帝王将相，都把义字挂在嘴上，希望在万千人群中寻求以义为支撑的"同志加兄弟"，但现实生活中，这个义往往很不可靠，背信弃义、见利忘义往往是口惠而实不至之徒的真实写照。说义易，行义难，难在人食人间烟火，人有七情六欲，用一个苍白的义字去抵挡功名利禄、红颜美色、真金白银的诱惑，不是常人可做到的。关老爷就不是一般的人，他是神，是"武圣人"，所以他做到了。

关羽用自己一生的身体力行践行了"义"，也深为这个"义"所纠结。义讲究是相互的，故豫让有众人国士之论，人以兄弟待我，我以兄弟敬他，这种知恩图报的理念已经是不错的品质了，但复杂的生活也会出个难题，倘除八拜之交之外也有人以兄弟待我，甚至是兄弟敌对阵营的人，这一个义与那个义打架，如何选择呢？忠于这个义，就背弃了那个义，关羽就曾两次遇到这种两难境地：一次是曹操华容道求饶，一次是小沛被围受降。小沛被围关羽约法三章处理得无可非议，相反为保全刘备家眷，不惜牺牲自己的英名，更显得其为义可以献出超出生命的东西；华容道纵曹则值得商榷了。曹操是兄弟最大的敌人，也是兄弟与其事业的最大敌人，岂能记挂区区恩义而放虎归山呢？战场上的放敌视同为背叛，关老爷纵然有天大的理由也抹不去这个污点的。后来的事证明，如果不是关羽放了曹操，三国的历史也许就改写了。于汉、于蜀、于吴，关羽不知不觉做了一件亲者痛、仇者快的荒唐事。

关老爷还是个有大缺点的神，他那么自负，那么刚愎自用，那么目中无人，一有机会，这种毛病便显露出来，乃至最后铸成大错。刘备好不容易请来诸葛亮，开始不服的便是关羽、张飞；诸葛军师调兵遣将，好几次都是关羽的搅局打破了诸葛的部署，聪明的诸葛亮对他只能因性施导，一口一个"二将军"，多用激将法，用好话哄得他飘飘然再去派遣他，至此也可看出诸葛亮这个客卿指挥刘备的核心集团何等不易；荆州对蜀国的事业这么重要，关羽是心知肚明的，军师反复叮咛的抗曹和吴战略谋划，他也是点头称是的，但在实际

实施中，他却打了折扣，孙权派人谈联姻，按说是好事，他那目空一切的老毛病又犯了。拒绝就拒绝吧，委婉一点儿也不伤和气，他却破口大骂，甚多污辱孙权人格的语言冲口而出，好端端的吴蜀和好局面让他破坏了。这件事且不说他没有战略眼光，连策略上也是低等的。更何况，大哥和军师制定的外交战略，于公权于私义他都有不折不扣执行的义务，擅自改变便是有违军令，即或不出事也不能原谅，何况还出了这么大的事。失麦城后土城就义，也许是最好的结局，丢荆州还有何颜面见兄长、军师？华容道事还记着没执行的一道军令状哩！

犯了那么大罪过且不可挽回、不可原谅的关羽仍被民间奉为神，可见芸芸众生对神的宽容谅解。也许想找一个没有污点的神太难了吧，也许最初的造神者避重就轻掩盖了他的污点吧，也许拜神者取用之所用、弃之非用的实用主义精怪作祟吧，也许没有也许。

张 飞

千秋岁

索命太岁,见酒千杯醉。性烈火,目炯炬,放喉惊霹雳。不畏步弓微,嗔怨起,鞭摧督邮浑不惧。

矛挺阵挑旗,桥断喝威立。荆轲胆,豫让义。礼下君子尊,傲视小人恤。难瞑目,将军身死无名辈。

词 话

张飞这类形象,似乎每个军事、政治集团都会有的,好像一盘大菜中少不了辣椒,如《水浒传》中的李逵,《说岳全传》中的牛皋,刘邦麾下的樊哙,《隋唐演义》中的程咬金,等等。连现代的小说、戏剧、电视连续剧都少不了此类角色,少了他,不热闹。这类人的特点是豪爽仗义、性直莽撞、勇猛敢冲、嫉恶如仇、忠贞不贰,他能惊天动地干许许多多的好事,只有直线,没有拐弯;在这些人的心里,只能听捧场颂歌,不能听逆语骂言;在这些人口里,心口相一,藏不住城府,堵不住真言。这些人的身边,都会有一位使之相信付之肝胆的大哥，知其性、顺之性巧妙驾驭他，让他乖乖为自己卖命。市井百姓往往最喜爱这类人，口口相传这类人的传奇故事也最多。

张飞的形象就与众不同，黑脸、络腮胡，且髭胡呈放射状，一双环眼，如电如炬，活脱脱一个打鬼的钟馗。骑的马也是炭黑的，使的兵器是谁也没有的丈八长矛。嗓门奇大，一声吆喝吓退三军，连睡着了都睁大眼睛。奇人、奇貌、奇事在他身上还真不少，鞭责邮督、土城驱县令、断桥喝敌、身经百战，哪一次都冲在前面，所向披靡。也许连作者都太爱这个形象了，还编造他会用谋的情节，义释严颜，用政治战开路，先于诸葛亮入川。这样的人在战场上是死不了的，不然会有损他的英名；这样的人往往会死于小人之手，因为太刚了，刚者易断，虽不怕火炼，但一瓢冷水淬火会使他的属性发生致命的改变。

聪明识人的诸葛亮看清了这一点，评张飞"尊君子不恤小人"。尊君子是美德，远小人是上品，小人不可得罪，这是古之俗语，因"近之不逊，远则怨"；小人更不可逼，逼易铤而走险，光脚的不怕穿鞋的。小人既是光脚者，身无羁绊，心无羁绊，什么事做不出来呢？历史上多少英雄豪杰毁于小人之手，其原因是小人因本事有限，不敢公开对阵，往往躲在暗处，以柔弱、猥琐麻痹英雄，以顺从、奉承使英雄松弛戒备，因低贱、无能被鄙视不屑，然一旦窥准时机，便会石破惊天，以小人的阴暗、险恶、狠毒给你致命一击，完成对阵旗鼓相当的大人物不能完成的事，"长使英雄泪满襟"。许多历史的节点，并不是英雄改变的，而是小人的行为改变的，三将军的命运被诸葛丞相算准了，君子当诚，尊君子者也应诚，小人当远，但也要恤。

恤者，既远不成，且应付之，搪塞之，丢几粒糖果蒙哄之，不宜结仇，更不应逼其弄险。有什么办法呢？小人总是有理呀！

姜　维

[贺新郎]

　　灵溢天水外，武侯收蜀展奇才。得真传授，洞机悉蕴妙解语，青蓝继往开。阵前鸣镝飞将马，帷幄神筹子房台。丞相仙归去无忧，天有病，奈君在。

　　祁山甫出未卸甲，中原九伐从头来。偿帝王贷。行路难蜀道崎岖，锦城乐团花簇排。剑阁惊一纸诏催，奋绝地剖胆离二士，唆钟会，斩邓艾。

[词　话]

　　天水这个地方，是伏羲演绎八卦的神灵之地，被称为诗圣的杜甫在此也客居有年，留下不少诗篇。地灵理当出人杰，姜伯约算是个佼佼者。

　　姜维初亮相即精彩，小小天水城竟有人识破诸葛武侯的神机妙算，险些使丞相阴沟里翻了大船，一打听，浮出姜维这个少年才俊。年近半百的诸葛亮左瞧右看，恐怕早已为身后的继承人忧心如焚了，蜀地偏僻少大才，后继无人的压力想来太沉重，突然发现姜维，喜不自禁，且将原先的军事计划放在一边，专心去"钓"这位未来的弟子，连活捉的魏宫驸马爷夏侯楙也不在话下，可见诸葛丞相的求贤若渴，是捉而不是请，这个伯乐比当年的刘备要来得干脆利落。

　　姜维肯定早知诸葛武侯，打心眼里景仰、崇拜诸葛武侯，走投无路哪有不降之理？何况区区一校尉，转个阵营成威威上将军，还能接受"神人"诸葛丞相的真传真授，简直是天上掉下了大馅饼。反过来说，假若没有姜维为探母天水这一亮相，怕就被平庸阵仗给埋没了，可见民间多奇才呀！

　　从姜维后来的表现看，诸葛亮没有看错，姜维为蜀争了大气，只手顶起晚蜀大半个天。继承丞相六出祁山功业，九伐中原，尽管有胜有败，后世也有消耗国力的责难，但毕竟以弱小之国力，抗住了强大之魏晋，使刘禅的小朝廷又笙歌曼舞延续若干年，吴蜀边境也无事端。更不要忘了，他的对手是司马昭、钟会、邓艾之辈，并不比诸葛亮面对的司马懿弱，不可设想，这时如果没有姜维，蜀国怕是早就歇菜了。

　　与诸葛亮不同，他始终是在刘禅的怀疑中去作战的，宠宦的一句话，就可让他退军，甚至危及他的生命。生杀大权君握，外有强敌，内有弱君，他是带着镣铐跳舞，舞得十分辛苦。好在诸葛丞相不仅传授了他本事，也感染了他的忠诚，受得了辛劳，忍受得住委屈，顾大局、识大体，一切以国事为重，复兴汉业只是口号了，维护刘禅的小朝廷成了他生命的终极。刘禅投降了，他还念念不忘施奇计帮其复辟，真正延续了诸葛亮"鞠躬尽瘁，死而后已""肝脑涂地"的誓言。

　　姜维一生最闪耀光灿的是离间钟会、邓艾，实施绝境中的大谋略。姜维也许生命中与一个"降"字不可分，败姜维是"真降"，败郭淮是"诈降"，离间钟、邓是"伪降"。姜维投降的三部曲书写了投降学的杰作。国都沦陷了，朝廷投降了，国君成俘虏了，绝地中他竟然不失望，别出心裁玩瞒天奇谋，差一点儿成功了，这恐怕连司马懿、诸葛亮都做不到，司马、诸葛虽有其算，但缺他的胆魄。三国书中奇谋多多，姜维的大谋略恐怕是最奇特、最大胆、最大赌注的一次豪赌。如果魏延献计成行，只有兵出斜谷可与之相比。可惜天所不予，偏偏关键时刻他犯了心绞痛，说书人故意给读者留下大大的遗憾。

　　奇哉，伯约！惜也，伯约！

马 超

沁园春

　　大漠天阔，胡地草肥，西凉马悍。千里驰骋，梨花白袍，弓刀雪寒。擒得单于，鞭指中原。弃袍割须羞阿瞒。孤胆惜遭算，飘零走川。

　　春不闻羌笛怨，归蜀地锋开李陵剑。将野马套得，嘶天扬蹄，圆杀戮梦，日月掩面，风卷云残。安居五路依马儿，镇边关。锦城亦是家，梦思裹革还。

词　话

　　马超是一匹野马，生于胡地，长于胡地，且具有胡人的血统，"天苍苍，野茫茫，风吹草低见牛羊"的环境塑造了他天不怕地不怕、天马行空的雄悍血性。论武功、论仪表、论气势，马超和吕布是一对奇男儿，单打独斗恐怕谁也不是对手。民间有"三国英雄数马超"的传言，这绝非虚言。你看他兴兵初与曹操的战斗，败得曹操割须弃袍，险些丢了老命。杀得曹军鬼哭狼嚎，魂散魄惊，几乎不敢应战。

　　在除人之外的其他动物世界里，力大为王，狼群、猴群概莫如此。人由于大脑的发达，区别于其他动物、具有了社会性，大大增加了种群竞争的力量。倘若不如此，便不能称为"万物之灵"了，统治地球的怕是远超人类之力的其他动物，狮子、老虎、鳄鱼皆有可能。正因如此，以力恃强，这个强大是不靠谱的。从马超乃至吕布的经历看，两人终归都成不了霸业。曹操略施一小计，圈圈点点一封书信，阵前装模作样几声问候，便瓦解了马超与韩遂的牢固联盟，十万大军内讧崩溃。马超此后也像吕布一样，东投西投，投一处败一处，直至投川，才安定下来。

乱世有枪便是草头王，也仅仅当个草头王，难以成大事。运气好的如项羽，最后也取不了天下。吕布和马超是将才，甚至帅才，但不是王者之才。比起吕布来，马超命运好多了，在刘备、诸葛亮麾下为大将，听命受驱使，建功立业，不失为好的归宿。当然，能给马超这匹野马套上笼头，收服其野性，也不是一件容易的事。

吕 布

摸鱼儿

沙场百战冠群威,奔赤兔闪亮戟。虎牢尚须三英战,温侯去从存废立,男儿奇。贪金黄醉粉红输豪杰志,高鹰云低。被司徒看了,抛钩连环,浅草没蹄。

君误哉!熟得马上弓箭,欠识人间枢机,盛名毁三投三叛,众口铄无枝依。水下邳,丢戟失马惺惺儿女语。笑白门楼,告乞缚虎紧,断头还痴,徒骂大耳贼。

词 话

吕布是美男子、奇男子,上天赐予他一副好容貌、一身好武艺,但可惜少一个好脑子。武将头脑简单倒也罢了,找得好主,执戟帐下,任人驱驰,倒有个拜将封侯的好归宿。偏偏他出道不久,便位列诸侯,甚而近居庙堂,助长了他纵横天下的野心。表面上看,他也具备夺取天下的本钱,但物竞天择的丛林法则是无情的,在那么多一个比一个有心眼的诸侯王争斗中,头脑简单哪有立锥之地。纵观吕布的一生,短短十几年间,先投丁原,然后董卓,继而王允、袁绍、张扬、张邈、刘备,还不算不愿意收留他的袁术、曹操,投一个毁一个,投一个叛一个,除袁绍外,收留他的主子跟着倒霉,仔细想来,他有点像《封神演义》中的申公豹，身上带有晦气。

这个晦气也是他性格本质中的属性所决定的，因头脑简单，投一个人轻易决定，叛一个人也草率定夺，几句挑拨之辞就能使他乱了方寸，几斛黄金白银就能使他目眩心迷，几丝积怨就能使他孤注一掷、反目成仇。全然不顾当初的誓言，更别说判一判大势，很快从一个阵营转向另一个阵营，没有丝毫的犹豫和绝望，没有点滴的不过意与自惭自责，逢新主子时，又毫无保留地三呼万岁，甚而拜认义父。这种事，干上一两件世人也许不防，一而再，再而三，便将自己的名声搞臭了。"三姓家奴"，反复无常的名声远播江湖，他把自己搞成了个江湖世界的弃子，离死亡也不远了。三国多叛事，城头不时变幻大王旗的时代，叛变也是常事，士人将自己的行为美化成"良禽择木而栖"，普通人以君子不吃眼前亏自慰，为何偏偏容不得吕布的行为呢？一是因他叛太多；二是因他叛太易；三是因他投与叛的态度都是极致，反差得太大；四是叛后行为方式太毒，恩断义绝，要人脑袋，一点儿后路都不留。这就让人怕，使人防，何况他又是一只凶猛异常的猛虎，狂躁而没有头脑，谁还能容得了他呢？

吕布性格上的优点倒是有些儿女情长，这在政治家身上不易，在吕布这类虎狼歹毒的人身上更为不易。刘邦弃女、刘备摔子虽是显示出政治家豁达的一面，但于人情上总使人有些不舒服，用现代的语言说，无异于"政治动物"。也正因为人们心目中还有人情一面的评判标准，对与虞姬相别儿女情长的项羽多了几分同情，一曲《霸王别姬》千古传颂，有别于世人成王败寇的势利口舌。而胜利者刘邦衣锦还乡，舞剑吟唱《大风歌》，反而被文人《高祖还乡》的散曲竭尽讥讽之能事，可见人们对豪杰有情、多几分儿女常情还是敬佩的，鲁迅也有"无情未必真豪杰"的诗句。吕布兵败白门楼殒命，很大的原因是陷于儿女情长，听信妇人言，更不舍抛弃妻女，自顾逃命，否则，凭他的武功，赤兔马，方天戟，冲出重围并非难事。政治家可以责备他的短浅，普通人从中应看出他的闪光。也许正因为他的儿女情长吧，老辣的司徒王允看准了，抛钩连环策，红颜一笑胜过万军，敌军乖乖为我所用。更可笑的是，被缚了还乞求绑松一些；要死了，还求"兄弟"刘玄德为他求情。自己头脑简单，还以为别人与他一样简单哩！骂骂"大耳贼"，不过给历史徒增笑柄而已，"性格决定命运"啊！吕布至死也不明白。

周 瑜

[木兰花慢]

不了俊雅情,世间稀,天上人。看羽扇轻摇,借东风助,溃百万军。偷闲弄筝舟头,动宫商乱小乔芳心。英雄少年独有,敲子落江东定。

天妒瑜白敕亮生,难容也恨恨。空算计漫三分,兵未对垒,输了胸襟。太白微长庚明,憾未识河汉移乾坤。君声绝广陵散,此去曲诉谁听?

[词 话]

周瑜是神仙中人,天赐其俊雅,活得也潇洒。据《三国志》载:他父亲曾为太守,属袁术部下,他早年与孙策有八拜之交,慷慨大度,知大势善择主,不愿在袁术手下为官,投孙策。年方二十四岁,便名扬江湖,人称周郎。联姻小乔,书写才郎佳人千古佳话。赤壁一战,力排众议,说服孙权,亲冒箭矢,运筹帷幄,击败曹操几十万大军。文能安邦,武可定国,水战陆战皆精,以天下公认的实力赢取声名功业,且风流倜傥,熟谙音律,"曲有误,周郎顾",简直就是个全才。也许上天给他的眷顾太多了,寿不予年,春秋之盛抱恨终天。

小说中的周瑜智谋超人,妙计迭出,写出了周瑜真实的一面。但或许为了情节的精彩,

将他与诸葛亮对比来刻画，许是也妒周郎命太好，捏造他心胸狭猾的一面。将这两个大智之人相敬、相惜、相防的心态、行为刻画得惟妙惟肖，成为古小说中不可多得的精彩篇章。虽委屈了周郎，却也使得周瑜这个形象给人打下更深的烙印，这与司马懿形象的多猜疑、性敏感，甚而有几分胆怯、猥琐一样。这两人似乎天生是诸葛亮的对手，也是为衬托诸葛亮这尊神而存在，比智斗谋一对一是高山流水中的钟子期与俞伯牙，烘衬对比，且褒贬有度，仔细琢磨，现代小说家用此类手法塑造人物时可借鉴之地多多。"即生瑜，何生亮"是周瑜临终时的哀叹，饱含了愤愤不平之天问。

真实的周瑜没这么狭隘，虽少年得志，才华盖世，且早年有恩于孙坚、孙策，又与孙策有兄弟之盟，对孙策草创东吴基业功业极高。年少的孙权登位，周瑜并未因自己年长功高看轻这个小兄弟，而是事君甚谨，很能摆正自己的位置。几次献策从大势着眼，谋划周全，显出了超人一等的战略眼光。劝孙权赤壁主战，把力量对比、军心民意、曹操的内部纷争和后方敌患一一剖析，连北军南进水土不服，瘟疫威逼的境况都预料到了；说孙权——刘备虽弱，枭雄本性，关张爪牙，不除则为后患——预见与识见均为高远；谏孙权派兵入川，抢占刘璋统御的这块滩头，夹击荆州，谋篇图势，既大胆，又新奇，为术为势都是谋略绝唱。读《三国志》至此，深为叹服，遐想假若孙权派周瑜大兵入川，先刘备一手占领蜀地，又会是什么局面呢？假若周瑜不是英年早逝，以他的能耐与智力，关羽还能守得了那么久吗？还轮得上吕蒙贪白衣渡江的偷袭之功吗？假若周瑜仍活着，吴蜀盟成，诸葛亮与周瑜联手，对曹魏实行犄角攻势，纵有十个司马懿，还能敌得过吗？可惜历史没有假若，上天连周瑜喘口气的机会都不给他，像庞统早早意外死亡一样，只能让他演完赤壁大战这幕戏后尽快退场，"江山代有才人出，各领风骚数百年"，月盈而亏，水满即溢，赤壁这场功业太大了，辉煌的顶点是需要生命的顶点去换取的，总是拿大小王牌的玩家谁还去跟你玩呢？走吧，周郎，你太完满了，真的假的，性格上的缺点栽在你身上，离去还得付上一点儿代价。

黄 忠

瑞鹤仙

　　鹤鸣冲九霄，漫说英雄老。对阵迎关公，热肠伴古道。挥刀映晚霞，血溅红袍。小儿敢欺，试比三钵饱。礼恕换马沙场仁，空弦摘缨李报桃。夕照晖君知早。

　　天赐：龟寿千年，彭祖百岁。否思邈方，拒瑶母桃。未下鞍，春秋好。童颜野帐露，干戈习操。西风烈东方晓。扯得弯弓迎大雕，勇斗马超。

词 话

　　五虎上将中，黄忠所占的篇幅最小，故事的传奇性最少；在三国众星云集的武将中，个性特点也较为大众化。武功不错，也不过入张辽、张郃、徐晃、甘宁等流，与关公惺惺相惜。对手戏论义，又与张辽、徐晃有相近之处。他特具个性的是"老"字，老将出马，老当益壮，老而不需扬鞭自奋蹄，宝刀不老，一切老而有为的好词用在他身上都恰当。因三国故事的脍炙人口，本来生有大众脸、干着大众事的黄忠，因这可贵的"老"字，竟然在民间的街谈巷议中颇有盛名，名誉恐怕超出许多功业显著之将帅。连"大跃进"时代的水库工地上都有"黄忠队"的旗帜展扬，与代表巾帼英雄的穆桂英，代表少年英雄的罗成一个等级，这或许是黄忠没有料到的，不服气的关羽若泉下有知，又该忌妒得翘起胡子了。

　　黄忠的主场戏是定军山斩杀夏侯渊，与法正一文一武，配合默契，以不服老、不服输的个性，将老而弥坚发挥到极致，演唱了一出"满目青山夕照明"的颂歌。也正因有此大功，被破格封为五虎上将之一，进位关内侯，与关、张、赵云、马超同类身份。细心的读者也许内心有疑问：黄忠的武功与其他几位相比稍微逊色，投蜀又晚，拿得出手的功劳仅此而已，封此高位确实有些勉强，史载连诸葛亮都有些担心，旁敲侧击提醒刘备说关羽知道怕有不服。刘备却坚定这个封赏。深究考察，刘备做此举动除了爱其忠勇，感其老骥伏枥志在千里，也是论功行赏的。黄忠斩杀夏侯渊，这个功是不小的，纵览一下，简直可说是空前绝后。夏侯渊何许人也，一方都督，一路大帅，与曹仁、曹洪、曹真一个等级，论地位恐怕还超过了后来的郭淮等众，何况他是魏武近族，本事上又不是浪得虚名。看一看之前之后还有哪位大都督地位的人在两军对垒时被斩杀的呢？应当说刘备封赏在理。

　　作者也许预知到读者的疑问，特地安排黄忠与关羽大战、勇斗马超这两个情节。可不得不说，这两场战斗，黄忠气势可嘉，功夫不逮。由黄忠联想到战国时老将廉颇，勇虽勇也，毕竟年岁不饶人。与关羽的战斗，尚义的关公礼恕让马，知义的黄忠空弦摘缨两个细节十分精彩，关羽由此看到了黄忠的尚义、守信，刘备一贯王道驭众，恐怕也会看中这一点，黄忠的被重用便不奇怪了。而与黄忠投蜀时间不相上下的魏延无论怎么扑腾，终了也没能获得这种信任。

卷二

陆 逊

〔东风第一枝〕

侯门佳婿,才俊少年,甲第东风遂愿。不恋花骢霜柳,平生志琴书剑。戎马倥偬,胜周郎,纾国大难。助阿蒙,白衣渡江,袭夺得荆州还。

拜将台,书生又来。少诸葛,只手擎天。火攻不借东风,奇奇正正巧算。名满天下,兵溃白帝枭雄叹。鱼浦八卦石不忍,放生网开一面。

〔词 话〕

自古英雄出少年,惊天动地的伟业青年人创下的居多,改朝换代,往往是青年人打败老年人,三国也不例外。青年曹操、袁绍最先敢于挑战老年人董卓,以身试胆,号令天下,最终把不可一世的董卓拉下马;青年周瑜、诸葛亮打败了老年曹操,取得赤壁大胜;夷陵之战,同样是青年陆逊出人意料地完胜了老年刘备。陆逊的登场,非常传神地演了一出青年将帅出场大戏。在吕蒙与关羽的决战中,已经为陆逊的登台做了铺垫,关羽骄横自负,又挟破于禁水淹七军之威,对东吴造成了威胁,孙权正束手无策,少年英雄陆逊向吕蒙献计,让吕蒙伪装生病,由名不见经传的陆逊代行帅位,麻痹关羽。陆逊一上任,便谦恭地给关羽下了一道书,书中给这位爱听好话的二将军灌了不少迷魂汤,使其从心理上解除戒备,掩护吕蒙出其

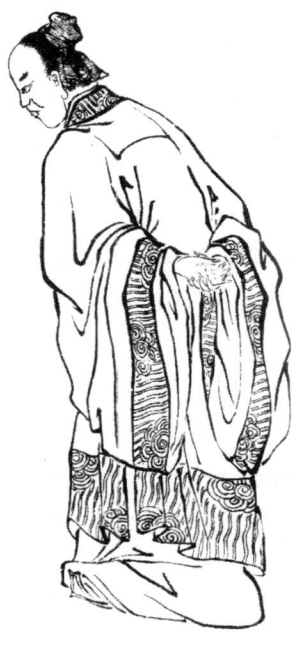

不意白衣渡江，袭破荆州，斩杀关羽。那时的情报系统太不发达了，刘备将这笔债全记在吕蒙头上，昏了脑子举全国之兵讨伐东吴，这时吕蒙真的病了，还死了。据史料透露的细节，他应当是精神分裂，大约年纪大了，考虑的多了，被刘备的阵势吓坏了。孙权又面临赤壁战前的局面，危机中显出了孙权的魄力，迫不得已委青年书生陆逊以大任。当时的陆逊与周郎一样二十多岁，江湖声名远不如周郎显赫，面对世称枭雄，身经百战，已登皇位，各方面均炉火纯青的刘备，是隔了好多个等级的拳击手，别说外界没有看好，孙权也捏了把汗，东吴诸位老将又有哪一个心服呢？再加上这场战争拖得比赤壁之战时间还长，开始时刘备势如破竹，几多小胜，摆开七百里连营的长蛇阵势，大有不打也将人吓倒的架势。没想到初掌帅印的青年陆逊却有罕见的沉着，不急不躁，筑寨严守，高挂免战牌，避其初锋，坐待刘备大军"再而衰，三而竭"，时机成熟，学周郎也用火攻，且不需要黄盖苦肉计，不需要诸葛借东风，比周郎胜得还要漂亮。要不是顾及曹操渔翁取利的大局，追上白帝城，活捉刘备都是可能的。被小鸡啄瞎眼睛的刘备这只老鹰临死前还搞不明白，将责任归于上天，怎么也不承认自己会败在这个黄毛雏儿的手上。

从陆逊、周瑜乃至诸葛亮的身上，我们看到了青年的力量，初生牛犊不怕虎，其锋其锐其胆魄，其不循常规之创造力，奇思妙想，叹为观止。年长者万不可以经验、资格、功业自矜，予以轻视。

诚然，简单地以年龄论英雄也会堕入形而上学，上天不是平白无故将优势随便给予年轻人的，它青睐有准备的人。陆逊的成长经历说明这一切不是偶然的。他从小丧父，在祖父身边长大，祖父也是一方太守，按说他会是个公子哥儿。后来又娶了孙策的女儿，是正宗的皇亲国戚。锦衣玉食，但温柔红帐并没使他成为一个纨绔子弟，而是习武好书，胸怀大志，二十一岁便"习幕府"，不久外放为县令，敢担当，有胆魄。先是采用剿抚两手，肃清全县匪患，又向孙权建言，在江南开展大规模的剿匪运动，身入险境，不惧箭矢，恩威并举，战功卓越，令孙权刮目，自身也获得重要的历练。栋梁之才不是凭空一夜长出来的，打败刘备后，陆逊又领兵与曹休打了一场战役，也是以胜利告终，成为东吴的顶梁柱。事功、才能、处世深得孙权信任，后来孙权令他为太子太傅，厚望殷切。那个时期，蜀有诸葛亮，魏有司马懿，吴有陆逊。三个谋者在运作天下。可惜后来因太子地位问题，其态度不合孙权的心思，以后吴国的命运证明，陆逊反对易换太子的主张是十分正确的。孙权听信谗言，致使他抑郁而终，时年已六十三岁了，不知此时此刻他忆及英华少年的风貌，会是何等心情？幸运的是他有一个好儿子陆抗，承续他的遗风，又以英华之年为东吴建功立业。

邓 艾

离亭燕

文武诸艺冠甲，名高誉满天下。阻挡得姜维北伐。奇兵远奔袭川，尽毁诸葛业，轻取得蜀宫瓦。

不知功高招谤，大捷反换锁枷。赢得战场输官场，宦海迷魂八卦。断头子不语，魏晋第一结巴。

词 话

有些人天生就是为历史创造奇迹的，奇特的经历，奇异的才能，世人惊奇的功业，令人叹奇的人生悲剧，邓艾就是这样一个人。一个孤儿放牛娃，还是个结巴，靠有心人接济读了一些书，初入仕"为稻田守丛草吏"，也不知是个什么差使。但他却不甘于一辈子干这个事，"每见高山大泽，辄规度指画军营处所，时人多笑焉"。这似乎与未发达时的韩信相似。也许精于算术，后来谋得个类似统计局的吏事，因这工作，接触到司马懿，司马懿是识货的，称奇，提拔他做了尚书郎。为官一出手便不同寻常，派他去筹粮，他竟从农时、漕运、屯垦综合考虑，写出《济河论》献上，开广济渠，屯军淮南，军垦粮食，余粮储藏，利用河网运兵运粮，

使"资食有储而无水害",解决了十万大军五年的吃饭问题,可称是奇功一件。

以后参与军事,领兵打仗,立下的功就更多了,直到率兵与姜维对垒,更显出他的军事奇才。姜维是继承了诸葛亮平生所学的人,在与邓艾的数年交手中,却是败多胜少,也不知是姜维学的功夫不到家,还是即或诸葛武侯在世,也不是邓艾的对手。最后阴平奇袭,"道行无人之地七百余里",以区区几千之众,出其不意直捣成都,迫使刘禅率兵投降,姜维带着数万大军在剑阁干瞪眼,远水解不了近渴。刘备和诸葛亮精心打造的蜀国朝廷就这么简单一战而亡了。读史至此,我想每个人都在扼腕叹息,怎么也想不通,也许邓艾的奇才奇谋确实超出所有人的想象吧。邓艾的奇袭路线,是诸葛亮和司马懿当初都没想到的事。书虽点到诸葛亮想到了这一结局,但总感觉有些牵强美化之嫌。

奇特的功业达到了顶点,奇人的悲剧命运也开场了。接受蜀国投降的邓艾到底有没有叛变自立的意思,语焉不详,证据也不足。钟会受姜维挑唆告的黑状,应当不算数,因为后来的事证明恰恰他自己有这个意思。司马昭的怀疑是邓艾的回书:一是说明路途遥远,每件事待朝廷同意后再办会误事,这也应当在理,不是有"将在外君命有所不从"的说道吗?二是劝司马昭先不必急着将刘禅迁邺城,还应加大对他的封赏,既可安定蜀地人心,更可做给尚存的吴国看,使吴国孙休看到对刘禅都这么客气,认为自己投降后也会有光明的前途,达到不战而屈人之兵的效果。这也不无道理,因邓艾以区区几千之众,接受刘禅投降时,当场给刘禅松了绑,还焚烧了刘禅带出的棺材,给刘禅及诸皇子封了官,不杀戮,未扰民,众官仍司其职,刘备、诸葛亮经营了几十年的蜀地人心稳定,没有发生叛乱、抗降的事件,应当说邓艾打了一个漂亮的政治仗。以此为范例让吴国也乖乖投降,不失是好主意。三是司马昭令邓艾乘胜伐吴,邓艾说时机还不成熟,从现在开始,在蜀地造船练兵,再展开政治攻势,逼降东吴是有把握的。这也没错,因吴存长江天险,没有强大的水军是攻不破的,当年曹操吃亏也在此。司马昭却据此认为邓艾有异心,秘密命令卫瓘抓捕他。从邓艾乖乖让卫瓘去抓,也可见他并没有割据自立乃至叛乱的意思。卫瓘趁天未明,邓艾熟睡之机,直闯寝宫,从府上揪出邓艾父子,装上槛车,邓艾一点儿没有反抗，深得军心的邓艾，其部众眼睁睁地看着自己立下大功的统帅被抓走，没人出来拼命，这都是奇怪的。以邓艾的武功，恐怕十个卫瓘也未必是对手，何况还在他的大帅营帐内。这只能说明邓艾压根儿就不想反抗，也让部众不要抗旨，这哪像个心存反意的人呢？

邓艾死得也离奇，告他黑状的钟会叛乱事发，被镇压了下去，按理说邓艾的不白之冤是有了说理的地方，哪怕押回京城也可说明白。卫瓘却抢先下手拦下槛车杀了邓艾，不让邓艾部下去救，不知卫瓘心里有什么曲里拐弯。

总之，笔者对邓艾谋反这件事是怀疑的。他不过步了淮阴侯的后尘，将帅在外，功劳太大，领兵太多，鞭长难及，这对朝廷来说是个心病，皇帝和外将，各怀各的心思，互相防备的戒心难以消除，真正达到默契互信的少而又少。当年司马懿如果打败诸葛亮占了成都，也许会与邓艾一样命运，战战兢兢，在曹氏猜忌下度过若干年的司马昭深深明白这些，秘令杀邓艾父子也不奇怪了。但将邓艾在京城亲族斩尽杀绝，妇孺儿童徙于西域，也太狠毒了。路人皆知司马昭之心，何止是野心呢？

钟 会

何满子

空有放鹤风流,难近嵇康铁炉。君本庙堂名利客,早备得韬略武。一朝挂印拜将,青云腾龙跃虎。

胜算得远征途,岂料想不归路。慢疏枝高放鹰手,轻看司马撒飞,昧暗伯约臣服,胜不侯败亦寇。

词 话

二士争功,相争的是邓艾、钟会,老谋深算的是司马昭,从派这两位魏晋奇异之才同行伐蜀,便可见司马昭的良苦用心。二虎并行出山,不仅使伐蜀有十分获胜的把握,使其互相牵制,防胜后一人坐大,失去控制,也是他的心机。钟会自恃其能,以密告剪除邓艾,又获姜维承诺相助,以为大功可成,岂不知所思所行都在司马昭的掌管之中。出谋划策从未失手的钟会怎么也没想到功亏一篑,最后失败得这么惨。功高、兵多、挟灭蜀之威,又有足智多谋的姜维相佐,即或夺不下洛阳,退守蜀地当个刘备该可以吧,怎么会兵未举,竟已死在乱军之手呢?

不得不佩服司马昭在伐蜀大军临行前私下的一番话,"凡败军之将不可以语勇,亡国之大夫不可以图存,心胆已破故也。若蜀已灭,遗民震恐,不足与图事;中国将士各自

思归，不肯与同也。"这是从军心民心角度来进行的精辟分析，与郭嘉官渡之战前从袁、曹性格分析一样，均为精典之论，预见十分准确。《三国演义》中类似话语颇多，是书中的精华。钟会要造反，基本队伍无外乎带去伐蜀的中原大军和蜀国投降之卒，带去的人要想家，投降的人胆已裂，都不是共图大事之徒，这便是司马昭的定论。何况司马昭还亲率十万大军，以讨邓艾为名，已迫近长安，形成强大的震慑优势，即或钟会不被乱军所杀，与司马昭对阵，如果司马氏振臂一呼，钟会的反叛大军也会分崩离析的，就像当初魏延兵一样。

　　从表面上看，钟会失败在相信胡烈这个身边的奸细，谣言使军心动摇，引起兵乱。细究起来，谣言怎么会有这么大的号召力呢？谣言的发酵是需要社会心理基础的，这证明钟会没有真正抓住部队，军士将领的心理被司马昭算准了。攻蜀服从钟大帅，是因为你是司马氏封的大帅，听命于你的将令就是听司马氏的指挥，跟随你去反司马氏，将士们还没有这种心理准备。远离故土，家小还在司马氏的手中，谁愿意拼上身家性命为你火中取栗呢？钟会没想到这一点，姜维想到了，献狠毒计谋一举杀尽不服之将，操之过急，事谋不密，反受其害。试想一下，即使姜维计成，杀了那么多将军，还能领着这些将军的部卒与司马昭对阵吗？靠蜀国投降的士卒，他们心神未定，不知忠于谁为好，能成得了事吗？姜维玩命弄险可以理解，既报仇解恨，又有侥幸的一个希望。钟会听信姜维的话，便显得不智了。

　　再进一步说，即或钟会反叛成功，进攻洛阳是不可能的，退守成都当个刘备也不可能，那种局面胜利者是刘禅、姜维。钟会如果不反叛呢？命也难保，下场是韩信、邓艾。是胜是败，选择哪条路钟会都不能善终。后世的曾国藩也许细审了钟会的命运，南京城破之日，也是湘军裁遣之时，因而曾国藩数封上疏请辞养老，不失聪明之举。

司马孚

[荔枝香近]

将军横马渭水，风萧萧，闻鸡枕戈待旦。记曹魏正统，弑君事敢诤谏。非不求显达，孤直清风明月看淡。

虽姓司马，不恋司马官。功不求赏，晋事成盼南山。后世难料，君存有冰心一片，盛景忧八王乱。

[词 话]

要论三国长寿长福的人，当数司马孚，活到九十三岁，从桓、灵乱世，到晋武帝开元当政，司马孚经历了几个朝代，生也显达，死亦殊荣，堪称奇迹。

他在司马懿几兄弟中，排名老三，兄弟们均以"达"为名，老大为伯达，司马懿是老二，称仲达，司马孚名叔达，以下为季、显、惠、雅、幼。兄弟们不仅名字起得好，而且都很知名，时人号称"八达"，预兆一个旺盛的家族即将冉冉升起。

史载司马孚"博涉经史""温厚谦让""性通恕"。他的经历证明，绝非虚言。他初为官是在曹植帐下，敢于劝曹植改掉一些坏毛病，曹植开始还很不高兴，渐渐才理解他的苦心。后又被分派去太子宫，获得曹丕的赏识。曹操去世时，曹丕号哭过甚，司马孚劝其以大事为重，不要效匹夫之孝；朝堂上相聚号哭，乱哄哄一团，司马孚就在朝堂上大声喝斥：当务之急是早拜嗣君，哪能都这样号哭误事呢？他主动与别的臣子一道，安排丧事、太子登位等仪式，井井有条，礼仪有序，可见是个紧要关头拿得起的人。

权力过渡期间，他的建议对稳定局势起了很大作用。比如东宫旧人奢望换班底，排除异己，他劝曹丕，新主初立，当用天下贤才，不可以圈子选人用人；孙权承诺送人质，归于禁，没有遵守承诺，曹丕发急，想要动武，司马孚力谏不可因小失大，等等。

司马孚不仅是个言官，而且通晓军机，几次危急时，披挂上阵，率军抗吴抵蜀，都取得了很显著的战果。曹丕重用他，曹睿初登基时，问左右司马孚与司马懿比较如何，左右答"相似"。曹睿很高兴，又重用他。

司马孚最难能可贵之处，是他的忠君气节。曹爽当政，他回避隐伏，诛曹爽的谋划，他没有参加，政变时，他是司马门的守官。对侄子专权跋扈的行为他可能从心底不赞成，曹髦被杀，他伏尸而哭，要求司马昭惩办凶手，以王礼葬曹髦。好在他是司马血统，又是司马昭的叔叔，司马昭也没办法。禅让事件，司马孚也未参与，禅让后，他还去送已丢了皇位的陈留王曹芳，执手流涕说："臣死之日，固大魏之纯臣也。"他是司马集团中的一个异数，这很可能与他饱读诗书、知礼尚义的儒学修养有关，骨子里有诸葛亮那种尽忠竭诚的士大夫情怀。要不是他的姓氏，他的辈份、资历，刻薄的司马昭恐怕早就容不下他了。司马炎登位，对这位老长辈更为崇敬有加，但司马孚不以为荣，却"常有忧色"。临终前，交代丧事从简，素服薄丧，自称"魏贞士司马孚"，自评"不伊不周，不夷不惠，立身行道，始终若一"。看来对司马氏从曹魏手中篡夺政权，他还是有纠结的。虽无能为力，只好独善其身了。

胸中存道，心底无私，坐行无愧，他才活这么久，成为司马集团中人性最光辉的人物，堪称奇人。

卫 瓘

[尉迟杯]

史书罪,监军宦,卫瓘异豪杰胆。走马挺枪能武,帐里谈兵远见。制胜出奇,闯帅营,梦擒酋,兵不血刃,单仗一枝令箭。

骄将空言勇,身为囚,方思得亚夫言;太尉听叱一狱卒,莫夸得,细柳军严。更哪堪,钟会姜维,英雄事,展蓬竟折帆。奈君在,司马信步,何愁叹蜀道难。

[词 话]

史上监军的职务,往往是个令人生厌的角色,皇帝一般都分派忠于自己而又不熟军务的宦官去做,故而有"监宦"一词。卫瓘不是宦官,司马昭分派他充当入蜀大军的监军,他本身又是知军机、晓韬略的将军,面对钟会、邓艾这两位奇才,担子不轻。他出色地完成了任务,既保证了大军在蜀全胜,又铲除了自负的邓艾和有异志的钟会,其胆、其识、其智都得以充分展示,拍案惊奇,动人心弦。

先说其胆。钟会分派卫瓘去捉拿邓艾,邓艾是什么人?文韬武略当时顶尖,又乘灭蜀之气势,手控精锐,以他监军身份可调动的区区几千人马去捉邓艾,无异于鸡蛋碰石头,弄不好连脑袋都掉了。胆小鬼是不敢接这个烫手山芋的。卫瓘不怕,还不偷偷摸摸的,先将诏书分发邓艾各军营,告示称:仅捉邓艾一人,余者无罪,明天各军中首领去邓艾驻地见我,违命诛一族,听命者有功。然后仅带几个人,飞骑进成都邓艾宿帐,将邓艾父子从晨梦未醒中揪出来,装进槛车。早晨各军将帅来门前时,有邓艾部下串通劫持邓艾,卫瓘毫不畏惧,安然出门接见,好言相抚,答允到司马昭那里给邓艾辩个黑白,将军心稳住了。

再说其识。钟会本来心里很明白，以卫瓘的力量捉拿邓艾无异于飞蛾投火，他想借此机会一方面除去卫瓘，贪亡蜀唯其一人之大功，邓艾若杀卫瓘，正好证实邓艾反叛，给自己出兵剿灭邓艾提供口实。卫瓘很明白这是刁难，可拒绝又是抗命，他欣然接受，可见识见非同一般。后来钟会又拉卫瓘同盟反魏，杀同征不服的部将，将他软禁，威逼利诱，从早谈到晚，又从晚谈到夜，他始终不松口。这是大事，来不得丝毫动摇，拒绝而又不闹翻，虚与委蛇，拖延中找机会，弄得钟会也没有办法。

再说其智。钟会的智谋是人人皆知的，与这种一等一的棋手对局，卫瓘显示出超越钟会之智。软禁时，先稳住钟会，陈以利害，不忙杀众将；借机入厕所，将消息通过胡遵的一个部下，报告给胡遵。放出谣言，钟会要杀光所有魏将，激起众将领的同仇敌忾。又设法脱身溜走，回驻地后，喝盐水呕吐不止，请医生诊治，不能视事，使钟会放松警惕，最后率众将斩杀钟会、姜维。整个情节一波推一波，惊险刺激，比小说家编的还要神奇。

这样智谋超人的人如果有起私心来，也够歹毒的。本来钟会被杀后，可以洗清强加邓艾的不白之冤，卫瓘考虑到是他亲手捉的邓艾，两员入蜀统帅如果都死，大功可归自己一人，便抢在救邓艾的老部下前面，密令人先斩后奏杀了邓艾。这件事，被后来一位有见识的将军杜预抨击，称为"小人而乘君子之器"。钟会借刀杀人刁难卫瓘，卫瓘是无辜的受害者；卫瓘迫不及待密令杀邓艾，使邓艾的冤情无法洗脱，卫瓘又是在迫害无辜者。被人迫害又转而迫害他人，集君子与小人品质于一身，而且他又那么精明、多智，害起人来更是杀人不见血了。

卫瓘正是靠他的一身真功夫，后来位列辅政两大臣的位置。但他结局也很惨，被皇后贾南风假使密诏，子、孙共九人同绑斩场，他留给人的最后印象是：不反抗、不怀疑、不拖延、不辩白，认命。那一刹那间，他或许想到了当年杀无辜的邓艾吧。尽管自己这时也是无辜的。幸而有两个孙子因在外医病漏网，其中有个孙子卫玠后来成为晋代名士，风华绝代，为众景仰，有被"看杀"的逸闻。

卷 三

王 允

江神子

青山存志秋凋空，叹野茫，少葱茏。借得山花，徒手补世穷。布色诱招蜂蝶乱，冰霜季，望梅红。

七星镶珠刀未老，鞘拔寒，屠苍龙。知胡儿性，除恶急用锋。临危志不弃天子，身成仁，长安怒。

词 话

《三国演义》最出彩的部分是斗智斗谋，堪称谋略学的教科书。王允的"连环计"又可称为经典中的精华。它将三十六计中的"美人计""借刀杀人""二虎争食""瞒天过海"等计谋连环相扣，杂糅而用，巧织成一张大网，紧紧地将董卓这个武夫罩住，使其脱身不得，挣脱不掉，直至掉了脑袋，其智其巧可与大将韩信的十面埋伏比美。

董卓仗恃武力，玩弄皇帝，耍戏公卿，以为天下就是他的了，又有武功超人的吕布相助，以为谁也奈何他不得。岂知老谋深算的庙堂众客杀人是不用刀的，玩心智，弄机巧，他这个荒漠之地长大的一介武夫岂是对手。王允本来也将希望寄托在袁绍、曹操这些血气方刚的少年英才身上，可惜未能如愿，还白白送了一把祖传的七星镶珠宝刀，差一点儿酿成大祸。受貂蝉美丽容颜启发，不得已设计了连环妙计。粗略分析一下此计的脉络：首先用"示弱""韬晦"麻痹接近董卓，使董卓对自己放松戒备，视为知己，这是用计的先决条件，如果敌手对你连信任都没有，再好的谋划也难以实施；再利用董卓贪色、吕布贪色贪财的性格弱点，推出主角貂蝉，历史上多少英雄豪杰都跌倒在酒色财气上，"美人计"是古今中外谋略案例中屡试不爽的武器。王允让貂蝉登场，在董卓、吕布面前分别露面，计划周密，丝丝入扣，堪称杰作；借鉴沿用了晏平仲"二桃杀三士"的手法，一女许二家，挑起二虎争食，离间了董吕这一对铁杆同盟，可见敌人强大并不可怕，高手会"借景"利用敌人队伍中的强势力量，挑起矛盾，使其分化，为我所用，将强敌的强，变为助我之强；再用"瞒天过海"之计，将貂蝉献与董卓，让吕布五迷三道之后，馋而不得，从而与董卓离心离德，由怨生恨，到决心彻底决裂，得来全不费工夫；时机成熟，对吕布示之以利，晓之以理，成功实现"借刀杀人"。

当年刘邦讨伐匈奴时，曾被匈奴单于大军围困，脱身不得，险些全军覆没，据说谋士陈平就使了"阴招"，用财帛美人收买单于网开一面，放虎归山，因这计谋过于不光彩，正史语焉不详。这样看来，堂堂大汉三百年之江山，靠美人红颜这不光彩的交易躲过大劫，大英雄刘邦也不例外。桓灵之后，王气黯然，日落西山，在外蛮横霸道的十八路诸侯起不了作用，为使衰弱的皇室得以苟延残喘，一个弱女子嫣然一笑，嗜血豺狼乖乖就范，江山得以保全，胜则胜也，想来也很没颜面。司徒王允这一手无缚鸡之力的老人，在列侯出班的朝堂束手无策之时，借一弱女完成除奸大业，匡扶危汉，其胆其魄，其忠其智，可谓惊天地泣鬼神。后长安被围，他不弃皇帝，舍身就义，忠勇可叹，也算是为汉廷肝脑涂地了。

王允也有偏激的地方，一是杀蔡邕，二是不赦李傕等人，都有胜利者任性的成分。特别是拒绝李傕等人的投降，没有正确地估算双方的实力，正则正矣，策略使用不当，致使董卓的部下卷土重来，自己走向绝境，这也是应当吸取的历史教训。

卷 三

庞 统

[凤箫吟]

　　浪迹江湖传盛誉，卧龙凤雏齐名。水镜谈忘桑，雏凤清音。智算天下，岂甘耒阳令？小衔醉，非酒千樽。国手倨傲，折腰事蓬蒿人。

　　魂去，蜀路险道，尺短寸。说曹赤壁，成败功三分。吉凶兆，君知天文。面肖小，无仲达对，败也怅恨。

[词 话]

　　少时读三国，极其感叹司马水镜先生语："卧龙、凤雏，二人得一必得天下。"两人都归了刘备，刘备仅得三分天下其一，方知名士的话有夸张的成分，特别是被称为凤雏的庞统似乎并没做出什么惊天动地之举，死得又早。后读其他书，方知品评人物，是那时的风气，有点类似当今的媒体炒作、网上拍砖。庞统的族叔称庞德公，是汉末的大名士，他将司马徽、诸葛亮、庞统分别称为水镜先生、卧龙、凤雏，扬名天下。水镜先生和卧龙，一野一朝，龙腾清流，事后证明名副其实。庞德公将自己的族侄也塞进这个行列，夹杂几分挟私的因素。庞统可圈可点的事迹确实没有几件。与水镜先生桑树下论道不知日落晚至算上一件，那是证明庞统能言善谈，与清流司马徽谈得尽兴，不过是文人吹牛胡侃而已，谈什么？并没有记录下来；投东吴，孙权嫌其形象不好，态度甚傲，没有见用，可以一书的是向曹操献"连环计"，将大船挨个用锁链锁住，便于不习水战的北方将士操练，为周瑜的火攻全胜助力一把。功是有的，计不算奇，靠的还是三寸不烂之舌和名士的声誉，暂时蒙了曹贼一把；投刘备后，初任耒阳令，干得不好，被免了职，小说添写了张飞巡察一节，旨在说明他窝火大材小用，故意醉酒误事，事实上恐怕是他生性散漫，不擅长治理细务，这点就不如诸葛亮；他干的最大的一件事便是辅佐刘备取川，向刘备献上、中、下三策，这倒显示了高级谋士的水平。令人不解的是，这样一位与诸葛亮齐名的奇才，进攻雒城时遇的对手，仅是普通的将领，竟然失算中计在落凤坡丧了命。胜败乃兵家常事，但倘若与司马懿、周瑜这样的对手斗智比谋，输两场情有可原，诸葛亮后来也有失街亭嘛。但败在相差十万八千里的对手之下，而且是无可挽回的失败，就很难解释了。只能说明，盛名之下，其实难副，他的本事没有江湖流传的那么大。小说作者也许很想圆这个漏洞，写他求胜心切，急于与诸葛亮抢功，对诸葛亮的提醒以小肚鸡肠度之，认为诸葛亮的相劝是怕他功大。这反而凸显了他的心胸狭隘且不知人，有损此等人物的气度。

庞统有才，惜还没来得及让人看到才有多大，且生性狂狷自负，与人相处很难融洽，很难成为庙堂重器，更别说与诸葛亮匹配了。他的死，刘备是极为悲痛的，身为副军师，刘备带其入川，足见对他的厚望。取川后，刘备醉后忘乎所以，庞统以桀纣之言讥讽之，酒后刘备致歉意，再问谁错，庞统以君臣均有错相答，宽仁的刘备大度一笑了事。我猜想：在刘备心里，卧龙、凤雏都归于自己麾下，在江湖上大大提高了自己的声望。取了益州后，诸葛亮和庞统分别在荆、益谋划，可顾两全。这倒是个不错的想法，倘若后来关羽身边有个高参，也不会被吕蒙白衣渡江所蒙骗。但以庞统这种为人方式，能不能与关羽搞好关系说不准，留在成都他也不是理俗务、协众官的料，怕又会给刘备出道难题。

庞统早死是大遗憾，可惜没有向社会充分展示凤雏之才，取益州之功人们深深记住了，成都昭烈祠蜀国文臣塑像他位列第一。而诸葛亮不在此处，他独享武侯祠。

郭 嘉

[霜天晓角]

经天纬地，察青萍动微。官渡燕山幽水，运筹神，舍君谁？
哭悼征程远，思君败赤壁。凤弦断悲子期，高士去，谁共语？

[词　话]

三国重谋，也多谋士，郭嘉是众人中的佼佼者，可惜三十多岁便英年早逝了，如果他能多活十几年，可能会是张良、陈平之类的人物。

郭嘉并不是一开始就投靠曹操的。留下不多的史料中记载：他是颖川人，按曹操的说法，"汝、颖固多奇士"。年少时便有"远量"，大概是志存高远、识见高远之意吧。未发达时，他不像诸葛亮那样江湖有名，而是"隐匿名迹""不与俗接"，因此知道他的人不多，结交的英俊之辈都称他是奇才。他先投奔的是袁绍，袁绍怎么用的他，不详，估计与刘备开始对待庞统差不多。清高的郭嘉通过观察，觉得袁绍"多端寡要，好谋无断"，不是个成大事的人，便跳槽了。这时刚好曹操深为器重的一个颖川人死了，曹操希望荀彧再给他推荐一个颖川人，荀便推荐了郭嘉。曹操是亳州人，离颖川不远，都是喝淮河水长大的，看来郭嘉还是沾了乡邻的光，才走进曹操的

视野。

要成大事，光靠这种乡邻之情是不行的，郭嘉也确实有两把刷子，初次召见，与曹操说天下事，曹操大笑，"使孤成大业者，必此人也。"谈的内容是什么，没有留下来，不然又会是一篇《隆中对》吧。试想以曹操的见识与眼光，一次谈话便获得他这么高的评价，绝非等闲之辈，等闲之言。

与曹对答没留下来，官渡之战对垒袁绍前的"十败十胜"之论却留下来了。这是完全可以与《隆中对》比美比奇的一篇策论。诸葛亮谈的是"势"，郭嘉谈的是"术"，都是论述精到，有预见性。天下事未卜先知是有的，但不是《推背图》《烧饼歌》之类掺杂巫术成分的江湖秘语，而是建立在综合因素分析基础上的正确推论。如果说《隆中对》从天下大势着眼，在各种政治力量此消彼长的基础上给出"三分天下"预言的话，"十败十胜"之论则是从统帅的个性、秉赋、好恶、待人接物、决断处事，甚而情趣偏好出发，分析力量的强弱，给出谁胜谁败的预言。不能说郭嘉的话没有一点儿拍马屁的成分，但其分析角度的基本点是准确的，论述也是精辟的，预言也被事实证明超级的灵验。须知曹操不是庸人，不是那么几句好话就会被哄晕的。其"十败十胜"值得一抄：道胜、义胜、治胜、度胜、谋胜、德胜、仁胜、明胜、文胜、武胜。这何止是一次战役的战术分析，而是谋天下者必有素质的劝谏之言。一个年龄不大、阅历不深、经验不多的书生竟有如此妙论，可见是个天才，也是心思用得太多了，以致英年早逝。特别难得的是以统帅的行为方式、性格特征预见战争胜负的结局，与现代社会搞战略研究的某些方法相类似。多年前，笔者看过一本书，叫《病夫治国》，即是从政治家的生理、心理角度探讨政策得失、衰败兴亡，1800 年前的郭嘉早已开了先河。

戏剧上有两种导演，一种称"理导"，一种称"执导"，理导提供理念，执导负责执行。谋士也有两种，一种擅长战略规划，一种工于谋策到位。"十败十胜"之论应当属理导范畴，郭嘉并不限于此，征吕布、征乌桓、破袁子、论刘备、析刘表、知孙策多出奇谋，算无遗策，堪称袖里乾坤，料事如神。无怪乎郭嘉之死，曹操那么悲伤，甚至对身边人说，"天下事竟，欲以后事属之"。简直想让郭嘉当接班人了。这些话有作秀的成分，但也有爱才心切、求贤若渴的曹操的真情流露。乃至于赤壁败后，他感叹：若郭奉孝在，不会有此大败。使身边的谋士们羞愧不已。

倘若郭嘉与诸葛亮、周瑜在赤壁对弈，那一定更为精彩。倘若郭嘉活到司马懿时代，又会是一个什么局面呢？历史是不按好奇者的想象发展的。

荀 彧

[八声甘州]

　　精韬略将天机看破,文曲光灼灼。赞大势可判,孤城能守,绝地善谋,随曹南北转战,帷幄划兵戎,千筹无一错。奇也文若。

　　劝君缓议九锡,个中味谁解,为汉为曹?世论周公贤,众谴王莽过。春秋山河定一尊,汉水九脉漫泽国。君不识,空盒罪我。惜也文若。

[词　话]

　　君臣相处不易,共始终更难,像刘备和诸葛亮这一对水乳交融、君信臣安、福及二世者微乎其微。荀彧与曹操便是半途而废,无论从论势谋划、理政安民、中军统筹哪方面看,荀彧都是一流人才。辅佐曹操呕尽心血,计出功成,功劳无人可以匹敌。最后还忍受曹操猜忌,以五十多岁的壮年死得不明不白。

　　荀彧的才能,从司马懿以后的评价可以看出,大智者司马宣王都说:"吾自耳目所从闻见,逮百数十年间,贤才未有及荀令君者也。"这个评价够高的了,从荀彧经历的大事来看,一点儿也不过分。他还发现推荐了郭嘉、司马懿、荀攸、钟繇、陈群、郗虑、华歆、王朗等一干人才,几乎构成魏晋时代朝廷的大半个班底。说他具有王佐之才,实至名归。

　　怎么引起曹操不高兴的呢?伴君如伴虎,本来心腹重臣就不好当,特别面对的又是曹操这个本事大、心思多、猜疑心重的人,稍有不慎,就会失宠。曹操的性格又是无所顾忌的，说翻脸便翻脸，说杀头就杀头，连眼都不会眨一下。权臣伴君，一方面要尽其才、扬其智、立其功，让君王重视；另一方面，又要收敛自保，克己推名，使君王不忌不疑，确实难哉。换个角色看，君主也不易，要用大才，又要防大才，防范太有才能的部下玩心眼、树党羽，形成尾大不掉。中国封建社会几千年君权与相权的纷争，制衡成了政治学的一个大命题，明清干脆将丞相一职取消了，可见君王的良苦用心。按常理说，荀彧失宠还没到时候，曹操面对的局面是天下未定，还亟须荀彧给自己出主意；荀彧的力量也远没达到令曹操感觉尾大不掉的地步。引起两人不和的表象原因是荀彧劝谏曹操复议九锡。聪明的曹操理应明白，荀彧的劝谏是为曹操考虑的，并不是他想靠近汉献帝。因当时的势情决定曹操做这件事还不成熟。即或荀彧的直言使他失了面子，也不应该萌发杀机，他毕竟不是一个昏君。

引起曹操不满的真正原因小说中没写，是因为伏后的一封信。董贵妃丧命，伏后兔死狐悲，给自己父亲伏完写了封信发怨言，有无求助之意不知道，伏完将这封信拿给荀彧看了，荀彧没有向曹操报告，后来曹操通过其他渠道得知这件事，荀彧才发慌了。找曹操先绕个弯子，劝曹操将女儿嫁给汉献帝，被拒绝方才提到这封信。曹操问你为什么不早说，荀彧竟然辩白在官渡战前曾提到过。曹操动怒了：这么大的事我怎么能忘呢？荀彧又搪塞。也许战事紧，当时忘了说。曹操反问：那官渡战后这么长时间你为什么不说呢？麻烦就大了。曹操越听越犯怒，荀彧越解释越说不清楚。这问题也确实严重，一个那么信任的部下，出征时把家当都敢交给他，在这么大的事情上竟然知情不报，与我玩心眼，他又那么有才，心眼那么多，再联想到两次劝自己复议九锡，今后谁知道会干出什么事来呢？确实难以想象，以荀彧那么明白的人，对此信知情不报出于什么用意。忽略是不可能的，不排除有对汉室愚忠怜悯，甚而留条后路的嫌疑。慢说曹操不能原谅，放在刘备身上也不会原谅，君王最怕也最恨身边人与他玩心眼，脚踏两只船。曹操对荀彧还是客气的，开始仅仅疏远他，荀彧的压力可就大了，忧郁而病。传在寿春养病时，曹操派人送去一个礼盒，打开来是个空盒，荀彧便服毒自尽了。也有史料说没这回事，他是病死的。即或病死，也是时下人人皆知的抑郁症吧。

一代奇才成功在心思缜密，失败也在心眼活泛，这样看来，成败的关键点在于用心眼的对象是谁。惜乎，叹乎？自有你知他知了。

贾 诩

踏歌

奇也。料事神将军机参透。谋者胜无半点疏忽。上算智应孔明仲达伍。

惜也。助虎狼却明珠暗投。扶庸昏又搅水逆流。幸亏得知进退出入。

拜金阙，居庙堂，方挥洒移挪乾坤手。晓达隐保几世富贵，寿多显上品风流。

词话

贾诩是个地地道道的老江湖，在三国众谋士中，经历最复杂，变主更移的次数最多，寿命最长，福分也最大。躲过一场又一场灾难风雨，全仗着袖里乾坤，算谋拔筹。

他一生助过董卓女婿牛辅，辅过乱臣贼子李傕，帮过平庸之辈段煨、张绣，后来才归顺正主曹操，又见宠于生性刻薄的文帝曹丕。历难多多，移情多多，奇谋也多多。他的谋划，依奸乱干大坏事，依国手干大好事，要按历史的是非曲直论，真不太好评价。比如说，董卓之乱被王允施连环计平定后，西凉兵魂飞魄散，要散伙，他的一席话稳定李傕等人，聚拢散兵犯长安，使得长安沦陷，天子遭殃，后来裴松之论《三国志》，提起此事，还不忘谴责贾诩的罪过；首谏曹丕以魏代汉，策划禅让活剧的也是他，只是后世口诛笔伐执行人华歆的居多，

他这个大导演反隐身在后；劝逼张绣投曹操不助袁绍，激曹操官渡之战坚定信心，对统一北方，缩短封建割据、生灵涂炭的局面立了大功；旁敲侧击，以袁本初、刘景升废长立幼的事劝谏曹操打消换太子的念头，为魏国的稳定出了好主意。撇开是非的评价不说，策到即胜，从无败算，谁也否认不了这是个大才。

他的境界与诸葛亮没法比，与郭嘉、荀彧也没法比，按照今天的话说，没有什么信仰、理想，因此也致使他没有良禽择木，择善而从。谁能用他的计，他便随从谁，发现不对劲，再反水重新站队。在与主子相处时，除谋划尽心，将保身也放在心上，因此，他的命运既不像诸葛亮那么苦，也不像荀彧那么悲。从某些方面说，他是自私的，自私而有才，使他涉身于一个又一个的政治旋涡，而且都躲了过来。帮李傕出了好主意，李傕兵占了长安，两次封官他都不当，最后勉强接受了一个。在位时尽可能干了些好事，稍微减轻了几个武夫带来的混乱。并不是什么精神支柱支撑他，"我不下地狱谁下地狱"，可能仅是看到这样搞于心不忍，对自己将来不利罢了。最后还是借母病脱离了这个环境，也避免了应受的惩罚。投曹操后，尽管计之所从，从则必胜，但担心自己是个外来户，"策谋深长，俱见猜疑"，于是"关门自守，退无私交，男女婚嫁，不结高门，天下之论智计者归之"。谨慎如此，小心如此，得以善终。因保曹丕太子位有功，文帝时官做得更大，一直活到七十岁方死，子孙受封赏也没有灾难。

无论你赞同还是反对贾诩的人生信条（他也没留下什么见诸文字的人生信条），他向社会充分地展示了自己的才华，在乱世中滋润地活着，寿终正寝，位居三公，奇巧之处是令人深思的。

荀 攸

少年游

稷下师荀门子，谋奇双叔侄。心念汉阙，功垂曹营，运筹神鬼知。劝谏九锡阻称王，祸引落双日。毁千日功，责一言罪，难哉曹营事。

词 话

战国时大学者荀子，稷下讲学，桃李满天下，李斯等都是他的弟子，杂儒道而自成一体，文名与孔子、老子齐名。其《劝学篇》更是字字珠玑，传之后世。记得有名句："蚓无爪牙之利，筋骨之强，上食埃土，下饮黄泉，用心一也。蟹六跪而二螯，非蛇鳝之穴无可寄托者，用心躁也。"不知荀彧、荀攸叔侄是否是荀子的后裔，但两人学富五车、智谋过人，且仪表堂堂，处世有谦谦君子之风，倒有点儿像获荀氏家传。两人都是曹操的大谋士，且心智专一、谋事专一、事君专一，成就常人难及的功业，结局却都不太好。荀彧因劝曹操复议九锡，得罪了曹操，又加上伏皇后的一封信，说不清道不明，只得忧郁而死；荀攸也许接受了叔叔的教训，倒是赞成曹操袭九锡，曹操很高兴，更为器重荀攸。但是在曹操封魏王的事情上，他又提出不同意见，惹得曹操不高兴，也被疏远忧郁而死。

笔者读此就想不通，这两位惊世奇才，上知天文，下晓地理，中通神

鬼，腹中藏甲百万，谋出可颠倒乾坤，为何心理都这么脆弱，失宠即忧郁，忧郁乃成疾，生命承受力如此之轻？回到他们的老祖宗那句"一"与"躁"的名言，也许症结正在此。用心"一"，成就学问，成就事业，成就甘苦与共君臣关系。用心太"一"，眼里揉不得沙子，心中藏不下尘埃，遇弯道曲折难以拐弯，一根筋拧到底，一条道走到黑，是要付出代价乃至生命的。荀氏叔侄也许都太专一了，因"专一"用心方有超人智慧，因"专一"事曹操方有别人所没有的荣宠。曹操曾有评这对叔侄的妙论："荀令君（荀彧）之进善，不进不休，荀军师（荀攸）之去恶，不去不止。"可见专心如此，至诚如此。劝谏曹操袭九锡，缓称王，本来都是为曹操考虑的，知无不言、言无不尽也是臣子专一的本分。曹操不领情，不采纳，以怨报德，至诚专一的荀氏叔侄怎么也想不通。曹操一贯器重、深信他们，曹操对他们的态度已成他们生死荣辱、名利尊严的依赖，受荣宠太多，视知己太专，受不了冷落，受不了疏远，也许再加上文人心密，心眼多，知曹操的为人，还有一个怕字，恐明天祸从天降，忧郁之盛，乃至送了性命。

这一对叔侄，聪明的地方太聪明，糊涂的地方又太糊涂。忘了人生还有峰回路转、柳暗花明的诗词境界，不知生活还有天高云淡、沧海桑田的佛家涅槃。"专一"不代表心眼太死，任何一种追求都不要把它看成生活的唯一。庸者自明的道理，在智者那里反而想不通了。

程 昱

雨霖铃

谋军筹神,谋国顺势,谋人知思。言必听,计必从,曹营高士。袖中术近郭嘉,旁观二荀滞。兴邦易,却君说难,善终硕存,不落日。

谋臣履冰伴君危,剖肝胆饲虎身先死,铁营盘流水士。股肱终,甘苦谁知?浪里弄涛,识水性浮沉几个来回,方识得驭龙有道,帐下客莫痴。

词 话

两军相对,谋兵要看势,既要从双方力量对比、因情转化的角度料定胜负,还要寻找最有利的战机。光有这种本事还不够,还得谋人知思,郭嘉的"十败十胜"之论可说是谋人知思的典范。与郭嘉属一个等级的谋士程昱也精于此道,看透刘备的韬晦心理,谏曹操诛刘备,止刘备率兵远征,他都与郭嘉英雄所见相同,惜曹操没有采纳两人意见。刘备赴吴,曹操手下不少人都认为孙权会借机除去刘备,唯独程昱有不同见解,他仍是从孙权的心理分析入手,认为孙权此时尚需刘备相助,两人会合力一处,后来的事果然证明程昱判断的正确。

特别具有戏剧性的一件事是:袁绍数万大军攻曹,程昱孤军守城,城里只有区区七百人,曹操准备增援几千人马,被程昱拒绝了。他的理由是因人少,袁绍不会放在眼里,不会攻这个城,人多了反而招眼、危险,后来果然如他所料。如此大胆行为事后深受曹操赞叹。程昱的大胆不是冒险,而是建立在对袁绍心理透彻分析基础上的。

程昱的这种功夫也不是后来才有的,他出道的首战便证明他有这种本事,黄巾军起,东阿县丞王度趁机反了,烧了仓库,吓跑了县令,大家都不知所措,只有程昱通过王度在城西五六公里处扎营判定他没有守东阿的力与志，便鼓舞县令与军民聚拢守城，果然得胜。后劝刘岱不应该图一时之势联合公孙瓒绝交袁绍，辞刘岱封官，投奔曹操，都是从谋人知思的方法论出发，路才越走越光明。

程昱不仅策划军机知敌思，依附君帐也知君思，在曹营众多谋士中，成为少有的善终者。这方面应当远比荀彧、荀攸叔侄高明。从一件事例可见：曹操率兵远征，分派程昱协助曹丕看家，有人反叛，被平息，叛军千余人投降。众人认为依旧例都应杀了，程昱不同意，说了一番理由，因反对他意见的人太多，他退了一步，说即使要杀，也应先向曹操请示。有人说，军事上的事情，可以因势专权的，不必事事请示。程昱坚决不同意，认为那是在事情紧急的情况下，现在不是那种情景，该请示还是要请示的。曹丕采纳了他的意见，曹操果然不同意杀降，事后对程昱大大表扬了一番，并上纲上线，称赞他不仅"明于军计"，而且"善处人父子之间"。将此事提高到父子关系的高度，可见程昱是深晓曹丞相心思的。

荀氏叔侄小心翼翼，终了还是被曹操心疑。程昱却"性刚戾，与人多迕"，得罪人多，常被人告黑状，甚至有人告他谋反，没想到曹操不仅没有惩罚他，反而"赐待益厚"。这与荀氏叔侄，特别是荀彧的温和待人、荐拔大量人才恰恰相反。为什么会出现两种截然不同的结局呢？这或许正是程昱知君所思的高明之处。当君主的，最怕自己的臣下收买人心，搞圈子、山头，疑心特重的曹操更是如此，程昱因性格不好，得罪人多，反而使曹操放心他不结党营私。有人告他谋反，曹操反而认为他不会收买人心，更为放心他，器重他。这使我想起《汉书》，萧何劝刘邦将废弃的园林分给百姓耕种，百姓兴高采烈，都说萧丞相好，由此被人提醒危将至也，他一下就明白过来了。荀氏叔侄至死也没有搞明白，忠心耿耿不被理解，知无不言反遭怀疑，觉得委屈，忧郁而亡。有人说，将军决战何止在战场，对比荀氏叔侄与程昱的不同命运，可引申一句话，谋士筹划岂止在沙盘，还在谋人知思。

刘 晔

[思佳客]

魏营事三朝赞划，有始终谋士奇葩。料神抵荀氏叔侄，析势近妙算郭嘉。

木秀林，未摧折，得宠曹谐伴司马。谁解其味智者谜？冬孕春发枇杷花。

[词 话]

在曹操的众谋士中，刘晔是奇人。首先是身份奇，他是正宗汉光武帝的后代，比刘备引为自傲的刘邦二十八代玄孙离皇族要近许多。他并不引以为傲，处处挂在嘴上，也没表现出龙之传人心有异志。相反，老老实实地待在曹操身边当他的参谋，在曹操与汉献帝联合又斗争的二人转中，安安稳稳，没被猜忌。

其次，他个性奇，七岁时母亲就死了，死前叮嘱他与他九岁的哥哥，他父亲身边的"侍人"不是个好人，将来会乱家的，你们长大了要杀了他。这个七岁的儿童竟然深记于心，十三岁时召集他的哥哥，杀了这个人，实现母亲的嘱托。他父亲派人去追他，他也不惧，说是受母亲之言，甘愿接受不请擅行之罚，使父亲深为感奇，反而不追责他了。著名的相士许劭就断定刘晔有佐世之才。

再者，他想法奇，见识统统与众不同。他生活的扬州当时有三个地头蛇，各拥其众，骚扰百姓，想获得有名望的刘晔支持。年仅二十岁的刘晔虚与委蛇，请他们吃饭，为示尊重，单独与其中最勇猛的头领在内室饮酒，喝酒中间用佩刀杀了这头领。众地痞因突然事变散归本营，刘晔不仅不跑，反而迎头去营地，倚仗三寸不烂之舌，说动了众人，拥戴他为头领。想曹操、刘备起事初能拥有一支武装，求之不得，他却将这支武装交给了太守刘勋，连刘勋都奇怪。他的想法是：汉室衰微，他只是皇室的支属，不宜为兵；且这支武装是地痞出身，很难成大事。

还有，他用谋奇。在曹操身边，身历百战，出谋划策从未出错，凡是曹操采纳了的，都胜利；凡是曹操没采纳的，都碰壁，曹操事后深悔不听刘晔之言。刘晔更难能可贵的是，主意出给曹操，用不用由曹操决定，从不去力争，曹操不用，也没有牢骚、怨言；事实证明不用自己的主意错了，曹操表扬，也没有丝毫自矜之意。平时为人处世，身在高位，很少与人交往，别人不解问他原因，他答"智者知命"。联系他以往的行为，这"知命"即选择了自己的定位，定位在做个辅臣，不结交权贵、树党联朋，才是真正的智者。

刘晔有智，有大智慧，他历曹操、曹丕、曹睿三朝，始终被信任有加，虽没见大宠，也没有磕磕绊绊，能与他相比的曹营谋士，仅贾诩一人而已。一生平安，死亦哀荣，子孙见封，作为一个汉皇室近支，能在曹氏天下有此命运、结局，是常人很难做到的。

桓 范

古阳关

兵书破万卷，智多名天下。识得成败，奈君在，怯司马。事急浑不惧，单骑显勇侠。抱玉恨，朽庭难支惜曹家。

遥想卧龙事，南山耕，看乱云飞，知清浊，辨高下。一朝风云动，惊雷驰天马。范增憾，竖子难谋经纬画。

词 话

桓范有智名，而且有大智名，他不像卧龙、凤雏在野，而是在朝，连大智倾朝的司马懿都怯其三分。他的事迹证明其智谋、胆识确实非凡，惜所择非人，遇到曹爽这样志大才疏、位高识短的人，好主意不见用，眼睁睁地失败了，还搭上自己和宗族的性命。历史上能与他类比的范增可算上一个，竖子不可与谋，猪大肠怎么也扶不起来，国手也无奈。

曹睿托孤，付大任于曹爽、司马懿，曹爽的父亲曹真是开国元老，曹氏宗室，忠心可靠，何况曹爽在文武韬略上确有两手，朝野皆赞，应当是牵制司马氏野心膨胀的合适人选。曹爽一开始干得也不错，大权独揽，连禁卫军等关键岗位都换上自己的族兄族弟。表面上看，司马懿纵有通天本领也施展不开。无可奈何的司马懿又施放了惯用的一招，装傻。这次装得比刘备当年还具有迷惑力，病老中风，残喘待死，彻底地将曹爽麻痹了，安安心心地带小皇帝狩猎逍遥去了。这一去，便让司马懿瞅准了机会，仅靠几百家丁就闯进宫去，逼太后发旨，清君侧，罪曹爽。关键时刻显出曹爽确是个无用的东西，带着皇帝却不敢回宫，安排了自家兄弟的禁卫军不堪一击，在野外玩起了保卫战。司马懿最忌怕桓范，轮到桓范出场了，其果然不凡，竟然诓开城门，匹马奔向曹爽和小皇帝的身边。

司马懿这边，众人都因此胆寒，唯有司马懿不怕，他知桓范，更知曹爽，看准曹爽怕事，定然不会用桓范之策。果不其然，按桓范的献计，应立即带小皇帝回宫诛叛乱，以当时的情景，曹爽借皇帝之威名，振臂一呼，三军定会站在他一边的，司马氏夺宫毕竟是大逆不道之举，曹爽却没有魄力采纳。退一步，如果曹爽坚持野外保皇战，狩猎部队全是重兵，王命在此，召勤王大军也师出有名。曹爽也是没有耐心和胆量这么办，让司马懿派人七哄八骗，乖乖地交出皇帝，交出帅印，交出全部权力，甘心等待司马懿特赦去当田家翁。最后连命也没保住，连累桓范等人跟着等死。

　　读史至此，感觉窝囊，深为叹息，惜不在曹爽，无才鲜德偶登高位，命该如此，一代奇才的桓范竟然也去殉葬，令人觉得太可惜了。事态的严重性桓范早看出来了，关键时刻有妙棋可转危为安，庸才曹爽就是不用，遇到这种主子，即使是张良在世也干瞪眼没办法。天生奇才，十年磨剑，袖有神机，对牛弹琴，坐以待毙。有什么办法呢？当年范增如此，这时的桓范也如此。此刻思诸葛亮坐待茅庐识主选栖，辨别黄钟釜瓦是何等英明。学成文武艺，贷与帝王家，贷与谁结局确实是不一样的。遇项羽、曹爽这类愚夫痴子，纵有子牙、子房的才干又有何用？悲哉，桓老夫子！

　　这场宫变闹剧就这么轻易地完成了魏宫的权力转移，为若干年后的以晋代魏奠定了基础，角斗的拳击手不是一个等级，因此热闹却不精彩，唯有桓范的表现展示出他应是诸葛亮、司马懿一类的人物。可惜奇才未展，壮志未酬，不然，《三国演义》后半段会有更精彩的斗智斗谋篇章。

李 儒

【生查子】

漫说西土蛮，也生君识见。频频治戎策，摇摇羽毛扇。
看破连环计，独知凤仪险。董公非庄公，胸纳绝缨难。

【词 话】

俗话说，一个好汉三个帮，漫说好汉，坏蛋也有人帮，不然也当不上大坏蛋。残暴不仁的董卓身边有武将，也有谋士，李儒还是个不一般的谋士。为董卓收买吕布背叛丁原，看穿曹操有刺卓之心，识破王允连环计，劝说董卓送貂蝉给吕布等情节，可以看出李儒的见识不一般，谋略不一般，可惜董卓没照他说的做。不然，王允空施连环计，也会赔上夫人又折兵的。

天下纷争，谋士择主，辨忠奸而选的有，附势大而依的更多，李儒大概属后一类。胜者王侯败则贼，所依附的主败了，谋士也成了助纣为虐的小丑，也有例外的，像辅佐袁绍的沮授、田丰，那是靠自己的人品和气节。董卓败亡，李儒也随之殉葬，没有他求饶投降的记载，估计他甘心陪绑，却没有落下一个好名声。

我有时遐想，假若贾诩辅佐董卓，又会是何局面呢？他又有如何下场？贾诩做到了先附势，后知势，迎来了与李儒截然不同的命运。李儒虽聪明，但聪明都在术，见势识人都是愚蠢的。给董卓出好主意却不被采纳，证明他不识董卓。董卓一意孤行，劝谏不听，李儒却看不到他的败势，不能像贾诩那样急于脱身，甘心为虎作伥，败亡也活该。特别是他不论是非曲直，追名逐利，蛇蝎歹毒，如逼死何太后，缢死唐妃，鸩杀弘农王，不眨一下眼。这种人，智术虽高，身败名裂也不足为惜了。

卷 四

孙 坚

虞美人

十八诸侯人中龙,破阵急先锋。一马虎牢勇闯关,洛宫思国长叹月朦胧。

玉玺馋勾帝王梦,鹰逐非鲲鹏。幸得吴女生龙子,鼎足立瓜三国霸江东。

词 话

三国创业的第一代,代表了三个阶层:曹操出身豪门,孙坚起于武夫,刘备发轫于平民,想来也不是偶然的,汉天下被三个不同等级、不同家庭背景的人瓜分,也算天意公平。

孙坚是恃武闯打出来的,十七岁敢于杀人,白手击溃武装的海盗,显示出卓越的将帅才能。借镇压黄巾起义脱颖而出,战功卓著,逐渐有了自己的队伍,有了天下传颂的名望,可跻身于讨董盟军的诸侯行列,还充当先锋。在十八路诸侯中,论单打独斗,孙坚是武艺最强的,攻陷虎牢关,先入洛阳的,是孙坚。神话关羽酒尚温时斩杀的董卓大将华雄,是孙坚之功,让小说作者转到了关老爷名下。

在洛阳宫偶然发现传国玉玺，对孙坚的志向、品格是检验，他置讨董卓大局于不顾，私下藏玉玺，引起袁术争夺，私下带兵出走，瓦解讨盟大军，责不容谅。可见孙坚并不是济天下苍生的义士，而是见利忘义、存野心的军阀，难成大事。后来东战西杀，以武夫之身身先士卒，其勇可嘉，其志看浅，早早便血染沙场。好在他有一对好儿子，孙策、孙权一个比一个强，成就吴国大业，无怪乎曹操也羡慕他，不然他将湮没在那些云烟一时的过客中，无人记起。

对那块不知给他带来好运还是厄运的传国玉玺，后世颇多疑问、争议。有人说孙坚说的是假话，《献帝起居注》明载："从河上还，得六玉玺于阁上。"即说汉玉玺并未丢失。又有人反驳说，天子有六个玉玺，称"皇帝玉玺""皇帝行玺""皇帝信玺""天子之玺""天子行玺""天子信玺"，这六个玉玺各有所用。传国玺在这六玉玺之外，是汉高祖刘邦所佩戴的秦皇帝玺，世世传授，故称传国玺，上面的字是"受命于天，既寿永康"，此玺不使用，只是象征，所以孙坚没有说谎。更有趣的是，有人发现，史载太康初孙权投降，送六枚金玺，没有玉。据考那时吴国没有能力刻玉，只能启用金玺。玩玉的人应该了解这个知识以辨真伪。

孙　策

[御街行]

将军意气贯长虹，年少展大鹏。蓬雀焉知凌云志，轻天命望江东。得周郎助，乔女嫁，趁鼓帆风。

何怕？枪挑房称霸，海阔舞蛟龙。逐鹿鸠占十八州，钱塘信来弄涛冲。死无憾，慰金陵业，称王自有兄。

[词　话]

江东大业，开创于孙策，孙策谋超其父，勇超其弟，可惜死得太早了，如果孙策坐镇江东，稳定局面可能轮不上孙权，主动进取恐远胜孙权，三国形势的发展会如何演绎，还真很难说。

孙坚死时，所率部队都被袁术吞并，孙策也效力袁术，袁术对孙策，爱其勇而妒其能，有限制地使用他。孙策数次为袁术冲锋陷阵，袁术对归还孙坚的旧部一拖再拖，对承诺孙策开府治衙一哄再哄，孙策听从张纮的建议，一步步达到脱离袁术的目的，不容易。有了自己的军队，有个自己的地盘，败黄祖扩其地，羽翼渐渐丰满。

孙策比孙坚高明之处，主要在于能揽人心，得民心，不单凭武夫的单打独

斗，尽管他武艺上有可能超过孙坚。能与周瑜、张纮这样的人才结为生死之交，可见他的能耐。还约束士兵甚严，军纪好，少扰民，使得民心归附。

他的大胆与魄力从一事可见：曹操与袁术在官渡对垒时，他曾谋划趁许昌空虚，出兵许昌，迎取汉献帝，在自己的地盘效曹操挟天子以令诸侯。真可谓初生牛犊不惧虎。凭那时他尚弱的实力，竟敢下这盘大棋，棋路是绝对正确的。以后若有孙权那时的实力、地盘，虎儿会做何种举动，很难想象。

孙策死得太偶然，杀许贡虽然草率，但曹操杀无辜者更多，许贡的两个门客竟然报了仇，说明他防范意识太差，也是骄兵必败吧。太自负于自己的武力了，单骑狩猎，冷箭难防，无名门客竟射杀人见人惧的小霸王，可惜。箭伤这么重，医嘱要心静自养，与一个道士发怒赌气，致使丧命，不值。这也可看出他性格上的自负和焦躁。有此性格治理一国，可能会遇到大麻烦，这方面他没有孙权稳重，死得早也许对东吴后来的事业还是幸事。

袁　术

[卜算子]

　　锦袭世代侯，公子自风流。痴心盼极黄金台，岂晓歧路哭。
　　睨眼不识楠，饥思蜜拌粥。悲风劲扫八公山，无边萧萧木。

[词　话]

　　袁术是典型的志大才疏、寡恩少仁，与袁绍相比，还少些气度和通达，史评袁绍外宽内忌，他连这外宽都没有。唯一可赞的是拒绝董卓的封官，弃都外奔这件事。如果他与袁绍兄弟相容，同心协力，袁氏定天下也说不定。稍微有点儿能量，便兄弟相斗，兄弟与谁为敌，自己便与谁做盟友；一败涂地时，才想到兄弟，这或许是袁氏的家风。后来袁绍的几个儿子也是如此，郭嘉看得很清楚：攻之则合，不攻互斗，生生将四世三公的遗产输得干干净净。

　　仔细想来，大家子弟共同的特征是志向大，野心大，正面的发展是政治世家，再多些成熟和历练，改朝换代最后登大位的往往是这类世家子弟；反面的发展，成长环境太优越，骄纵过度，虽有些本事，继承的是皮毛的风光和血性的自负。自以为是，不能容人，像个惯坏的孩子，反而没有平民子弟的踏实和努力。后来会败得很惨，死得也惨。

袁术正属于后一类人。他本来有很好的基础，今天帮这个打那个，明天随那个打这个，为眼皮下的利益分分合合，没有长远的政治眼光和雄才大略。比如妒恨孙坚之功，不能给他提供粮草；听说孙坚得到传国玉玺，迫不及待刀枪相逼，直折腾得盟军解体；向兄长袁绍借不来粮草便反目成仇兵戎相对。出兵救不救吕布，不从战略大局出发，而是看他能不能送女儿来为媳；对孙策这个有本事的孤儿，用而又疑，连哄带骗，骗术还如此低劣，使本可为部下、为盟友的力量，反而成为恨敌。最是败笔的一件事，带头称皇帝，做袁绍、曹操都不敢做的事，后世的"缓称王"国策怕是也接受了袁术失败的教训。就这样反复无常、鼠目寸光，将自己的威望废尽，本钱输光，兵败后连自己的部下都不收容他。

他死得也富有戏剧性，小丑的戏剧性。连粮食都没有吃的了，还要喝蜜水，不改纨绔子弟的习性。手下答没蜜水，有血水，算是对他绝妙的讽刺，气得他呕血数升而死。不知他生这么大的气是气谁，最应当气的应是他自己。出身名门望族者当引以为戒，肥沃的土壤助其疯长的不仅有栋木，也有菱草，腐烂最早的也是这些草。

刘 表

阮郎归

长秋水落霞孤鹜，离离江风柳。潮涨落漫堤拍岸，萧萧汉家树。
鹊音稀，多鸣鸠，白茫茫沙鸥。翅衰不耐天晚寒，思巢鹦鹉洲。

词 话

刘表的悲剧，在于狐疑无决断，对内对外均如此。本来上天给他这么好的一块土地，民富郡丰，占据战略要地，四处动乱，其独存数年之安定，士人学子避乱于此，又挟十万兵众，退可以鼎足自保，进可逐鹿中原，可惜最后落个食尽鸟投林，分崩离析的下场。

对外，他开始在诸侯争夺战中作壁上观，除对孙坚、袁术的主动攻击反击外，后来基本没掺和曹操、袁绍、袁术、吕布等的混战。不选边站，不树敌的外交策略无可非议，但应趁机励精图治，壮大实力，纵横有术，以备危亡之秋。当袁绍和曹操这两位强手决战时，双方都在拉他，他本来可以或左右逢源，或选择一方以备不虞。可他却始终在这两个方阵中间摇摆，在联曹还是联袁之间犹豫，到头来，哪方都得罪了。待到曹操打败袁绍腾出手来，荆州便无招

— 89 —

架之力。犹豫是他性格上的因素，也是缺乏外交大战略考量的表现，这与后来诸葛亮始终坚定联吴抗曹的方针形成强烈对比。当有实力时，别人还对自己有需要时，一定要审时度势看清自己需要什么，将来要得到什么，这是国家的目标，一旦选定了，坚定不移地走下去，最后总不会输得那么惨。左右摇摆，患得患失，目标模糊，到头来什么都得不到，得到的也会丢掉。

对内，他既没有居安思危，抓住安定的局面厉兵秣马，有备无患；也没有利用士人云集荆地的好机会，招纳贤士，丰满羽翼。像诸葛亮、庞统这样的人士当时都在荆州，刘表未发现，或知而未用，后来都为别人所用，岂不遗憾？收纳刘备这个枭雄，用而疑之，拒又不忍，伤了感情，养虎为患。儿子本来就不争气，还犯与袁绍同样的毛病，废长立幼，引起窝里斗。最后自己一撒手，各种矛盾总爆发，内忧外患，使自己苦心经营多年的基业拱手让人，后人凄惨。

这个年轻时也英雄过，被称为"八俊"之一的人物，声名远播天下，凭自己的能力开创了这一份基业，却没能守住，二世而亡。人老了，病体衰了，斗志也磨没了，犹豫的性格也随着年龄滋长，助推了荆州的崩溃。后代的优劣也十分重要，孙坚还没打下家业便死，有出息的儿子白手起家创下基业；刘表创下这么好基业传下来，没出息的儿子瞬间葬送，彼此对比，刘表哀矣。曹孟德在赞叹"生子当如孙仲谋"的同时，也说刘景升之子"豚犬耳"有道理，生子者当思。

刘 璋

> **唐河传**
>
> 煮豆，燃箕，祸阋墙谁？信贰臣言，驱鬼幡招阎王旗。请易，意变客难拒。
>
> 漫道蜀地乏才，干戈动，武将用奇谋，落凤敌。求远，舍近，瞳重风烟迷。

> **菊花新**
>
> 红炉焙酒衾衣暖，白露漫窗巴月寒。不知锦城事，风卷诗书漫翻也懒。
>
> 参旗斜移月又圆，落叶报秋又一年。有几个鹧鸪凄凄唤，蜀地蜀天。

> **词 话**
>
> 刘璋软弱，得在软弱，失在软弱；祸在软弱，福在软弱。辩证法放在刘璋身上倒也应验。
>
> 刘璋的父亲刘焉是个豪杰，从地方官做到朝廷大员，预测灵帝死后朝廷有乱，寻机会去地方一避，又听信相士云蜀有天子气，设法去了益州，三下五除二夺得益州的控制权，包括后来他与儿子刘璋为敌的张鲁，都是他一手扶持起来的。势力大了，又久有异志，山高皇帝远，便搞起独立王国来。本来刘璋与他的两个哥哥都在朝中做官，也相当于人质，也许因刘璋性格弱一些，被分派去益州送信，便被父亲留下来，没回来的两个哥哥都因牵涉案子被杀，刘璋躲过一劫。
>
> 刘璋的父亲死后，蜀中群雄各不相让，认准刘璋温仁，也就是孱弱

吧，共上表推其为益州刺史，又一次因软得福。张鲁已在汉中自立为王，哪将刘璋放在眼里，从不服气到大动干戈，逼得刘璋要去寻外援。本来要寻曹操当救世主的，不料派去的使者张松心怀二心，因个人意气建议拒曹操而招刘备，又加上法正、孟达内外勾结，引狼入室。到后来与刘备兵戎相见，节节败退，这又是软弱招祸。

刘备兵临益州时，城中尚有精兵上万，谷帛够用一年，大部分人都主战，刘璋心虚，表面上的理由是担心生灵涂炭，百姓遭难，于是举手投降。刘备还是厚待他的，迁璋于南郡公安，尽归其财物及佩振威将军印绶，可以花天酒地去当他的安乐公。这也可能是因软弱得福，刘备当时文有诸葛亮，武有张飞、赵云，益州是守不住的，硬攻下料想刘璋不会有好果子吃，恐怕保小命都难。后来关羽兵败，孙权仍封刘璋为益州牧，他死后，儿子袭位。在孙权眼里，益州之主仍是刘璋，挑唆的目的很明显，不见刘璋有什么不甘心想复辟的举动，是他软弱无争的性格决定的，故刘备、诸葛亮也没为难他，这应该说是软弱得福。后两个儿子，一在东吴，一留蜀国，均平安无事。

老子曾以牙齿与舌头的比喻，说明柔弱胜刚强的道理，所阐述的是更高一种境界的哲理。刘璋远没达到那种高度，他是生性软弱，不得不软弱，得失、福祸全是在自然而然中降临他身上的，他的难得之处不过是有自知之明，一切顺着命运走，有时稍微想刚强一些，发现不对头，马上便转向，到后来得失参半，祸福俱有，类似塞翁失马，焉知非福，也谈不上人生的失败或胜利。这大约正是前些年沸沸扬扬谈论的"顺生论"的要旨吧。

卷 四

公孙瓒

〔东坡行〕

儒雅盛名冠,行事尚有善。龙虎斗阵君非敌,幸哉子龙伴,惜也子龙伴。

统兵自知守,龟缩据幽燕。兵败自焚易京楼,粮多也枉然,兵多也枉然。

〔词 话〕

发光的不一定是金子,公孙瓒正像发光的沙砾:美姿容,好儒学,领兵一方,据州占府,风光一时,经大浪淘沙,灰飞烟灭。人们能记得的仅仅如他是赵云的旧主,刘备的师兄,在刘备初发轫时助过一臂之力,其余不过历史过客的匆匆表演,为真正英雄出场跑上个龙套而已。

有个词叫"缩头乌龟",是从乌龟生理特征、惯用战法得出的灵感,其实也是甲壳类动物通用的战术。当它遇到袭击时,不进不退,原地伏卧,脑袋四爪缩进坚硬的甲壳内,任你怎么逗弄也不伸出来,将自己易受伤的软体保护得严严的,这样往往会躲过劫难。公孙瓒修"易京楼"采用的正是缩头乌龟战法,连绵数公里,垒楼数幢,隔离墙九层,自己所住的

楼位于中间，高高在上，铁门紧闭，积的粮食够食数年。任你如何攻打，愈是不出，搞得进攻的袁绍好长时间都没有办法。

在冷兵器时代，采用这种战术，不失为短期自保的有效策略，这有点儿类似欧洲中世纪的骑士城堡。缩进去作为自保时的手段无可非议，但不能作为目的，保命一时是躲过攻击，伺机再反击，再前进，这是乌龟都奉行的道理。而公孙瓒缩进"易京楼"却是目的，听信术士的谎言，真的认为此地有龙兴之兆，待在里面，风雨不动，天下自然而然就属于自己的了，岂不令人笑话。人们擒捉缩头乌龟也有办法，一是敲其盖，击其腹，逼它伸出软体；二是虚其食，诱其利，钓它伸出头来。袁绍对付公孙瓒将这两种方法都用上了，到头来终于使公孙瓒兵败自焚，自杀前还杀了妻子儿女，认为坚固不可摧的"易京楼"成为埋葬自己的坟墓，徒然给天下留下一个笑柄。

公孙瓒的蠢举是因其迂，通儒的将军称为儒将，因有学问，少些鲁莽，多些明智；少些残暴，多些仁义；少些粗野，多些文雅。公孙瓒似乎没有学到儒学的真谛，展示的仅是皮毛和表面，更多些书呆子气十足的迂腐。如对出身富裕的才士待以粗食简服，称为磨砺；将士在外有难，按兵不救，任凭其败，称为激其精进。类似蠢事干了不少，用儒学、兵书陈规的教条机械地去领兵打仗，焉能不败？

卢 植

[恋绣衾]

　　朝廷有事用大儒，率兵擒得黄巾酋。不知贿有昭君图，胡亥指鹿非扶苏。
　　匡汉成梦幸曾师，偶得高徒晓春秋。春风虽未花千树，桃李一枝灿在蜀。

[词　话]

　　卢植是大儒，刘备和公孙瓒都是他的学生。以儒者之身去领兵打仗，且取得胜利，实属不易。如果政治清明，朝廷明智，他本可成为曾国藩之类的人物，不料十常侍荒乱朝政，贿赂通行，清高的大儒不去行贿，有功不赏反被囚，可见东汉晚期的腐败已到了无可救药的地步。

　　刘备的起事，正是为了投奔这位与黄巾军作战的老师，没想到见到的是囚禁在槛车中的师长，使他对朝廷充满深深的失望，也使他后来走过的路多了那么多坎坷和荆棘。小说中卢植的短短出场，似乎是为推出枭雄刘备服务的；卢植的因功被困，也是为了表现汉末政治腐败、民心尽失服务的，诛宦官斥董卓也是如此。完成这两个任务，卢植便没有再见了。

　　一心尽忠报国的大儒抱恨终天，憾不能挟危厦于倾倒，惜不能用才智以救国。栋梁之才，盖世之功被群小算计，心死的是卢植，也是民心、国运。幸也曾登坛讲学，桃李满天下，高徒刘备承继匡扶救国之心，最后在蜀地开辟了新天地，老师泉下有知，足以自慰。

黄　祖

落花时

纷争割据草头王，走马登场。纵一时兵多地广，营蜗角终空忙。曹操借刀祢衡杀，名士心凉。辛功不赏甘宁走，今劲敌昨帐将。

词　话

黄祖是个标准的军阀，乱世中这种人不少见，几乎是一个模子铸出来的。他们的特点是没有政治眼光，不奉行做人原则，缺乏信仰理念，相信有枪便是草头王，有奶便是娘。这种人以武力起家，通过火并吞并，淘汰同类，有了军队，有了地盘，成为割据一方的势力。有野心的政治家对此类人既需要又防范，需要他们作为自己的工具，去进攻自己的政敌，防范是因为这类人野心难驯，习性难改，不可长与为伍，只能用于一时，明知不是伴，事急且相随。这种人待人残忍，杀伐随性，见利忘义，反复无常，逞强于一时，横行于一方，混乱时可浑水摸鱼，成为香饽饽；一旦形势安定，便成为剿而灭之的对象，陈琳讨曹檄文对曹操用的"好乱乐祸"之词用在这类人身上十分恰当。

黄祖还是因为有这类军阀的大众化特点，在小说中提及之处不少，情节参与不少，但形象模糊，个性也不鲜明，只有在处理甘宁、祢衡、庞统三个人物的关系上才清晰明了起来。这三位均是大才，一为武高将才，二为名震儒林，三为谋划高手，都与黄祖擦肩而过。甘宁被逼为敌人，祢衡见杀，庞统拂袖而去。对待这三人，黄祖这类人的性格特点更为清晰展现，即傲慢、粗野、残暴、随性、短见。潮涨潮落、泥沙俱下，黄祖所扮的角色，正是时代大潮中的泥沙，涨潮时搅浑水于一时，退潮时坠于海底，成为腐烂的淤泥，大海平静后，只能躺在黑暗的海底回忆昔日一时的风光。

陶　谦

感皇恩

一生君子谦，哪堪知晓，谦谦君子惹祸端。舍身也难。

三让贤才为黎民，冰心可鉴。只盼得徐州安。乱世谁能似？羞郡县。

词　话

书中陶谦的形象，与历史真实的陶谦区别很大。陶谦的事迹，作者给予较大的美化加工。书中他礼待曹操之父，实际是杀曹父而结仇曹操；三让徐州的故事更是作者捏造出来的，唯一真实的是陶谦死前并未将徐州交与儿子，两个儿子均未仕。谦谦君子的形象也是作者想象的，相反，陶谦少时性顽，长成刚直，治理徐州的善政也要大打折扣。这些真伪的分辨倒不重要，小说塑造的这位谦谦陶公形象是成功的，特别是在乱世群雄争锋，人人争而抢食，弄得同室操戈、兄弟阋墙、父子相残的情景下，还有这么一位"让"的官场异类，闪烁出的人性光彩，给冷血世界一丝明亮和温馨。

陶谦之让与刘备之拒相辅相成，完成了一段仁礼佳话，这是作者理想的观照。《三国演义》全书的主旨是扬刘抑曹，将儒家的"仁义礼信"集于刘备一身，有反弹琵琶之韵，也有同色

相衬之法，"三让徐州"便是同色相衬之法。写陶谦之"让"是为了突出刘备之"拒"，让是真诚的，拒也是真心的，两诚相遇，真心相交，不是电极的同性相斥，而是相容，互化，粉红与大紫，同色中显出正面的层次和美感来。这与后来刘备欲让徐州于吕布，吕布趁机夺下徐州的情节形成强烈的对比和反差，让—拒—夺，风云变幻的故事使三个人物的性格特征明显地表现出来，将刘备真君子的形象、讲礼重仁守信奉义的精神世界展现在世人面前。

放更大范围看，"三让徐州"的戏，也为后来刘备据荆州、占益州做了铺垫和反照。荆益之主均是刘备的宗室，一老一弱，都没主动提出将地盘让予刘备。他们是政客，反显陶谦是君子；他们为私利，陶谦出于公心。最后这两个地方都被刘备取得了，人们也因此对刘备的仁厚提出质疑。"三让徐州"的故事似乎是早早为应答诸多非议而设定。刘备在一无所有的情况下，连"让"的徐州都不要，哪会从同宗兄弟手中夺取地盘呢？最后所得，是天赐，而非人夺；是不得已，而非主动。荆州有敌曹操，益州有敌张鲁，刘备不取，荆益为曹张的盘中餐。你看，作者为使刘皇叔的正面形象没有污点，可谓煞费心思，竭尽全力之能事。

"三让徐州"是一场好戏，刘备、陶谦都是好人，好人演好戏，演出正气来，也透出韵味来。

王 朗

满宫花

臣三帝，走庙堂，魏代汉演禅让。老而不死对阵来，人难解为谁忙？
恃鸿儒，放诞狂，江东辨岂轻忘？残年风烛不经骂，寿多辱笑王朗。

词 话

　　诸葛亮骂死王朗的情节将王朗写成了一个老迈、昏庸的角色。其实历史上真实的王朗并不是这种形象，何况这么大年纪，又不是武官，怎么会与诸葛亮对阵打仗呢？

　　真实的王朗是个习经通儒、能谏重节的朝中重臣，史称其"高才博雅，性严整慷慨"，他历曹操、曹丕、曹睿三朝而不倒，除了在汉禅让这件事上说不清之外，所言所行称得上是个正直之臣。他在政坛的发迹是从陶谦那里起步的，陶谦那时是徐州刺史，长安董卓之变后，中央政权权威衰落，各地诸侯各自为政，王朗劝陶谦主动派人去长安，奉承皇命，陶谦便派他和另外一个叫赵昱的人去了。汉献帝当然很高兴，马上封赏陶谦，他从此走上政坛一线。没想到遇见孙策扩展疆土，他下辖的地方首当其冲，王朗被孙策战败，"浮海至东冶"，可见经历了危难，最后还是被孙策俘虏了。后辗转归靠曹操，获得重用，一直做到三公之位。

　　有几件事可以看出他是个不坏的人：王朗年少时，与沛国的名士刘阳为友，刘阳与王朗谈论，汉宫衰微，曹操兴起，这个人野心大，迟早是汉宫的麻烦，要想办法杀了他。不知计划有没有，实施了没有。刘阳年仅三十岁便死了，曹操知道这件事，恨透了刘阳，发迹后，搜寻刘阳后代想报复。刘阳的亲朋好友没人敢收留他的后代，王朗却冒险收留了，藏了许多年，待归顺曹操后，又为其开脱，使自己的亡友保住了后裔。

明帝继位后，发诏令众官推荐贤才，王朗推荐了杨彪，并说杨彪才能超过自己，主动提出将自己的三公之位让于杨彪，怕明帝不答应，称自己有病。明帝用了杨彪，没同意他让位，说本为纳贤，不能纳一贤又拒一贤。从这两件事可见他对友至诚，对君至忠，不因有风险而弃其诚，不因个人名利而弃其忠，可圈可点。他在关键问题上，对三曹直言献谏，出了不少好主意，从留下的奏章看，绝非昏愦事诣之人。儿子培养也不错，父子不仅官做得很顺，还著作等身，疏经注传，儒林传名。

　　有时想想，小说家也是可怕的，特别在用真名为主角做演义时，颠倒黑白，以假弄真，多少年后，真的成了假的，假的成了真的。类似现今考证出，真实的武大郎是个美男子，潘金莲是个贤良妇人，只因得罪了文人，成为后世荡妇废男的形象。用自己的好恶抹黑或刷白历史人物，这也是文人的一大发明。

马 腾

[木兰花]

　　天水洗礼伏羲志，羌女嫁悍骏马嘶。胡地不恋望中原，大漠孤烟长河日。

　　念念不忘衣带诏，进谒干戈擒贼时，礼炮忽换箭矢雨，叹恨竖儒误大事。

[词 话]

　　马腾身上有一半的羌人血统，并延及马超兄弟们均有勇武彪悍之风。看三国故事，多感西北多强人、悍将，如董卓、吕布、马超、李傕等，都来自西北，甚至后来的姜维、邓艾也受过西北风熏染。天苍育豪放，原野任马驰，西北将领相较儒风熏陶而成长的中原将领，确有别样的血性和强悍。

　　在汉献帝颁衣带诏歃血为盟的七人中，除了马腾，其余均没什么作为。刘备在蜀立国，口口声声复兴汉室，讨伐汉贼，那已变味。实实在在承皇旨与曹操决斗的，还是这条西北汉子。功虽未成，慷慨引领的浩然正气倒也气壮山河。

　　马腾败在少谋，曹操胜在多谋。胡人擅勇，胡地多勇，在冷兵器时代，马快人勇是夺取天下的先决条件，战国七雄争强，最后统一江山的是秦，也绝非偶然。但成大事者，单靠勇远不够，尚需用谋用智。中原人多诈，秦的强大是诸多中原士人学子佐助的，这得益于那时百家争鸣，人才交流不受限制的开放风气，李斯的那篇《谏逐客书》历史意义正在于此。马腾的失败，正在于谋不足，何止不足，与曹操的众谋士相比，不知差了多少等级。尽管马腾有万夫不当之勇，几个儿子一个胜过一个武功超人，并率悍兵十万，旗帜也是有感召力的，还是未能成功。后来儿子马超继承他的伐曹事业，步了他失败的后尘，也是败在少谋。

由此想到，人类社会与动物世界的区别也大概如此。人与动物相较，在力上恐怕差于不少动物，如狮子、老虎等，单凭力大武高，统治这个地球的肯定不会是人。正是因为人会用脑，有发达的思维，用智用巧，造工具借外力，组合成人类社会，方成为万物之灵。三国是斗勇的书，更是斗智的书，那么多风云人物，最后只有曹、刘、吴成功，很大程度是"谋"的成功。如果单挑武力，哪是西北悍将的对手。董卓、吕布、马腾、李傕之败，也给我们留下了这样的思考。

卷 四

公 孙 渊

[风楼令]

北国荒蛮地，三代割据酋。逢源左右中原乱，暮四朝三趁隙无敌手。运蹇遇仲达，土王水中走，兵多粮足难自保，瓦解土崩父子共断头。

[词　话]

　　曹魏对待辽东，与蜀对待南蛮不同，蜀是"抚"，曹魏是"剿"。曹操亲率大军剿一次，还搭上了郭嘉的性命，留下"以观沧海"的神来之笔。明帝时，司马懿又率兵剿了一次，这次暂时彻底平息了辽东之乱，杀公孙渊父子于穷途末路。

　　边夷作乱，往往一是仰仗天高皇帝远的地理优势，二是利用中土乱局趁隙取利。每个朝代，对这类势力都很头疼，你进他退，你退他进，中原和平他搞独立王国，中原纷争他借机捣乱，往往还会成为某些野心家利用的工具，给中土乱上添乱。袁绍父子就很会利用辽东的势力增加自己的筹码，蜀地多次借羌兵、蛮兵伐魏，魏也曾借羌兵伐过蜀。一部中华动乱史，也交织着错综复杂的民族混战史，你中有我，我中有你，分分合合，反反复复，从未消停过。曹魏的剿和诸葛亮的抚都是想一次性解决问题，后来的事实证明，都未如愿，不过安定于一时，骚乱于长久。

　　更为奇怪的现状是，派去剿乱的大将即使成功了，去镇守那个地方，时间长了，远夷没有汉化，边将却被夷化，即助长其滋生独立称霸的野心，其危害性比土生土长的夷人还要令人头疼。公孙渊即为一例，他祖辈公孙度本是边将，因有能力，威震外夷，传至三世，成为割据一方的土皇帝。汉末中枢皇权衰微，他在诸侯间游走分合，成为助长动乱的因素之一。曹操和司马懿两次剿都胜利了，但胜利了又如何呢，留下大将镇守，人心难归附，即使这大将有本事，得了人心，若干年后又是一个土皇帝；杀了现有的土皇帝，扶植一个听话的，太弱了镇不住，太强了过上一阵又闹独立。曹操和司马懿都很明智，一次剿换取若干年安定就行了，以后的事让后人处理吧。故剿的力度都很大，特别是司马懿，镇压很厉害，不仅公孙渊父子身亡，降卒杀了好几千。

  蜀的抚有效果，诸葛亮七擒孟获的故事很神奇，但真实的历史中南蛮并不像小说中写得那样长治久安。诸葛亮死后，叛乱也是很多的，后来的张嶷在这方面多有建树，镇守边关十四年，深得民心。但无伦如何，旧账理完，新账又有，总之，这是一笔糊涂账。

韩　遂

[婆罗门引]

　　与马腾拜，苍苍野茫别桃园。云彤也胡地天。本记着带诏忠，插香义也念。痴儿却疑我，离析憾憾。

　　罪也罪也，恨阿瞒，巧用间。胜千军一抹书，袍泽生疑，契阔相残。五指断痛心绝情剑。封侯残生岂有安？

[词　话]

　　韩遂联合马超起兵伐曹，本意为义兄报仇，却被贾诩一封涂涂抹抹的书信打败了，且败得极惨。他与马超反目相杀，落得个指断身残，走投无路，只好投降曹操，在洛阳养老。一路诸侯，数万大军，就这么轻易地被瓦解了，可见谋士杀人不用刀。

　　贾诩在西凉军队中生活过，或许十分熟悉胡地将帅的性格，韩遂尽管与马腾有八拜之交，但这种交情相比刘关张的桃园结义恐怕还差得远。又加上马超是个有勇无谋的人，容易生疑，贾诩正是利用这种疑，略施小计，出奇制胜。说起来这离间计的发明权可能还是韩遂本人，他与马腾带兵进攻长安时，曾勒马与樊稠叙旧，惹得李傕、郭汜怀疑有通奸之嫌，便杀了樊稠。韩遂中贾诩之计，也算请君入瓮。曹操又天生有表演的天赋，单骑与韩遂对谈叙旧，谈笑风生，弄得马超不得不疑。

　　内心最痛苦的恐怕还是韩遂，满腔热血，肝胆相照，却被侄辈生疑，伐曹却去投曹，恨曹却要依曹，不愿相残被逼相残，一切让命运推着走，自己的戎马生涯竟这样简简单单地结束了，还落得个背义降敌的骂名。不敢想象，被曹操封侯的韩遂余生如何度过，虽有荣华富贵，残生苟活，如何面对泉下有知的义兄马腾。也不知马超后来是否后悔轻易上当，缺个心眼，见事生疑，疑生怒发，弄得局面不可收拾，输光了父亲好不容易打下的基业，最后单骑奔蜀，听别人的号令行事。世事无常，无常有道，道则心生，此心彼心，道同不易，同道克终也难，一个小小的不和谐便毁了一切。

李傕、郭汜、张济、樊稠

> [丑奴儿近]

甘作虎伥，蜂巢焚散草王。听贾诩言，鬼魅聚又西凉。陷长安犯，逼死司徒满朝乱，白骨盈人鬼丧，沐猴冠戏登场。

殃城门火，鱼池祸慌，天子流浪，文武仓皇。长难安群魔舞，洛水血阳。不伍群屑去高士，自残迫迫，梦醒槐园，复归强梁。

> [词　话]

江山社稷的大事，说严肃，它严肃得不得了，说不严肃，它有时又似乎形同儿戏。赵高改个诏书，捧一个痴儿为皇帝，便握了国柄，李斯那么有本事的人也无可奈何；贾南风没知识、没教养，指挥一个傻瓜惠帝团团转，便可为所欲为。董卓这么霸横胡来，汉室满朝文武只能私下怨恨，英雄无用武之处，好不容易有个王允使阴招诛灭了他，很快被李傕几人反转过来，竟然又把持朝政四年多。从史书记载看，这几人就是胡传魁似的人，鲁莽粗野，胸无点墨，胡来得比董卓还过分，天下那几年竟然还算安定，以后出头的诸侯好些个还是李傕当政时封的。

如果没有贾诩的建言，董卓败后这几人早作鸟兽散了，单蜂无惧，群蜂可怕，一群乱哄哄的蜂阵破坏力确实很大。

李傕等人的无知和荒唐从史书点滴记载中可见一斑：他与郭汜的反目本因很小的事情、很偶然的原因。两人关系密切，李傕请郭汜到家喝酒，喝完了留宿他，引起郭汜夫人的怀疑，担心李傕送女人给郭汜，自己失宠，便设法挑拨两人的关系。李傕送郭汜的酒，被郭夫人放进药，郭喝后呕吐，便对李产生了戒备和怨恨。一次留宿，一个女人一坛酒，便葬送了他们号令天下的局面，其智商可想而知了。小说的作者大约也觉得这事太荒唐了，就把此编造为太傅杨彪的计谋。

两人闹翻后便互打，不分胜负，一个抢皇帝，一个抢百官，李傕甚至逼皇帝住在自己家里。李傕喜鬼怪左道之术，常邀道士、女巫击鼓下神，甚至将此仪式放在朝廷省门外；他去见皇帝，带三把刀，将刀与马鞭拿在手上，类似的举动很多，荒谬、乌烟瘴气到如此地步。如果不是几人内讧，这种局面还不知要拖多长时间。庄严肃穆的朝堂，高高在上的皇权，腹有经纶的文武，在这几个莽夫的胡闹中全露出纸老虎的原形。可见权威和神圣是何等荒诞。

特别在他们的互斗中，毁了宫殿，烧了长安城，各自挟持皇帝、百官奔逃的场面，比土匪绑人票还要混乱。更有趣的是，李傕抢来汉献帝，连皇宫禁卫军吃饭都没有保障，汉献帝想要点儿粮食、牛骨（连牛肉都不敢要），赏给卫兵，李傕只给了五具腐烂的牛骨，还振振有词地说，在西北人们都喜欢吃这样的。在诸强争夺的流浪途中，堂堂皇帝斯文扫地，甚至连普通百姓的颜面都没有，这样看来，曹操后来待他们好多了。

诚然，武夫逞威只能一时，失败是必然的，可他们这一搅和，严肃的东西有几两分量却暴露无遗了，原来都是纸糊的桂冠，皇帝的新衣。

张　鲁

〔千秋岁引〕

　　道法司符，入门五斗，饥民互济大同有。三代传兴张鲁。以食为天拢黔首。乱世存，据汉中，望益州。

　　霸争比试干戈武，纷乱岂容王道土，进退失据败诸侯，论道后世存疑流。东方再造理想国，大锅饭，人共食，太平书。

〔词　话〕

　　张鲁的"太平道"，有空想社会主义的均平理念和基督教的救赎因素，杂糅中国传统宗教道家的色彩。它集理念、践行于一体，兴汉中三十余年不衰，值得研究。想"大跃进"时，毛泽东推荐《三国志·张鲁传》给政治局成员一阅，其意甚深。

　　它的"均平"，比李自成的"不纳粮"要多项，比太平天国的天朝田亩制度、天库制度要贴众，更比历代农民起义"均贫富"的观念要复杂。它的"均"是部分均，入教捐五斗米，不涉及其他财产，是均而不是平，是自觉而不是强迫；它的"均平"理念是具体的、可操作的、救济性的、人人可感受的，而不是理想化的空中楼阁，比如义舍制度，置义米肉，凡入道者，行路过义舍免费住、免费吃。用道法给人治病，治好的便说明此人信道，治不好的便说此人不信道。从解决下层人民最关心的吃饭、治病问题入手去发展信徒，宣扬均平理念。

　　它的"救赎"，将悔过与治病相联系，师者持九节杖为符，病人先叩头思过，再饮符水，想来是不是掺杂了心理疗法。还辟有静室，让病人在里面闭门思过。教中的等级，下面分祭酒和鬼卒，义仓都是由祭酒置办管理的。安排人任奸令祭酒，以老子的《道德经》为必读文，号为奸令。安排人为鬼吏,专门为病者祈祷,祈祷的方法,写上病人姓名,证明所犯之错,有决心服罪改正的意思,而且还要写三份,分别埋在山上、地下、水中,称三方手书。看起来比基督教的做礼拜、向神父忏悔还要复杂,且加以道教神鬼魔法的东西。

张鲁与其祖、父三代传教,当然是醉翁之意不在酒,故他逐步实行的是政教合一的体制,实际统治汉中几十年,对刘璋造成很大威胁。他一度想称汉宁王,被手下谋士劝阻了,看来在这方面见识比袁术要高明。他败于曹操的那一仗,怕是古今战法的奇观。张鲁军队据守的阳平山,易守难攻,曹兵打了几天没打下来,曹操亲自巡视地形,打了退堂鼓,准备退兵,让大将夏侯惇和许褚招呼山上进攻的军队退回来。谁知山上的军队迷了路,胡走乱闯进了张鲁的军营,张鲁的兵士以为曹军攻上来了,一哄而散。胜利消息传来,连曹操都难以置信。也有传言说,有数千野麋撞坏了张鲁军营的栅栏,使曹兵很容易进了军营,是天助曹魏。真是人算不如天算。

张鲁的归宿尚好,晚年安定,子孙封侯,五斗米教算是失传了,大概曹丞相也不容吧。

孔 融

[太常引]

名天下文章太守,圣人后,誉亦忧。识礼幼让梨,曹家信法非尊儒。怜童子语,叹危巢卵,念念祢衡旧。知否春秋事,诛少正卯大司寇。

[词 话]

"孔融让梨"的故事编入小学课本,使孔融知名度很高。这位孔门嫡传子孙,熟经知礼,名冠一时,又是文章太守,给曹魏装潢了不小的门面。最后也难脱一劫,死且家族被株连,令人可悲的是两个幼儿被杀前的那番话,"皮之不存,毛将附焉",成为千百年的熟语,可见孔门文化底蕴之深厚,习礼明知之家传。

曹操为何杀孔融?该不该杀孔融?史学界颇多争论,有妒才说,有反叛说,反正究竟如何,只有当事人知晓,史书鲜有正规记载,《三国志》竟然连个孔融传都没有。妒才说怕是小看曹操了,因曹操本人的诗文是一流的,别说孔融,建安七子中除阮籍,单就诗的艺术性来说,其他人很难与之比肩。孔融的经史子集钻研修养比曹操要深,可那学究式的研究学问曹操并不追求,故不可能因此去妒孔融之才。要说反叛,孔融曾为太守,也系一方诸侯,但毕竟是文章太守,难有明目张胆、大张旗鼓的反叛行为,即或与曹公分分离离,像张绣之类曹操都有容能纳,为何对孔融赶尽杀绝呢?

笔者推测,孔融名气太大了,他结交的人太杂了,类似杨修、祢衡这些曹操特别不喜欢的人,孔融与之交谊甚厚。他熟经讲礼教,估计对汉室绝对忠贞,虽在曹操身边,当的官也是汉官,言行偏汉是自然的。名气大、有影响的朋友多,如果不能与曹操一条心,对他的危害、威胁也大。曹操要专权,就得不断地清除汉室余党,剪除羽翼,才能架空汉献帝,孔融有可能是他的一个障碍。为他打江山贡献那么大的荀彧、荀攸,稍微流露一点儿倾心汉室的苗头,曹操都绝不客气,何况与曹操渊源并不深远的孔融呢?曹操不是小时候的孔融,他可没有让梨的修养,说翻脸便会翻脸,以利害关系为标准,绝不会去讲什么礼节。

对孔融之死也不要感觉太冤,他的老祖宗圣人孔丘一旦为官,杀反对派少正卯也没有手软,谁让对手是反对派呢,哪怕是思想上理论上的。

卷 五

张 辽

〖台城路〗

　　岁寒友梅竹松，铁血映战花红。征程蹄疾，刀锋劲弓，浩浩然贯长虹。沛城路让，慨气白门楼，知君关公。生死敌友，敬相佩雄鹰大鹏。

　　威凛凛逍遥津，杀腾腾阵战冲。武者会谋，不莽堪勇。当关固锁，枪剑遥称将雄。感义劝降，守阕契三约。匹马飞关，传檄远送，磊落共君同。

〖词 话〗

　　张辽在魏，犹如赵云在蜀，是个没打过败仗，没有明显缺点的将军。尤为可圈点的是他身上有两股气——勇气和义气。勇气在不少将军身上都显现，张辽的大勇却显得惊天地动日月，一段"威震逍遥津"气压群雄，赢得他勇气超人的声名。孙权亲率十万大军围合肥，相比之下魏军本来就少，张辽却大队人马不用，选敢死勇士八百，突入吴军重围，以勇气逼吓吴军，差一点儿还直取了孙权的性命。真实的张辽的大勇还有小说中没写的故事，险道追敌、孤胆说降、营乱不慌，均惊心动魄，以势取胜。

说到义气，他可比关羽，本来就与关羽相交甚厚，随着时间的推移，情势的演变，能始终声气相投，互相尊敬。关羽挂印封金离开曹操，是张辽单骑相送，尽管是曹操的安排，殷殷情义溢于言表，十分真诚，充分兑现了他答应关羽的"约法三章"。这敌我双方惺惺相惜的情谊，是古小说常用的情节，但放在关羽、张辽身上，更为感人，也给人新颖之感。张辽的义，又与关羽有所不同，他没有私放纵敌的念头，而是在忠于魏营的前提下，尽可能地表达自己的心意，给铁血战场丝丝温情，关羽理解他，曹操理解他，读者也理解他。张辽是个忠心事主、听指挥的好将军，他先后从属于丁原、董卓、吕布、曹操，几易其主，均不是自己选择的，更没有显出一丝叛变的蛛丝马迹。相反，白门楼吕布求饶，张辽昂然喝斥，更凸显出张辽的忠义个性。小说中张辽的形象与历史上真实的张辽出入不大，他身经百战，历曹操、曹丕两个阶段，始终被信任有加，不断立新功，可谓功德圆满，好人有福。

张 郃

剑器近

早蹉跎,袁门笼锁伤翅鸽。魏公识器用才,长空行,鹰飞逐。裹甲齿长血洗尘,历历改元隔代,鬓斑多。

勇哉!五虎将敢搏。鞍弓延寿,看凋零,星花渐暮落。武侯赛骥添斟酌。定神仙妙策,驱丛渊围堵猎,箭未射马,獐死绫罗。天佑得子祠传,河北名士传薪火。

词 话

有万夫不当之勇而善用脑,是难得的武将,故听说张飞能用计,诸葛亮十分高兴,张郃正是这种人才。从他经历的大小战场看,张郃的武艺属蜀五虎上将一个等级,他与张辽应算魏营武将的佼佼者。又加上他活的时间长,历曹操、曹丕、曹睿三朝,将军征程未下鞍,死于战场,论战功在魏当数第一。

他原来是袁绍的部下,官渡之战才投曹操的,推断他在袁绍营中不甚得志,袁绍得意的是颜良、文丑,可颜良、文丑在书中并没显示出有多大的过人之处,早早被关羽斩了。张郃却花红盛日长久,与关

羽、张飞乃至以后的马超、魏延等作战，相抵数回合不相上下，可见袁绍在用人上是有些问题的。更难得的是，他能发现袁绍军力的薄弱处，提出乌巢囤粮地的致命所在，谏言重兵防守，不赞成郭图的围魏救赵之策，因未被采纳，导致袁绍官渡之败。以一介武夫，见识、韬略高于顶级谋士，这是极少见的。有才不用，谏言拒纳，招忌引祸，弃袁投曹也是必然的了。

他的反水，助推了袁绍的失败。曹操识才、用才要比袁绍高明，从此张郃以先锋的角色活跃在魏的战争大盘中，功勋卓著，步步高升。最出名的一次便是击败马谡，收复街亭，逼得诸葛亮退兵，也算马谡倒霉，自身有过，还偏遇到熟识兵事的张郃。待到蜀国的五虎上将殁后，蜀国已找不到可以对抗张郃的对手了，他成了诸葛亮的一块心病，史载"自诸葛亮皆惮之"，可见他何等了得。不过被诸葛亮惦记算计，离死也不远了，白发老将，竟死在滚石箭矢丛中，想也悲惨。

这样文武韬略全精的老资格将军，却一辈子没当过大帅，出征都是副手，匪夷所思。而曹仁、曹洪、曹休却忝任帅位，风雨不动，可见曹操对这些外来户重用归重用，还是有限度的，底线在帅位。更能证明这一推断的，是辅佐夏侯渊征刘备，夏侯渊被斩杀，魏军失去统帅一片混乱，副都督郭淮在混乱中力推张郃代理统帅，方才稳定军心。可难关渡过，代理也没转正，又派他辅助曹真。他死于诸葛亮的谋略，也包含司马懿的妒心，司马懿是统帅，张郃辅之，可能这个资格老、武功超高的副手令司马懿也头疼。诸葛亮退兵，张郃以兵书云穷寇勿追、围敌留路相谏，司马懿却不采纳他的意见，督促张郃去追，以致张郃死于诸葛亮的埋伏圈中。说诸葛亮与司马懿心有灵犀，联手将张郃送上黄泉路也不过分。一代名将，就这样草草结束了他的戎马一生。

曹 真

> 碧牡丹

　　随魏武行走，抢曹家风头。征战几多，声威威大都督。对阵诸葛，远播名孙吴，汗斑浸盔甲裘。

　　胸襟敞，卧榻敢容虎。捧帅印让司马，国难唯先，心无尘忠魏主。贵裔气盛，绷弦紧易断，惜送命孔明书。

> 词 话

　　曹真是曹操宗族子侄中最有出息的一个，文武兼备，且是帅才。随曹操南征北战，后派任独当一面，拒吴征蜀，屡有战功，尚能与诸葛亮一试身手，当是不凡。遇事能从大局出发，胸襟开阔，主动荐司马懿代替自己，病中交帅印付司马等情节，显示出他对魏武的忠诚。小说书写最后被诸葛亮一封信气死一节，与他一贯的性情特征似有不符，主要还是为塑造诸葛亮的神通广大，气死周瑜，骂死王朗，又气死曹真，好像诸葛亮不仅用兵如神，文字口舌尚能带刀，致人以死，真是神乎其神了。

　　《三国志》说曹真是曹操的族子，《魏略》记曹真本姓秦。可以肯定他是个孤儿，是曹操养大的。书中还记载一段传奇：曹真

的父亲秦伯南是曹操的好朋友，一次曹操征战被敌人追迫，跑到秦家，秦伯南开门藏了他，敌人追上门来，问谁是曹操，秦伯南以身相救，自称是曹操，被敌人所杀，曹操便收养了曹真，感念其父之恩，赐随己姓。这有点儿像现代影视作品的戏剧情节。

　　还有更传奇的，小时候曹真有勇气，狩猎时被老虎所追，回身射死老虎，曹操嘉其英勇，"使将虎豹骑"。这有点儿类似《封神演义》中的人物了，但又是信史所载，想来也非空穴来风。小说倒没写骑着虎豹出征的曹真，不然更会神奇。如此大胆英才，被诸葛亮区区一封信气死，可见这情节不可信。曹操死时，他是托孤四个顾命大臣之一，曹丕死时，他儿子曹爽又是托孤两大臣之一，可惜曹爽的命运结局与父亲却大相径庭，家族随之诛灭。姓曹也好，姓秦也罢，二世风光，戛然而止。

徐 晃

[东风齐着力]

开山斧亮，驰马流星，南北转战，克多险境。面枣似关公，同声气相知音。忠尔曹，绝情麦城。华容纵，唯见云长，叶公斯人。

曹营称人杰，追关张，奇勋狠斗声名。遥念校场，君风华正茂，抢得红袍披身。征孟达，血浸发白，甚凄景。征途催老，留不了情。

[词 话]

以斧头为兵器的武将，往往与蛮勇同语，魏营即有徐晃、许褚，古小说还有程咬金、李逵，后三人以蛮勇狠斗闻名，徐晃似乎不在此类。他勇中有豪，粗中显细，狠且不蛮，相反倒有三分儒将气度。他与许褚的个性区别，有些类似《水浒传》中的武松和李逵。

校场抢红袍一场戏，使英姿勃勃、风华正茂的壮年徐晃形象跃然纸上；与诸将比武过程中，一马当先，鸣镝准的，武艺超群的徐晃豪气冲贯云霄。再对照晚年白发出征，征讨孟达被一箭射中，血溅沙场，可见岁月无情，英雄晚景如美人迟暮，令人怜惜。

他与张辽一样，有豪义之称，故与

关羽友善，可曹操偏偏派他与关羽直接对垒。水淹七军之后，战关羽连连得手，最后逼得关羽败走麦城，陷土城于绝地。徐晃匹马来见关羽时，关羽还以为他与自己一样，感念旧情会放过自己，岂知此时徐晃非旧时关羽，除劝降外手下并不留情。关羽之死，给徐晃义薄云天的声名也划上了句号，不过是叶公好龙，有始无终。

由说书人的的渲染，小时候总认为关羽、张飞万人敌，攻无不克，战无不胜，除吕布外没有敌手。败于吕蒙，仅是疏忽，大意失荆州。后读史方知，徐晃轻兵突袭，连破关羽多道防线，最后将关羽逼上绝境，连会用兵的曹操都赞叹："吾用兵三十余年，及所闻古之善用兵者，未有长驱径入敌围者也。""徐将军可谓有周亚夫之风矣。"三国将军多风流，徐晃堪列榜上。

卷 五

许 褚

【金人捧露盘】

　　啸山虎，江洋盗，归海潮。阔阔长水好弄涛。战张飞矛，也敢挑战关公刀。最是好汉得意处，裸斗马超。

　　云水激，征程遥，斩酋首，知多少。千军拍马驰擒帅，孤胆护主，不惧火漫大风高。星灿灿分昆仲，虎痴楚翘。

【词　话】

　　许褚是曹营的"猛张飞"，胆气豪烈，力大惊人，赤胆忠曹，生死不渝，给人印象尤深。历朝历代，朝廷绿林，统帅身边总有这么一类人，以粗豪勇蛮、少文冲动、忠心耿耿著称，深得人们喜爱。我猜想《水浒传》的作者在塑造李逵的形象时，也许参考了张飞、许褚这类人的生平事迹、性情特征，给读者送来了一个形象鲜活的李逵。

　　不说他攻无不克的一长串战功，单就赤手推船助曹操渡江、裸衣勇斗马超这两

— 121 —

个情节，许褚这个形象便立起来了。真实的许褚还有许多奇事，如说他少年时聚乡里御寇，遇万余贼众来攻，兵矢尽，命众乡亲搬斗大的石头围在一旁，他仗臂力惊人，举斗大石头掷敌阵，吓得敌众肝胆俱裂。还说，粮食尽时，与敌人谈和，欺骗贼人，送老牛让贼人吃，贼人来取牛时，牛往回奔，许褚上前，牵起牛尾巴，硬是将牛拽行百余步，吓得贼人不敢取牛，惊走。"飞巨石击敌""拽牛尾奔走"，这是两个何等英武的画面！书中仅一笔带过，如着笔渲染，不比"激流推舟""裸斗马超"逊色。

　　这位被称为"虎痴"的将军勇而忠贞也是出名的。史传记一事，曹仁从前方来向曹操汇报，在殿前遇到许褚，拉他坐下来说说话，许褚喊"王将出"，不搭理他，入殿去汇报，弄得曹仁很不高兴。他认为自己是曹操的嫡亲重臣，许褚却不给面子，许褚却说，你是有这地位，但毕竟是外藩，我是内臣，有事当大家面说，说什么悄悄话呢？曹操知道后，大大表扬了他。可见这位鲁莽的人，在政治上也有精细之处。他在曹营始终被信任有加，子孙封侯，后来儿子随钟会征蜀，因奉命修桥动作慢了些，被钟会杀了。英雄一世，后代如此，想当年他因许攸一言不逊，抡斧将许攸草率砍了，也是报应吧。

夏侯惇

寻芳草

族子君卓群,枪熟刃利弓马精。随风唤芒砀起事,冲在前身百阵。
恃勇震三军,拔镞啖目似天神。匹夫勇后述三国事,独眼将唯有君。

词 话

武将以勇为本,恃勇为傲,夏侯惇的勇,更添几分悲壮色彩。后世有王佐断臂,自残其体垂名千古,三国有夏侯惇啖目挥戈,气壮山河。史传夏侯惇征吕布被流矢射其目,事迹是真实的。小说又加以渲染,目被射后,忍住剧痛,还大呼:肤体来自父母,不甘为弃。骇人听闻地将自己的眼珠从箭上拔下来,生吞下去,给人的印象更加深刻。这位独目将军不仅坚持战斗不下火线,日后一直活跃在战场上,且立功多多。传说他与夏侯渊同为将军,士兵为了好区别,呼其"盲夏侯",他很不喜欢听,常常对镜自怜,怒其少一目,曾掷镜于地,真是个极有个性和传奇色彩的将军。

夏侯渊

[忆少年]

才俊少年,漆弓锦马,军帐角画。知兵非善战,气盛枉胆大。
定军山下老少擂,输白发。盛名实虚,纵破书万卷,终戏拳绣花。

[词 话]

夏侯渊是三国唯一死在战场上的大帅,这一方面显示他身先士卒,勇胆过人;另一方面也看出他有急躁冒进的毛病,韬略谋划名不副实。这功劳本来是刘备的,小说中却演变成定军山的故事,成就了黄忠和法正的惊天大功。

他也曾打过不少胜仗,知人的曹操常劝告他:"为将当有怯弱时,不可但恃勇也。将当以勇为本,行之以智代;但知任勇,一匹夫敌耳。"这实际上论的是为帅之道,作为将,可逞匹夫之勇;作为帅,光有匹夫之勇是不行的。三军征发,命运都在大帅一身,大帅亡命,三军崩溃,全局都败了。他身死后,幸好当时司马郭淮应变能力强,推张郃主军稳住军心,不然有全军覆没的危险。从这点看,夏侯渊勇则勇矣,尚欠缺为帅之道。

魏 延

[小重山]

擒将献关两投刘,莫名疑反徒,险断首。悔母生儿奇形貌,脑突骨,仕途厄运走。

百战多立功,纵横五虎后。献奇策,斜谷不出招风误。马岱斩,武侯谋身后。

[词 话]

魏延在三国人物中的知名度是很高的,这除了他参战多,时间跨度大,战功也不错的因素外,诸葛亮那句"头有反骨"的预言更为有名,成为后世评判逆子叛臣的经典论语。不知这个后脑勺的"反骨"是个什么形状,也许是明显突出的骨架吧,如果脑有这个骨,这人的长相怕是奇怪的。民间说一种人有个性,叫"犟",见人偏着脑袋,仿佛脑脖有块僵硬的骨头,遇有不同看法,与人争论时"犟"得更厉害,不知是否称"反骨"。父母生的这长相,给他带来的厄运伴其一生，起义差一点儿被斩，武艺超人也列不上五虎上将之位，始终是"疑而被用"，最后因说不清道不明的"叛逆"被自己人杀了。

史载真实的魏延与小说书写的形象有较大出入，他"以部曲随先主入蜀"，可见不是归降的，相反是刘备家丁一类的角色，按说应是刘备的心腹之人，对这样的人恐怕诸葛亮不敢轻易说其"头有反骨"。刘备对其的重视，从一件事可见一斑：迁治成都后，汉中太守的位置所有人都认为应非张飞莫属，刘备却用了魏延，"一军尽惊"。汉中当时是什么位置？恐怕是仅次于成都、荆州的，牧荆州的是关羽，汉中封张飞也是顺理成章的，而偏偏封了魏延，可见刘备对魏延的信任与厚望。顺理推断诸葛亮对其也是信任重用的，大小战斗均少不了他。在五虎上将一一死去之后，魏延更成了诸葛亮出征的倚仗大将，确实从武功来看，除了后来收服的姜维，已没人是他的对手了。大大小小战斗胜多败少，也很听从丞相将令，从未见"反骨"发作，还独立作战打败了魏国领兵副都督郭淮，晋封南郑侯。唯一发诸葛亮牢骚的是，请求诸葛亮分派给他精兵万人，五千人也行，从子午谷险道入关，破潼关，占长安，直逼洛阳。而诸葛亮总是不允许，"延常谓亮为怯，叹恨己才用之不尽"。魏延的谋划可取不可取，可以讨论，后世不少论者认为魏延这个主意是个大胆、天才的谋略。若干年后，钟会、邓艾两路大军伐蜀，一路正是由子午谷进军的，邓艾的阴平奇袭比魏延的主意还要大胆。倘若诸葛亮采纳了魏延的主意，一举扭转当时的战略格局也说不定，再说即使魏延全军覆没，不就是损失了五千人乃至一万人吗？后来诸葛亮亲率的大军损失万人以上的战斗也有好几次。撇开这个主意的可行不可行，发表不同意见不能说是"反骨"，主意没被采纳发牢骚也不该算是"反骨"吧。

诸葛亮死后魏延因"反叛"被杀，也是令人猜疑的罗生门事件。小说写这是诸葛亮的生前安排，史书并未记载。只是说诸葛亮在病困时密商退兵之策没有让魏延参与，并交代让魏延断后，紧接着摆个可以制服他的姜维，并吩咐假如魏延不服从退兵命令，军队便自拔。诸葛亮这时对魏延不放心看来是真实的，但也只是撇下他，没说要杀了他。小说书写诸葛亮早作安排，让马岱获得他的信任，关键时刻杀了他，似乎有损诸葛武侯的形象，对部下采取离间之道，密下追杀令，也太歹毒了些。魏延有狂妄、闹不团结的毛病，丞相仙逝了，退兵为宜，大局为重，他却反对丞相的生前安排，狂妄到认为自己可以替代丞相继续进军，并领兵胁迫蜀军退路，这便有些大逆不道了。又加上与杨仪素来不睦，两人分别向后主告状，诬对方叛逆。魏延本来行为有不轨之处，又加上人缘也不好，杨仪是照诸葛亮的既定方针办，占着理，魏延的命运就可想而知了。这时候他仗恃武力，岂知诸葛丞相深得军心民心，兵卒哪能跟随这个叛逆之徒呢？"众兵散，独与其少数人逃亡，奔汉中"，被马岱追兵斩杀，不容人的杨仪"遂夷其三族"，想来也惨。追念事情的本来，也找不出魏延叛逆的确凿证据，他没有领兵向北投魏而是南奔追杨仪带领的大军，人们一直解不开这个谜。

不管真相如何，小说塑造的魏延"头有反骨"的形象最后完成了他恰如其分的点睛之笔，给后世人们防范贼臣逆子以警示，也给医学、社会学研究"反骨"提出了一个课题。

甘 宁

〔 河渎神 〕

武将勇江东，锥脱颖甘宁锋。踏波练李广箭，帆蜀锦盗爱红。驰百骑撼千军，辕门弓感凌统。生死劫禅坐化，鸦鸣集神途通。

〔 词　话 〕

甘宁恐怕是三国中最有情趣的武将，他不仅没有武夫常见的鲁莽和粗野，相反却有雅士之爱好，早年当强盗，马队一律配响铃，铃响即知甘宁到；水盗船上挂蜀锦帆缎，江洋上称"蜀锦帆"。大盗爱美如此亦为罕见。

生活的情趣显示他的儒雅素养，史载他好读书、知韬略，纵观他经历的大小战斗，黑旋风似的蛮干没有，斗狠冒险显得那么飘逸传奇。著名的那次百骑夜袭曹营，轻装上阵，短兵相接，披星戴月闯进魏军大帐，来无影，去无踪，搅和了一番，为孙权逍遥津之败大大解了一口气。

他的素养不仅表现在这些风头上，还有渗透在骨子里的一种清高，一种风骨。投刘表，他看不惯刘表的暗弱；投黄祖，他鄙视黄祖的平庸。投孙权，和盘托出他的定江南之策，被元老张昭怀疑，也毫不忌讳，利言相驳，有周瑜式的倜傥潇洒。兵临城下，以寡对众，满营皆惊，他能安然淡定，胜似闲庭踱步，待形势出现转机；处理凌统对他的仇恨，吕蒙与他的过节，不慌不忙，不卑不亢，以坦坦荡荡之心态，谦谦有度君子之风，化解矛盾，冰释前嫌。知恩必报，怒仇必诛，救恩人苏飞和杀厨中小儿这两件事，均显示出他的铁骨正义、侠义肝肠，坚持自己做人的原则和底线，不为招疑所困惑，不为权势而让步，难能可贵。

甘宁之死的画面，是三国中唯一凄美悲壮的就义场面，创伤满身，血浸盔甲，在芳草青青的土堆旁喘息，正襟危坐，听不见呻吟，看不到猥琐，群鸦鸣集，为之悲号，圆寂成神，是何等之美、之烈、之壮！电影导演如果选这个画面，定会是慑人心魄的壮美场面。三国将士死后成神的只有关羽、甘宁，作者如此安排，想来也不是偶然的。

徐 盛

琵琶仙

傲寒雪梅，枝老吐瑞蕊，东吴其谁？孙坚扬鞭观海，小霸王荡涤，吴侯谋定江东地，乘东风，马蹄疾，阵前执鞭，帐烛论机，左从右随。

偷光周郎鬼神计，得子敬绵针三昧。雾里藏花弄巧，影恍虚实惑敌。通天功世知少；因周郎声赫赤壁。滚滚长江东逝，砥柱擎立。

词 话

人多知曹操征江东有赤壁之战，少知曹丕再征江东有建业之役，两场战争均无功而返。赤壁之战的主角是周瑜，建业之战的主角则是徐盛。赤壁战曹操号众八十三万，其实带去的魏兵也仅十万之众，其余大部分军队是荆州降卒，合计也仅二三十万而已。当时吴国举全国之力抵抗，还有刘备联军，诸葛亮智谋相助，又赶上当时瘟疫盛行，北军多病亡，天也助吴。曹丕伐江南带去的军队有十万之众，孙权分派给徐盛的军队与周瑜一样也是五万人，这时即使没有联军，没有诸葛亮相助，没有天降瘟疫，徐盛照例将曹丕打败了，从那以后，除了东吴灭亡那一战，魏晋再也不敢大军南进，远望贪江南了。可见，徐盛为帅的这场保卫战其功不小。

这场战役的基本战法与赤壁战类似，先是疑兵，后用诈降，再使火攻。特别是在战争开始前，徐盛先不应战，沿濡须口在江上以木栏、围墙建了长达几十里的假楼，红灯高挂，剑戟林立，围墙外舟楫聚集，形成壮观的视觉效果，虚虚实实，奇奇正正，弄得曹丕摸不着边际。相持一段时间后，被徐盛瞅准机会，一把火烧了曹丕的水军、战船，致使其空有数万步兵、马队却望江兴叹，不得不败北。

建业战役没有赤壁之战出名，除规模比不上外，主要是徐盛没有周瑜著名，何况还没有神人诸葛亮。赤壁战争谋划、战争演进一环扣一环，高潮迭起，出神入化，使之成为中国古典战争描述的最精彩的华章之一。可能作者到后来，生花之笔也用秃了，少了对建业之战进行渲染描述的才情，使徐盛的奇功伟勋给人印象不深。这有点儿类似姜维的九伐中原比诸葛亮的六出祁山逊色一样，委屈了老将徐盛。

凌 统

[采莲令]

　　铁血子，骑射少年游。枪戟耍戏，野帐食露，超父虎犊。沙场骄，鏖战为君侯。孟德羡，生子仲谋，有类此子，延祚业何多吴？

　　切齿恨，念念难忘雪父仇，相煎急，孙权言释，吕蒙盾阻。终归了，箭救拜手足。龙虎将，陆站并马，水斗连帆，双星护月吴天秋。

[词　话]

　　凌统少年入伍，十五岁便继父志领兵打仗，是有志气的"军二代"。曹操羡孙坚"生子当如孙仲谋"，东吴的后代有为，又何止孙权呢？凌统算上一个，陆逊的后代也不赖，直至延续三代、四代，还出现陆机那样的人物。

　　凌统有勇、有胆，英气逼人，少年得意，有时也有些愣头青，从军不久，便愤极杀死了出言不逊侮辱自己父亲的顶头上司。孙权真是一个大度的君主，念其父，爱其勇，竟然饶恕了他。

　　他一心为父报仇，对射杀过其父的同僚甘宁恨之入骨，一直找机会要与甘宁决斗。面对这个局面便显示出孙权处理部下纷争的高超水平，说和不成，设法隔离两人，等待机会，在战场上使两人互救，冰释前嫌，以后这两名虎将互帮互助，同心协力为孙权而战，成为东吴无敌的两把利刃。

　　更令人感慨的是，凌统英年早逝，抛下的儿女由孙权亲自抚养，视为己出，长大后封赏有加。类似这样的事迹，孙权有不少，史上直书的潘璋性贪，连部下有钱都敢杀而取财，人告之孙权，孙权念其功高，用其勇，未予处罚。这当然反映他枉法的一面，也反映他念旧惜才的另一面。

　　江东得人、聚人，东吴几十年政权稳定，魏蜀难得撼动，想来也绝不是偶然的。明君有识有谋，又讲情仗义，谁不愿意为他卖命呢？爱屋及乌，惠及子孙，情义感人，比曹操弄权柄的帝王之术还要见效。孙权死后，东吴政权便越来越不安定了，地理优势依旧，根基却在动摇，物是人非，将军争权，朝政混乱，一步一步走向灭亡。继位者少的是孙权那种智慧、气度、仁义。曹操羡无子可比孙仲谋，刘备也如此，没想到司马懿的后代却一个比一个强，这大概也是天意吧。

太史慈

浪淘沙

救徐州单骑，勃勃英气。敢拼撕小霸王敌。天助孙氏送龙且，赫赫双戟。

平手昆仲拜，惺惺相惜。携手击虏上下马，与共生死箭矢雨，旌旌双旗。

词 话

三国众多人物中，太史慈如流星闪辉一瞬，这一闪光耀苍穹，辉留人间。他突出的特点是"勇"与"信"，超群卓然。

先说勇，单骑突破千重围，凭借一只弓，弹无虚发，冲出围城去搬救兵，连吕布当年都没办成的事，太史慈却办成了。他还没有赤兔马、方天戟，全仗一身勇气和超人武艺。与孙策的搏斗，先马上，后马下，再肉搏，不分上下，这情节、场面是《三国演义》最精彩的地方之一。小霸王声名在先，能与小霸王试比高低，也是霸王。

再说信，太史慈重诺重情，气贯长虹。为感厚母之情，死命效劳孔融，在孤城危急的情况下匹马突围求救，生死已置度外；感孙策情真义切，降后外出，众人皆有异议，唯孙策知太史慈重诺，果不其然，不久即守信回归。后对孙策抵命相报，用生命写出了一个大大的"信"字。

典 韦

定风波

力拔山兮气盖世,勇煞再抒乌江词。方戟涂血何须画,谁挡?万千重围舞天刺。

舍命男儿痴,忠事。乱阵救主手牵马,中帐危难射十日。不问!军帅情浓春梦迟。

词 话

戟这种冷兵器,似乎不是大众化的,使用的人较少。三国中有吕布、太史慈、典韦三人,都是长戟、短戟并用。我有时琢磨,戟的形状好看,看起来也很好玩,或许修饰性的东西多了些,舞耍起来无形中增加了分量,故选用的人少。但力大者用此兵器,对敌伤害也重,枪伤敌刺一个眼,刀伤敌划一道线,戟伤敌要捅几个窟窿,一击便可致命,臂力超人的狠角选用戟也不足为奇了。

典韦的狠,有两次表现,一次是战吕布,一夫当关,万夫莫开,不仅长戟慑人,短戟百发百中,堪称无敌。活阎王般的典韦吩咐身边人,"十步当呼我""五步当呼我",戟无虚发,凶神恶煞般狠斗战果将另一个狠角吕布都惊怵了。另一次便是宿卫曹操中军帐,遭了暗算,双戟被人偷走,又灌醉了酒,仍不畏惧,一人敌众人,赤手夺枪,一杆枪扫断数杆枪,身受多处创伤,也没停止战斗,直至流尽最后一滴血,死后好长时间敌手都不敢近前,充分表现了战神的威风。

典韦活跃的时间不长,写他的篇幅也较短,但给人的印象极为深刻,武将中狠斗堪称第一。不过典韦致死的那一战,是为曹操偷情站岗,想来死得也真不值。曹操后来很怀念典韦,恐怕也有悔愧之意吧。史书为尊者讳,将这一细节省略了。

丁 奉

于飞乐

鞍弓马,莫邪剑,拼撕华年,风吹浪打砥柱中天。潮涨落,鬓发斑。识得周郎,知己孙权,宝刀锋寒定江南。

风风雨雨巧用帆,虚虚实实神妙算。除奸赤肝胆,短兵勇拔剑。一息尚存,老将身手保吴安。

词 话

丁奉是孙权之后,安定东吴的定海针,属汉周勃一类的人物。他听张布之言,诛权臣孙綝,不动声色,计划周密,依三五勇卒,便在庙堂之上除去孙綝,使其两代树党、权倾朝野、朋党比肩的一个政治集团土崩瓦解,换取了东吴政权数年的稳定。

汉有周勃诛诸吕,东吴有丁奉诛孙綝,当初何进误在没有听从袁绍之言,采用类似方法去诛十常侍,汉献帝也没有周勃式人物去诛曹操,曹魏后期也没有类似人物去诛司马氏。这区别在什么地方呢?仔细想一想,区别在一是君主的识见和胆略,权臣的霸道往往冰冻三尺,数日之寒,弱主与群臣胆子都习惯性地小了,只看到对手的强大,看不到权臣的霸横是君主惯出来的,根子里还是名不正言不顺的纸老虎,貌似张牙舞爪,实则不堪一击,关键在君主有否绝地反击的勇气和决断。二是有否周勃式的执行者,这种人一要忠诚,二要有力量,三要出其不意。像汉献帝依仗董承这样的人,便属知人不明,用人不当。三是要虑密在先,一击便中,不能犹豫,不能拖延,不能泄密,打敌人个措手不及,擒贼先擒王,大事乃定。孙休有决心,丁奉具备这些条件,便成功了。

出其不意,类似战场上的短促奔袭,在敌强我弱的情况下,这招往往奏效。细考丁奉从军的经历，他是惯用此种方法的。好几次讨伐立功，他都是撇开大部队，组织少许轻装队伍，先行奔袭攻击，扰乱对方的神经，直取对方的中枢，获得成功。丁奉晚期被自己拥立的孙皓疏远，史载他因功恃骄，笔者大胆推想，他这样常短促奔袭，做出不意之举的大将军，手握重兵，也是君主的一块心病吧，寿终正寝就算不错的命运了，长剑过锋，害利相间呀。

夏侯霸

[燕归梁]

匹马月下奔敌蜀，叹渭水回流。魏武基业晋易手，秦岭远遗父骨。天涯恨迷迷岚山雾，难料世春秋。血阳残圆李陵梦，魏蜀书分夏侯。

[词 话]

在跟随曹操创业的曹魏集团核心宗族成员逐渐退出历史舞台后，二代、三代有能耐的人不多了，曹爽、夏侯霸二人算是突出的。曹爽位高才薄见杀，唯有夏侯霸活了下来。令人叹息的是活下来的夏侯霸却成为蜀国的将领。

历史注定夏侯霸的一生命运多舛，富有传奇性。父亲夏侯渊本死在魏蜀战场，与蜀有杀父之仇。他一身文武本事，完全可以成为曹魏大业的栋梁之才，却因与曹爽交往甚厚，司马氏诛了曹爽，清洗其党羽，夏侯霸如留在魏性命肯定难保。三十六计，走为上计，只有投奔有杀父之仇的蜀国了。他奔蜀的过程，艰难曲折，吃尽苦头，单枪匹马沿崎岖的蜀道东躲西藏，在一个山沟里差一点儿饿死，幸亏一个农民救了他，带进蜀军大营，连姜维开始都很难相信，担心是诈降，后来司马懿诛曹爽党羽的消息传来，方才打消了顾虑，此后夏侯霸便成为姜维的左膀右臂。

夏侯霸文能谋划，武能冲锋，确实是不可多得的人才，辅佐姜维伐中原，战陇上，身经百战，颇多建树，成为晚蜀的杰出将军。生长于魏，显功于蜀，放下父仇，忠事敌国，夏侯霸的心情肯定是不平静的。但有什么办法呢？有家难保，有国难容，苟活乱世心有不甘，学成文武艺，贷与帝王家，不管是哪家帝王吧。除了蜀对夏侯霸的信任感动他外，他与蜀也还有剪不断的亲缘关系。他的妹妹是张飞的夫人，妹妹两个女儿先后是刘禅的皇后，这样，夏侯霸又成蜀国的国舅了。还别说刘禅笨，他在打消夏侯霸顾虑上倒有聪明之举：在皇宫接见夏侯霸，与他叙这桩亲情关系，使夏侯霸很感动。这样比较起来，夏侯霸确实与蜀的血缘关系比与魏要亲了许多。刘禅还反复声明，夏侯渊确实不是刘备亲手杀的，淡化他对杀父之仇的耿耿难忘。是啊，刘备作为统帅，哪需亲手去杀夏侯渊呢？何况以刘备的武艺，与夏侯渊单打独斗，还不知谁杀了谁呢，大家心知肚明罢了。

有趣的是张飞娶夏侯霸的妹妹，还有段故事：张飞围汉中，城中百姓饿极了到山中砍柴挖野菜，张飞派人去抓，有个十五六岁的小姑娘明眸皓齿，举止有教养，张飞看中了，推测是"良家之女"，便娶了这姑娘，还是正房夫人，生的女儿后来成为皇后。史书曾载刘禅娶张飞女儿还是诸葛亮主张的，说张飞有女"美而贤"。大女儿当皇后十五年死了，妹妹又进宫当皇后，张家有女专宠如此！女随其母，母亲应当也是美丽又贤惠的，万想不到，粗莽的张飞还有这份艳福。流浪的侯门闺秀沦为砍柴女，峰回路转嫁大将军，后福至高成为皇后母亲，世事难料，数年后认亲娘舅，倒是不错的戏剧题材。

张 嶷

[霜叶飞]

后蜀晚事，少英雄，方显得君骄龙。披星月马上生涯，辗转巴蜀地，定安危五虎将功。依山凭险能扼吴，临水据渭汉，应付得谋多将勇，守得汉中。

用兵慎见事危，佐姜伯约，谏言补谋计从。惜流水落花春晚，抱憾也西风。天命在晋不怜蜀，大将难建盖世功。惜也哉，恨也哉，未列阵死，糜乱刀丛。

[词 话]

蜀国晚期，武将阵营确显零落，姜维为帅，可拿得出手的大将唯有张嶷、张翼，老将廖化勉强算一个，后来天上掉下个夏侯霸，算是杰出的。估计《三国演义》的作者写到这里都为难了，捏造了关兴、张苞这两位关羽、张飞的后代，叱咤风云，继乃父遗风。关兴、张苞是有其人的，也确实是关羽、张飞的后代，但没有那么高的武艺，都当尚书之类的官，关兴随诸葛亮出征当过一段参谋，两人都不是冲锋杀敌、领兵打仗的料。

张嶷其人，还真是能文能武的人，智勇胆识均非一般，牧州治民也有一套。随姜维征讨，冲锋陷阵当得了先锋，帷幄策划多有识见，如果不是宦官堵塞言路，刘禅听取姜维的建议，让张嶷守江油，邓艾立足未稳，不会出现马邈的叛变，那战势还真很难说。当然，这是小说家言，真实的情况恐怕不是这么简单。

张嶷的事功建树《蜀书》倒记载不少，平叛一处，安定一处，治理一地，稳定一方，确实令人佩服。原以为诸葛亮治蜀大得人心，社会安定，征南蛮攻心为上，从此不反，看来是神化了一些。从记载张嶷的平乱事功看，蜀地叛乱还是不少的，规模也不小，羌地、南蛮之地也常是按下葫芦浮起瓢，累得张嶷等东边讨了西边战，忙得不亦乐乎。南越一带，诸葛亮征讨后，"叟夷数反""太守不敢之郡"，只能住在县里，"去郡八百余里，其郡徒有名而已"。张嶷临危受命当太守后，恩威并重，"多渐降服"。他在郡十五年，"邦域安稳"，临离开时，老百姓扶车辕涕泣相送，一直送到郡界，还有上百人随张嶷到成都朝贡，以感谢朝廷给他们派来这么一个好官。当他战死的消息传来时，老百姓"无不悲泣，为嶷立庙"。官当到得民心如此，也应告慰了。惜《三国演义》少书了这一笔，只顾上写诸葛亮之神了。

羊祜、陆抗

双双燕

对垒鸿沟，本仇敌汉楚，少闻鼙鼓，相谐人梭，马放等闲干戈。相推让不争猎，敬似宾酒欢敌我。兵事古今中外，史罕共存水火。

不奇，惺惺相惜，慎动念铁血，黎民有泪，将军之过。知大势羊祜慧，明刚柔陆抗谋。不念念一将功成，心恤恤枯万骨，甘身受谣诼说。

词 话

《三国演义》至诸葛亮死后，便显乏力了，姜维九伐中原，难见诸葛亮六出祁山的精彩。这与《水浒传》相似，宋江招安后，大小战斗虽不少，给人印象深的不多。其实三国晚期，仍是英雄辈出，武将谋士并不比前期逊色，是作者力不足，而不是当事者不显。令人拍案惊奇的除钟会、邓艾入川，二士争功，姜维之死的故事外，羊祜、陆抗的故事怕是古今中外战争史所罕见。

羊祜是魏晋的边将，陆抗是东吴的边将，两军对峙数年，经过了一番拉锯战，可谓棋逢对手，将遇良才，打了个平手。这时魏晋已灭了蜀，地广兵多势大，吴仅自保而已，没有力量去攻魏晋；江东仍据长江之险，朝政还算清朗，魏晋一时灭吴也难。战略相持的国势，旗鼓相当的兵势，这两位分属敌我的边将心知肚明，不攻自守，不进不退。礼尚往来，竟玩起边境绥靖的把戏来，可为千古奇谈。

惜墨如金的史官记起这些琐事来不掩钦佩之意，两军前线，市贸互开，没有禁运，无须走私，公平交易，市场繁荣；双方兵士走失误闯敌境，对方礼遇送还，连对方狩猎打伤的猎物跑到敌方阵地，对方也完璧归赵。陆抗喜喝酒，羊祜美酒相赠，陆抗也不惧放毒，放心大饮；羊祜生病，陆抗想方设法寻找良药相送，并亲自写信，言恳情切叮嘱服此药的功效、剂量，殷殷之情溢于言表。这哪像剑拔弩张的敌国边境，友好邻邦不设防的国境线存此场面怕都难得。不得不赞叹这两位边将知势、知兵、知礼、知仁。边境的安静也保全了百姓的安宁，使之免受血腥之灾，双方都得了民心，民心所向反过来促成各自边境的牢固，形成了良性循环。可惜到此时，作者的笔力已乏，不然会写出有别于诸葛亮、司马懿对决的精彩场面。古今知兵非好战，知之者多，践行者少；陆抗、羊祜践行了。

陆抗、羊祜这样做，也不是没有政治风险的，各自阵营也有人说闲话，甚至谣诼纷起，几近三人成虎之险。好在都还有一个较开明的朝廷，陆抗面对的孙皓虽昏一些，但将守边境，不失寸土，保境安民的目的达到了。还能有什么话说呢？双方明知谁也吃不了谁，使性斗气，三天一小战，五天一大战，兵士多流血，边民多流泪，还消耗了国力，弄不好领土还丢失了一大块，是损人不利己的事，哪个划算，这笔账各自是清楚的。对于无解的难题冷一冷、放一放，甚至推杯换盏，王顾左右而言他，是政治学惯用的伎俩。陆抗、羊祜虽是军人，确实具备政治家的眼光、胸怀及素质，将"局"做到常人不能及的地步，堪称千古名将！

曹洪、曹仁、曹休

[雨中花]

打虎依本家兄弟，点将发曹氏帅旗。陷阵冲锋，夺关守隘，用贤不避内。

也习得兵事弓马，也知略孙武韬晦。北战南征，有胜有败，兴魏有君力。

[词　话]

曹操、曹丕、曹植是建安"文章三曹"，曹仁、曹洪、曹休再加上更优秀的曹真，就是曹操信任的"为帅四曹"。俗话说，打虎还得亲兄弟，上阵依靠父子兵，曹操领兵的核心大都还是他的曹氏、夏侯氏，兄弟、子侄。对抗吴蜀的两大战场，除曹操亲征外，领兵的一把手始终是曹氏、夏侯氏的成员，曹丕时代也没有大的改观，直至曹睿时代，司马懿这类人才获掌帅印。曹真病重，荐司马懿为帅，司马懿去探病，曹真主动交付帅印，司马懿战战兢兢不敢接，这一方面反映曹真以国事为重，另一方面是否说明，老谋深算的司马懿深知魏的帅印是不轻易换外姓的呢？

曹仁、曹洪、曹休这两弟一侄，都是随曹操创业过来的，家族亲情的感染力驱使他们拎着脑袋跟着起兵兴事，这可能令曹操没齿不忘，再加上他们都有些本事，委以重任也是理所应当的。但是否比后来跟随他的诸位武将更胜任呢？这是大有疑问的。像张辽、张郃，只能以勇当个先锋，求镇守一城一池，从未为帅；司马懿、郭淮之类，至多能当个副都督。除曹真之外，其余"三曹"，长期为帅，守了东边守西边，辛苦多多，但败多胜少，打败仗也没见得处罚。在肯定曹操的举贤不避亲之余，恐怕也有疏不间亲的疑问。

小说中的"三曹"为帅，很少看他们展示出全局性韬略谋划，形象分辨也不那么鲜明。史书记载的赞美之词甚多，但少周瑜、陆逊、姜维、吕蒙，乃至诸葛亮、司马懿那样的大帅事功，这是否是曹操多疑用人的心理作祟呢？

郭 淮

散天花

征程远戎马戍边，浪得都督名。汗马血胜少败多，敌武侯伯约，累辗转许得魏营也乏帅，大风强弩末，势黯然。胜时不敌困兽斗，武疏枪法慢。亡空弦。

词 话

诸葛亮与司马懿之后，魏蜀战场对垒的双方元帅是郭淮、姜维。姜维是孔明的门生，深得诸葛之传，小说中美化姜维笔触随处可见，郭淮却相形见绌了，给人以魏也无大将的印象，直到邓艾、钟会出场，方才令人耳目一新。

其实作者对郭淮的形象是矮化了的，能继司马懿后都督雍、凉一线，绝非等闲之辈、姜维的九伐中原，均未成功，前期抵抗的是郭淮，后期是邓艾。郭淮在位列抗蜀主角前，已历练有年，军功彰显。早年便随曹操出兵征战，还担任过丞相兵曹议令史，用现在的话说，上级机关和一线经历都有过的。他先配合过夏侯渊，协同过张郃，辅佐过司马懿，为夏侯玄当过先锋，均有不俗的表现。突出的军功有这几件：其一，夏侯渊战死，主动提张郃为军主，稳定军心，当刘备召阳乘势依水追击，人人惊恐时，郭淮沉着应对，认为这时示弱反而会败，不如陈兵以待，等刘备领兵渡水，半渡而击，刘备反而胆怯退兵，显示出郭淮具有临危不惧、应势而变的大将风度；其二，人似熟知攻街亭的是张郃，与张郃兵分两路攻列柳城的是郭淮，二城俱失，诸葛亮不得不退兵，挥泪斩马谡太有戏剧性，掩饰了郭淮与攻占街亭不相上下的功劳；其三，料定诸葛亮出兵必争北原，分兵袭击败廖化，使姜维首尾不能两顾等，诏书表彰其"外征寇虏，内绥民夷"

"临危济难，功书王府"。

《世说新语》曾记载郭淮一件逸闻：他的妻子因受娘家牵连，罪当诛，御史来逮人时，郭淮的部下上千人叩头请求郭淮留住妻子，郭淮不听。当他妻子上路时，众人扼腕以恨，甚至想劫留，他的五个儿子叩头流血不止，郭淮忍不住了，命人追回妻子，主动去追的有"数千骑"。追回后，他致书处理此事的司马懿，"五子哀母，不惜其身；若无其母，是无五子；无五子，亦无淮也。"今已将妻子追回来，是违法了，如处罚，便处罚我这个家主吧。亲情与法理的抉择，极富戏剧性，郭淮的个性也可见一斑。

诸葛恪

散余霞

莫夸早慧喜龙颜,满则溢难全。父知子子不戒,亡命在眼前。
同根生南阳暖,桔枳辨淮南。空袭得姓诸葛,隔江蜀吴远。

词 话

单就聪明而言,诸葛恪在诸葛家族几代人中恐怕是唯一仅次于叔父诸葛亮的,历史给予他的机运也不错,像他的叔父一样,成为孙权托孤的顾命大臣,在东吴所执掌的权力不亚于诸葛亮在蜀。可悲的却是命运相悖,落得个诛三族的结局。其根源在于因自己聪明而衍生的骄慢自负。

幼有盛名,少年得志,本来是人生风光的事,但弄不好被盛名、得志所累,所毁。王安石有名文《伤仲永》,书神童少时了了,"大却未必了了"的悲剧,而诸葛恪这个神童大时也是"了了"的。以三十二岁青壮之年,便独当一面,能够马到成功,可见是一等一的本事。以后领兵打仗,牧领地方,协调中枢,都有不俗的表现。君主信任,众臣拥戴,万民景仰,声誉达到了登峰造极的地步。惜哉诸葛恪没

有珍惜这局面,不领悟高处不胜寒、月盈而亏这些简单的道理,因聪明而自负,因志得而意满,因功高而傲慢,因位显而轻敌,将自己送上了断头台。

从史传记载的事迹看,他对孙家皇帝是忠诚的,掌管国家军政大权,似乎也没动过篡逆的念头。长子犯罪,他绝情地杀了自己的儿子;去朝堂拜皇帝,心惊胆战有预感,仍坚持去朝拜,即使是打那场使自己声誉急转直下的大仗,也是顾全吴国的事业发展,期望能统一天下。致命的是他傲慢自负,再加上轻敌,这与他少年得志的经历有关。常听人说,要想毁了一个人,就让他少年得志,从诸葛恪的身上可以得到印证。关于"诸葛瑾之驴"的故事,关于劝张昭喝酒,作《磨赋》难费祎《麦赋》,谢孙权向叔父要马,答孙权父与叔孰高孰下等趣闻逸事,一方面显示少年诸葛恪才华横溢,机辩超人,另一方面也隐现他恃才傲物,目中无人。家庭的条件这么好,成长的环境这么优越,上天给他的才华那么出众,成长的道路那么顺利,是容易使人头昏心迷的。头昏是因为飘飘然不知自己是老几,心迷是眼前看到的全是玫瑰,看不到荆棘与风险。普通人有这毛病,损伤的是筋骨;处高位、握重权的人有这毛病,则害国家、损社稷,家族也临灭顶之灾。

对诸葛恪的风险预期,诸葛亮和诸葛瑾是觉察的。连他的二儿子都时常忧心父亲地位的凶险。当孙权要派年轻的诸葛恪掌管钱粮事务时,诸葛亮从关心侄子的角度出发,便给孙权写了一封信,指出侄子的"性疏",难当此任。孙权也采纳了,当别人赞扬诸葛恪的聪明时,诸葛瑾忧心忡忡地说:此子或许可保国,但可能会毁家。知子莫若父,后来的事不幸被诸葛瑾所言中。

诸葛恪的结局确实够惨的,大儿子被自己杀了;二儿子听说父亲被杀,拉上母亲,带上弟弟坐车奔魏,半道被追上命亡;小儿子好不容易跑了几十里,也被追兵赶杀。他自己呢?惨死草堂,用麻布裹着,系上一圈竹篾带,凄凉地丢在乱尸岗,也没棺材,也没安葬,还是后来有个敢言的大臣上表,孙亮才同意由老部下草草埋了他。孙权以后,东吴政权刻薄如此,可见国运将尽了。

曹 爽

[醉落魄]

子丹花红，托孤付任望成龙。又谁知狩猎事误，射得鹿麋，丢却江山空。

死地角力断迟疑，箭至封喉慢张弓。也挟天子反身败，命悬一线，尚求田家翁。

[词　话]

帝王君主最后英明与否看他交班的人事安排和死后的制度设计。应当说，曹操、刘备做得都不错，身后都没有大的乱子，孙权差一些，传二代即发生诛诸葛恪、诛孙綝这些大的朝乱。曹丕传位后也较安定，曹睿的安排便出现问题了。这也不能全怪曹睿这个明帝"不明"，更主要的因素是曹爽太不争气了。

按常理推断，曹睿托孤曹爽、司马懿两人考虑是周全的，两人的名望、地位、才能在当时的魏廷无人可以替代，且互相牵制，防止一人独大，曹爽又是曹家嫡宗，放心可靠。曹爽一开始的手腕也称得上狠辣，剥夺了司马懿的军权，安插亲弟弟执掌禁卫军，逼得司马懿装病装傻，几乎到了乞求托付后事的地步。不料一次普通的狩猎，一个小小的疏忽，便形势逆转，全盘输了个精光。不可否认，司马懿确实太狡猾了，实力太强大了。但也不得不看到曹爽太轻敌了，太麻痹了，遇事也太无主见了，骨子里太庸愚无决断了。

太祖曹操对司马懿的"狼顾"之论，曹爽抛诸脑后；司马懿惯用的韬晦之术他忘在九霄云外；禁卫军统帅换了人，司马师、司马昭这两虎仍被留在禁卫军；君臣外出，精兵随去，宫廷空虚，全无一点儿防范；皇权在我，武备充足，不敢平乱一战；桓范的上策、中策不用，没魄力檄传天下，招兵护君，坐以待毙；死到临头，还盼司马氏赦免，盼当田家翁，几斗粮食施舍便生了奢望。一错再错，可见他在外的名声不过是花拳绣腿，平日里言之凿凿，韬略满腹，遇大事全暴露了色厉内荏，绣花枕头一个。

　　由曹爽笔者联想到袁绍，两人似乎有相似之处，都是出身名门，根基深厚，声名在外，且机遇宠顾。一般情况下，两人都会成为决定乾坤的人物，但优越的环境加上顺达的经历掩饰了他们致命的弱点。傲而轻敌，疑无决断，外强中干。所遇到的偏偏又是曹操、司马懿这样的对手，失败便是必然的了。何况曹爽与袁绍还没法比，人家毕竟是身经百战，一呼百应的一方诸侯，曹爽虽也领兵打过仗，不过是沾了皇族的光，以统帅声誉镀金罢了。钢筋铁骨是千锤百炼出来的，人为镀上的哪怕是金粉，风吹雨打，强酸浸泡，马上就会露出本相来。

孙峻、孙綝

[陌上花]

　　前朝兄峻，后朝弟綝，脉承权臣。浸血上位，漫撒手杀之甚。一朝但将中军握，省却辨鹿指马，弹指换新君。鄙文武臣，戏走马灯。

　　哪知高更险，秋蝉欢唱，塞耳听悲凤鸣，梦里花红，鸡鸣夜去五更。断头正逢全盛日，喋血残阳黄昏。冤相报，几时欢三族诛，诫后来人。

[词　话]

　　人多知曹氏、司马氏夺权，少知吴有孙峻、孙綝兄弟弄权，诛杀诸葛恪，所作所为与董卓无异，最后的下场也与董卓相似，身败名裂，举族诛灭。

　　皇帝与权臣是一对相依相存又相克的矛盾综合体。皇帝需要权臣的能与忠，权臣希望皇帝贤而明，鱼水相谐毕竟难得，特别在权臣位至极顶，大权尽握的时候，全凭仗权臣的个人修养了。诸葛亮的难得，不仅与刘备这位枭雄明君共处欢洽，还有扶持阿斗秉公无私，为国尽忠，全无一丝杂念。从这方面看，刘备比曹操、孙权乃至曹丕更有大智，棋看三步，不仅保当世，而且虑后世，这功夫更多在识人，识人之能相形较易，识人之忠更难，特别在事过境迁之后，在无节制的情况下，识用一位权臣、能臣是千古之难事。刘备为刘禅做到了。曹操和孙权都没做到。

　　从权臣这个角度说，皇帝即或不"明"，笨一些，糊涂一些，听之任之，少管闲事，安享富贵，可能也会相安无事。刘备之幸，也在于刘禅恰好具备这个条件。倘若皇帝不甘于任人摆布，看不惯大权旁落，耐不住寂寞，肯定会有一场你死我活的斗争。曹氏成功，司马氏成功，除了握有权柄之外，还有成事必备的威与智。孙峻、孙綝兄弟有威而不及人心，有智而算有所漏，乃至于在朝争中失败了。他们所面临的局面，与司马氏面临的差不多，甚至所具备的条件可能还好一些，特别是孙綝，皇帝都是自己换的，况且他们本来就是孙坚的后裔，干脆不迎新君，自己当皇帝，也是江山没改姓。但他们缺少曹氏代汉、司马氏代魏那种魄力，见识迟一步，便送上自己当刀板肉。灭亡也仅在瞬间，死到临头还求为一郡、为民、为奴，犯了曹爽似的公子哥毛病，死不足惜。最后连姓氏都被剥夺了，以杀戮起家，又以杀戮送终，也是罪有应得。

司 马 望

〔琵琶仙〕

妙得真传,惊伯约,布阵八卦谁破?邓艾也难知变,命险迷奇正,叹蹉跎。但见司马,面高手,黑白对垒,淡定子落。君早有备,十年剑磨。

搅弄得北伐成梦,离间策惹蜀庭扬波。不忌妒邓艾功,展袖里韬略。龙虎斗,二士争功。恂恂然,三公有我,居庙堂知阵变,长舞婆娑。

〔词 话〕

司马氏在当时人丁兴旺,且有本事的人也不少,后来晋室的"八王之乱"大约也是由这个因素而引起的。三国晚期,司马望也是个值得注意的人物,他与姜维对垒多年,逼得姜维止步于陇右,将才、帅才几乎不在邓艾之下。小说中也写,他识破姜维的八卦阵,救了轻敌的邓艾,使姜维大吃一惊。姜维可能认为自己妙得武侯真传,布排八卦阵是天下唯我独能的武场绝技,万不料被人识破、破解,置邓艾于死地的期望落了空。为了找回面子,姜维要与司马望对阵比武,司马望欣然相应,当然,司马望对八卦阵的变化比不上姜维,算是满足了姜维的自负愿望。岂料司马望醉翁之意不在酒,名为比阵,实为拖住姜维,让邓艾另辟战场,足智多谋的姜维也上了当。再后来,司马望献离间计,使姜维出兵中原竹篮打水一场空。这本来是很精彩的情节,足以显示司马望这个后起之秀的经纬韬略,可惜只被作者简要地叙述了一下。再后来,入蜀战场,司马望也多有良言,多有奇功,比起邓艾、钟会,恐怕也是不逊色的将领。读此感言,司马家真是人才济济啊!

司马望不仅会打仗,也很会做官,他一直顺风顺水,自司马懿至司马炎,均对其信任有加,委以重任,活到六十七岁才死,在那时应是长寿的。史记他的缺点是性贪鄙,身亡之后,"金帛盈溢",儿子、孙子也继承了他贪财的毛病,后利用职权去做生意,由王降为侯。看来他只学会了诸葛的八卦阵,没学到诸葛的廉洁之道。

杜 预

扬州慢

有陆抗在,羊祜非战。战则甘为伯乐,将杜将军荐。不负盈盈意,千里马驰骋边关。刚柔兼济,攻心为上,势破竹,金陵日落,王气黯然。

将功成,无监军,玉壶冰心,声名保全。伐蜀昨事,二士争功,赢得战场伐,却输得,身遭腰斩。将军识得,晋宫风云万千。

词 话

杜预是不会骑马、不会射箭的将军,但他的一生,大部分还在军旅中度过。征吴伐蜀,平叛征夷,大仗都少不了他。他率军亡了吴国,完成了羊祜的未竟事业。想羊祜与陆抗对阵晋吴边境多年,相持相处以礼,成就前线敌我阵营和睦相处佳话。羊祜深知那时灭吴时机还不成熟,待自己退休了,知时机即将成熟,推荐了主战的杜预领守边境,杜预果不负众望。杜预的征伐战术,尚有羊祜的影子,释放战俘,安定百姓,刚柔兼济的战法加快了吴政权的瓦解。

杜预领兵,是书生带兵;杜预当官,是学者为官,两方面兼顾得很出色。看他的奏折,建制度,定律令,改立法,平戎策,谈古论今,引用经典如数家珍,是个有学问的人。史称其"博学多通,明了兴废之道",绝非虚言。因有官爱马,有官喜钱，杜预称其为"马癖""钱癖"，晋武帝知之问杜预，你又是什么癖呢？杜预答：臣有左传癖。他可不是说着玩玩，而是当之无愧。平日里耽思经籍，著《春秋左氏传集解》，又参考众家谱第，谓之《释例》，还著有《盟会图》《春秋长历》，成一家之学。可见他能文能武，能将能相，上得殿堂，下得书房，十分难得。处世之道也能秉持正义，谐和同僚，风雨宦海几十年，虽也有些波折，但终得善终。

杜预在镇守外地时，常常用自己的饷银进贡都城的政要，也不求什么事，身边的人不理解，他说："吾但恐为害，不求益也。"为官为人之道可见一斑。

卷六

鲁 肃

青玉案

悟军机固隘守关，柔水韧，滴石穿。和事佬心慈堪憨。盟刘抗曹，解语大盘，甘周戏花脸。

催还荆州玄德泪，搬尊巧纾甘露难。保孔明推舟顺流。吕蒙尚读，陆逊年少，时下为吴安。

词 话

鲁子敬宽厚君子、仁者贤明的形象给人印象极深，在尔虞我诈、争死斗活的三国诸侯战中难能稀有。特别是他穿梭在诸葛亮、周瑜这两位斗智高手之间，左说右和，两边熄火，憨厚心慈的老实人形象跃然纸上，令人可敬可佩。乃至后世有关赤壁之战的戏剧都凸显这个角色，在剑拔弩张的战争氛围中给人以逗笑和暖意。从历史的原型到小说中的艺术形象，作者似乎遵从了源于生活、高于生活的创作原则，基本把握了鲁肃这个人的性格本质和活动的大致脉络，在情节取舍和细节声情并茂上进行了再加工，是成功的艺术再创造。

真实的鲁肃知势识体，豪任大度且有侠气。他与周瑜一样，本来都是生活在袁术统治的辖区内，纵观天下大乱的形势，清醒地看到袁术靠不住，这片军家必争之地难得安宁，于是毅然举家裹带几百儿郎渡江投吴地。其散财赈穷、对周瑜的求助指仓相赠，显示出他性格本质中大处着眼、不拘细务、宽厚豪爽的可贵品性。小说的形象也基本遵循这一点。见孙权后，与之分析东吴面临的形势，提出"汉室不可复兴，曹操不可卒除""惟有鼎足江东，以观天下之衅"的方略，高屋建瓴，黄钟之鸣。更难能可贵的是，刘表一死，主动向孙权建言，择机取荆州，联刘备，并亲自前往探听消息，负责联络。中途事变，曹操来攻，仍不改其衷，示孙权意，与走投无路中的刘备结盟，迎取诸葛亮来吴为使，开创了吴蜀几十年外交大战略的格局，为打败曹操奠定了基础。反观袁绍当初不听沮授之言拒刘备求援，鲁肃乃至孙权的见识要比袁绍高明得多。尽管这个联姻最初是诸葛亮的主意还是鲁肃的主意，记载不一，连陈寿撰《三国志》中也各说一端，但这并不重要，至少是英雄所见略同，心心相印，一拍即合。鲁肃后来的一系列表现都是以这个大趋势和外交大格局为基点的，比周瑜表现得还要坚定，还要顾大局，这个主线便是鲁肃所有表现的依据。

为了丰富诸葛亮的形象，突出鲁肃憨厚隐忍的一面，作者还不惜将鲁肃激将反话说孙权主战的情节挪给了诸葛亮。历史史实是，周瑜死后，鲁肃领兵与关羽对垒，讨还荆州，割得三郡，以柔对刚，很好地处理了与关羽的关系，史说"及羽与肃临界，数生狐疑，疆场纷错，肃常以欢好抚之"。与关羽这个难缠自负的人打交道，斗而不僵，没有发生流血事件，可见鲁肃具备高明的外交手腕和斗争艺术。不像舞台上的鲁肃一味退让，没有主见，讨要三郡时，义正词严，铿锵有声，驳得关羽都无话可说，逼得蜀国承认以江为界，割划三郡归吴。这在小说中都被轻轻带过了。作者的生花妙笔委屈了鲁子敬，但也更形象地画活了给人印象更深的鲁子敬，使得后人更清楚地记住他。为了东吴大业，为了联蜀抗曹的外交大局，宽厚无私、有古贤君子之风的鲁子敬还有什么委屈不能受呢？后来吕蒙与关羽闹翻，虽得了荆州，却引起东吴一场政治危机，更证明鲁肃对蜀柔性、弹性、绥靖之举的正确。

法 正

[迷神引]

　　巴山蜀水育俊才，春风二度梅开。前叹张松，后愧孟获，善终看，唯君来。韦编绝，汗青尽谴叛，独誉孝直名，屈子沉江抒骚怀。

　　斩棘历历，辟川路。定军山，彩旗展，身手显，摄魂台。昭烈垂拱治，赖君力。诸葛临难叹，期君在。

[词 话]

　　刘备看人、识人、用人，往往把忠义放在首位，这与曹操的唯才是举、不拘小节不同，但对法正的信任，似乎打破了他的规矩。

　　法正是个叛徒，是从刘璋营垒中叛变过来的，典型的卖主求荣，比魏延投奔的表现还要明显。刘备初识法正，急于夺取川地，赏识他是因为"利"；取川后，几次带着法正出征，因他出谋划策而成功，赏识他是因为"才"。获得重用的法正得意忘形，暴露了许多道德上的毛病，刘备却视之为心腹，给予谅解，信任纳谏的程度甚至超过诸葛亮，这其中隐含令人不解的"谜"。

　　法正在蜀国位置很高，声名很大，但史籍记载的事迹没有几件，这更加深了人们猜测这谜底的好奇。推测一下：其一，刘备把取得益州之地看得很重，以刘璋使节身份见刘备的法正向刘备建议取川，获得刘备信任，里应外合，为取川立下汗马功劳。特别是与黄忠配合，定军山斩了曹营大帅夏侯渊，其功至伟，重赏有因。包括攻川中途身死的庞统，后世尊祭也给予了极高的位置；其二，反客为主，取得川地，刘璋父子经营那么多年，人心难服，需要法正这类坐地虎延揽人心。从接受法正建议原谅并征用许靖，可以看出刘备的心思。当刘备大军压境时，身为太守的许靖背叛刘璋，事发被捕，仁慈的刘璋没有杀他，刘备当政却要杀他，认为他不忠。法正相劝，许靖的本事确实没有他的声名大，但左将军刚入川，便杀这个投奔他且名气大的人，会阻了归贤之路。刘备听从了，仍然封了许靖大官，后来还位居中枢。其三，刘备恨臣下不忠，不能原谅背叛，哪怕是背叛别人投靠自己，也认为叛心难改，主要还是担心臣下不忠于自己。法正以自己的行为，也许还包括史书未载的狡黠躲过了这个瓶颈阶段。有书曾记下这么一件事，刘备率军攻曹，亲冒箭雨上阵，取胜很难，众人劝其退军，他均不采纳，法正冲上前去，用自己的身体挡箭，刘备让法正让开，说危险，法正却说你都不怕，我怕什么，有危险也要箭先射我，保全你。刘备不得已才退军。这件事可能对刘备影响太深了，一个危急时刻可以用自己的身体去为他挡箭的人，是可以信任的。

还有一点推测可能对刘备有些不恭：诸葛亮的才能刘备心知肚明，他的忠诚刘备相信，但君王多疑，能否信任到百分之百的地步，也不一定。一条腿的板凳不稳，有制衡有牵制才能防止大权旁落，特别是关羽、张飞和自己都老了，以后少主怎么办？诸葛亮正年富力强。刘备先器重庞统，庞统却死早了，法正正年轻，虽智不及诸葛亮，但有川地一班旧臣的关系，这又是诸葛亮没有的优势。故而连法正不守法有人报告诸葛亮，以严肃法制著称的诸葛亮也不去惩罚他，他知道法正在刘备心中的位置。以后刘备率军攻吴，诸葛亮感叹：如法孝直在，可以劝住刘备，即使劝不住，也不会败得这么惨。与刘备同甘苦创业走出来，还有三顾茅庐佳话的诸葛亮都束手无策劝不动刘备，却认为法正可以劝得动，在刘备心中孰轻孰重，一目了然。这其中应当是有弯弯绕的。还有一件事为这看法注脚：白帝托孤，除诸葛亮外，还有本土派李严，中军都护是李严，尚书令是李严，统领内外军事的是李严，斯人斯心，岂不昭然若揭了吗？

幸法正年仅四十六岁便死了，不然后事还真难说。笔者预料托孤肯定会有法孝直。我不相信有"反骨"之说，但我相信有叛者的惯性，不信吗？看邓艾大兵入成都时，投降大臣的队伍大部分还是随刘璋白旗降刘备的原班人马，只是主子换成刘禅罢了。

沮授、田丰

【醉花阴】

望尘观辙胜败知，洞察天命识。料成败晓生死，棋观三步，说君难语迟。

燕赵众多悲歌士，颜回穷亦痴。一朝枯枝栖，毁也良禽，重节不应时。

【词　话】

在袁绍的众谋士中，智多而又有气节，当数沮授、田丰，这两个人太可惜了。先说沮授，史载他可歌可泣的事情不少，给袁绍出了许多好主意，没被采用的三个主意，都成为断送袁绍大业的致命处：劝袁绍出手救刘备，袁绍不听，以后官渡讨曹操失去羽翼；劝袁绍缓攻曹操，袁绍不听，结果官渡大败；劝袁绍不要废长立幼，袁绍未采纳，乃至子弟纷争，干戈不息。袁绍兵败，沮授被俘，曹操惜才，本来是礼遇他的，他却旧主难忘，逃跑再去投袁绍被抓才死。再说田丰，劝袁绍在曹操与吕布、刘备相争时，乘隙偷袭

曹操老巢，袁绍不听，失去战机；待曹操平定刘备，袁绍欲出兵攻曹，又劝袁绍不要出兵，以守待溃，袁绍又不听，以致兵败；兵败后，别人都为田丰庆贺，以为他料事如神准会受赏，独独田丰本人知道，袁绍若取胜，自己还会活命，若战败，自己性命难保，后事果如其言。

从书中记载看，沮授、田丰确是足智多谋之士，沮授是荀彧一类的人物，田丰是郭嘉一类的人物，可惜袁绍没有用好。更难能可贵的是，这两人忠心至诚，穷途末路也没闪背叛袁绍的念头，显示出文士从一而终的气节，让那些抱有"此地不留爷，自有留爷处"观念的人为之汗颜。特别是沮授，被俘后不为曹操的礼下而动心，想方设法逃跑归旧主，以世俗眼光看，其行为迂腐、愚忠，但他用生命给燕赵的慷慨悲歌做了注脚。看事明，计不用，知生死，其心未改，其志不移，袁绍得此人，天公还是青睐袁氏的，是袁绍自己将自己推向了失败的深渊。单从成败论，沮授、田丰似乎不智不明，但从做人来说，两人确实高尚。特别是在三国

纷争，各个政治集团分分合合的大环境下，士不失去气节，事功虽败，却用行为谱写了一曲《正气歌》，其丹心碧血在袁氏灰蒙蒙的战败图上，尤为彰显。鲁迅曾叹，世少敢于哀哭叛徒的吊客，对国人的劣根性知之至深，怒之心寒，沮授、田丰正是这样的吊客，而且他们并不糊涂，知势、知人、知命运，仍然坚持这么做，更难能可贵了。

事业虽然失败了，留下了一种精神，这便是沮授、田丰的遭遇告诫我们的。士子可赞！

许 攸

[添字浣溪沙]

漫轻才郎冷红袖,堪叹怨女易结仇。薄幸书生南唐误,败官渡。
狂生居功性轻浮,放诞未赏先断头。死知曹营非袁地,亡许褚。

[词 话]

用人谈德才兼备,才、德不能兼顾时,以德为先,有才无德万不可用,这种人才越大毁事越大,许攸大概即属这一类人。

许攸有才,才能列沮授、田丰、审配一个等级,可惜品德差些。纵观他的命运轨迹,品德低下可用"贪婪""不忠""轻浮"三方面概括。他也正是带着这种特征走完了人生的道路,葬送了袁绍的事业,将自己钉上了历史的耻辱柱。

袁绍还是很重用许攸的,许攸也并不是一开始就有背叛袁绍的念头,但性贪的毛病改不了,荀彧、程昱都看出了这一点。他因贪腐的事被人揭发,本来是他自己的错,却不知向袁绍去认罪,反而改换门庭,一走了之。轻轻松松地来,轻轻松松地走,一点儿也不犹豫,可见这种人心中没有立场,没有信仰,没有气节,哪里有实惠往哪里奔,谁给奶吃投奔谁。投奔还要献上大礼,以获取新主的信任,使自己得到更大的利益。这不,抓住袁绍军中的致命处,献计曹操,袭取乌巢,焚烧粮草,使曹操扭转了战局,以少胜多,取得官渡大胜。可以说,没有许攸之叛,难有袁绍之败。根子在许攸之贪,可见贪官不可用。当然,也有人责袁绍不能像刘邦对待陈平那样,大度宽恕,不治罪即无许攸之叛,虽有一定道理,但许攸毕竟不是陈平,刘邦需仰仗陈平奇谋化险为夷,许攸哪有这等分量!袁绍错在知其贪腐可以不用而应杀,即或不杀也应防备,不要让其轻易逃走,这便是袁绍遇事犹豫、智迟的毛病断送自己了，给许攸钻了个大空子。

因功高许攸又显示出轻浮的一面，出言不逊，态度傲慢，以酒醉为由，直呼阿瞒，摆功自负，狡黠的曹操一笑置之。他仍不满足，还面对虎狼将群放言不诞，这些杀人如割韭菜的将军们岂能容忍，许褚一斧头便削了他的脑袋，许攸就这样糊里糊涂地丢了性命。因失德反水，借缺德受宠，最后以乏德送命，他走完了自己的人生三部曲。

曹营毕竟不是袁营，曹操也不是袁绍，照事理推断：即或许褚不杀许攸，像许攸这样德行，曹操总有一天会借机杀了他的，死不足惜，反衬出沮授、田丰人格上的光辉和力量。

陈 宫

酒泉子

冠儒任侠,捉放曹看轻乌纱。君子不识枭雄性,惊嗜杀。

仁士壮志温侯误,慨然引颈告天下:空怀经论五经迂,归去罢。

词 话

陈宫的戏,包含"救曹""弃曹""击曹""绝曹"这四出折子戏。这个形象的悲剧意义在于折射乱世中文人的尴尬,如果与诸葛亮、郭嘉这类志怀意满、智用天下的文人映照的话更为明显。

他有才情、有智谋、有气节、有历练,且心系苍生。一方县令,私放朝廷通缉钦犯,辞官相随,可见正义感很强,先天下之忧而忧的情怀溢于行为。曹操杀吕伯奢全家,使他看到了所救之人的残暴,决心割席绝交,但为天下计,又不忍去杀曹操,以弃而走之作为选择,可见儒家的仁爱在他身上根深蒂固。他弃曹操,而没有去投兵多势众的袁绍,也没有去投当时炙手可热的其他诸侯,而是先张邈,后又选择了

吕布,这往往使人迷惑。仔细分析陈宫的心理,也并不奇怪。吕布虽在江湖上没好名声,但武功绝顶,勇誉在外,且与曹操为敌,陈宫急于找这个汉贼复仇,为敌者可以为友,相助吕布也不意外。更重要的是,吕布虽有

助纣为虐、残忍反复的前科，但此人头脑简单，好的时候也尚情义，也许陈宫看中了这一点。陈宫与诸葛亮不同，诸葛亮把匡扶汉室、治国平天下作为始终不渝的人生抱负，陈宫没有达到这种高度，恐怕还有自知才能不及的因素。他只是看不惯曹操，想主持正义，甚至还有悔憾当初放曹纵贼的自责，只要能杀曹操这个汉贼屠夫，其他均不顾。后来的事证明，陈宫的选择也没有错，吕布给曹操捣了不小的乱，差一点儿还杀了曹操。他对陈宫始终信任有加，言听计从，除了最后听妻妾之言，坐守待毙那次外，深信豫让众人国士论的儒士陈宫有此足矣。

　　与吕布这样的人共大业，失败是必然。陈宫最后只能以自己的杀身成仁闪现道德的光耀。白门楼引颈受死，曹操想挽留，并用陈宫老母、妻子之情打动他，陈宫不为所动。陈宫死后，曹操善待其妻母，以女嫁其子，够礼贤下士、仁至义尽的了。陈宫不为曹操所动，甘愿受戮，这与吕布的求饶形成鲜明对比。他大义凛然谴曹斥吕，给自己画上人生的句号。成者王侯败者贼是俗人的眼光，生当作人杰死亦为鬼雄是超凡之人的追求。陈宫是这样的超凡之人，支撑他们所作所为的是儒家的理想信念，含孟子的浩然之气。王道霸业谈仁，什么杀身成仁，以仁取天下等，是动听口号，是借以凝聚人心，激励属下忠于自己的精神工具，在陈宫这类儒士心底却是人生追求，誓死捍卫的大道。天下纷争，弱肉强食，有作为的政治家高喊这口号，倘若拘泥这类信条，会被视作"蠢猪式的仁义道德"。陈宫东奔西走，左投右靠，坎坷蹉跎，身心大概也疲惫了，他没有孔子式的道不成泛大舟于海上的旷达心态，没有庄子式的鲲鹏九万里遨游北溟的豪迈胸襟，但仁士看死，视死如归，归去来兮，全无牵念。人生是尴尬的，结局是壮烈的。

陈珪、陈登

最高楼

好猎手。熟谙登龙术,目清观六路。佐得陶君隐知贤,习性温侯猛于虎。奉承会,陷钧有,望势走。

布迷雾重重无间道,设机关巧巧闷葫芦。僚弄权,吏耍府。不惜恃武三分晋,偷逆明渠凿暗流。州城破,冠太守,君识否?

词 话

陈珪、陈登父子堪称"人精",精且不猥琐,身处兵家必争之地徐州,生逢你方唱罢他登场的乱世之秋,左逢右迎,长袖善舞,保得身家平安,还步步登高,一直到曹丕时代,还念其功,追封赏陈族后世,堪称一绝。

陈家父子的"术"玩得精熟,先辅陶谦,后佐刘备,再顺吕布,终事曹操,几易其主,地位不降屡升,看君侯争争斗斗,自身毛发未损,每次易主均能抢占先机,不至于掉队。知陶谦弱,建议请刘使君的是他们;劝刘备接受徐州之让,领徐州牧的是他们;吕布强占徐州后,虚与委蛇,戏耍吕布求助曹操的是他们;暗中助曹,里应外合,击败吕布,使曹操占领徐州的,还是他们。特别是欺骗吕布,身在吕营心在曹,瞒天过海,偷梁换柱,将吕布哄得团团转,硬是把三十六计中的韬略熟用至鬼斧神工的境地,吕布直至断头前方醒悟过来。

陈家父子玩术弄阴,是有原则的。对陶谦,尊重;对刘备,仰服;对曹操,事忠;唯对吕布,藏奸。与清流脱俗的郑玄这样的人,能够雅交甚深,视若知己,求事相助,不得不叹服。袁绍对这对父子也颇有好感,实属不易。陈家父子江湖上誉声远播,刘备在荆州与刘表和大名士许汜谈论人物,便听说过他的声名,言其"善士",有豪气。可见他们虽然擅长用无间道，但却是善恶分明，忠奸有判，知势达理的君子。有儒士之风，晓君子之德，但又不似陈宫那么迂腐，能因势利导，顺势有志，借势除暴，心中藏枢机，歧道能识途。有过人之识，过人之智，过人之胜，于惊涛骇浪中，悠哉游哉，保身位于显达，留清名于江湖。

也许陈登为此付出的心耗太大了吧，他与郭嘉一样，三十六岁便死了，当时已被曹操重用，见封于汉宫。也好，免得再后来，曹操与汉献帝、与刘备的龙虎竞争中，在名与利、贤与奸的选择时左右为难，全名节于鼎盛之时。因叛吕布有功，曹操借汉室封陈登为伏波将军，这使人联想到那个史上更著名的伏波将军马援。马援以自己的边塞军功平定边乱波浪，陈登父子呢？完全以自己的从容应对，沉浮于宦海惊波不惧，气定神闲。

伊　籍

[苏幕遮]

识马经，知天语。心系玄德，忠事刘琦。强兵压境不随流，心匪石，仗定力。

劝马换，谏易旗，君识项伯，挑穿鸿门戏。飞跃檀溪验的卢。交韩荆州，话巴山语。

[词　话]

伊籍不是个重要角色，无论在刘表身边，还是在刘备麾下，都未见他立下什么惊人的事功，献上过什么奇谋，给人留下的印象是老成持重，忠心对待刘玄德。特别是劝刘备不要骑的卢马，故事较新奇，令人难忘。

他不是个势利之徒，身事刘表，心系刘备，但对刘表并没有叛意，而是看不惯蔡氏揽权，阴谋废长立幼，对刘琦还是忠诚的。助刘备离开鸿门宴，更多的是从荆州不能乱、刘琦不能没有这位皇叔相助的角度出发。当刘表一死，主张降曹的声音占主导地位时，他力排众议，发出自己反对的声音，显示出铁骨铮铮，我心匪石的气节。

刘备能得到伊籍这样的人倾心相助，可见他的人格魅力。这位深识马经，看出的卢伤主的博学之士，劝刘备不要骑这匹马，送给自己忌恨的人去骑，被刘备拒绝了，写伊籍，实际是写刘备；感动的是伊籍，也显示出刘备人格魅力的根本之处。一个心地仁慈的人，是善主，善心推及人，是善士真心崇敬的。李白当年"一识韩荆州"的千古之文，令一个礼贤下士、士人争见的韩荆州出了名，不知实际情况到底如何。伊籍与刘备倒是让人真真实实地看到了君臣相敬的佳话。刘备不愿让马伤别人的善心得到了善报，正是丧主的的卢马檀溪一跃救了主。凸显的是马，塑造的是人，刘备得人心，占人和，小小闲笔可见一斑。伊籍后来随刘备入川，没有大红大紫，倒是平平安安，在蜀立国的制度、法制建设上多有贡献，超出孙乾、糜竺之类，也算是善士有善报吧。

谯 周

[一斛珠]

斗转星移,君识得人间凶吉。诸葛信天也问疑。妙论仇国,伯约不纳惜。

观天不输淳风技,换冠无愁叹唏嘘。君知音商女曲,刘璋昔降,袭也是白衣。

[词 话]

大海航行,知危船将倾,无可奈何,大概是件痛苦的事,谯周的处境与此类似。他是个知天文、晓地理、识兴亡的人,不能说众人皆醉我独醒,至少在见识上先人一步。诸葛亮有疑难也要问问他。西方人信占星术,中国人重看星相,历朝历代创业帝王,草莽英雄身边都少不了此类人。李世民有徐懋公,朱元璋有刘伯温,连李自成也有宋献策。谯周没有到达这个位置,因诸葛亮本身就熟悉这一套。他看星相阻诸葛亮出祁山,没被采纳,结果诸葛亮魂归五丈原;他作《仇国论》劝姜维少动干戈,与民休养,被姜维斥为腐儒之论而未听,结果将蜀国拖垮了。真正的军国大事,他参议的极少,唯独劝刘禅投降这件事石破惊天,给他身后留下是是非非。

劝皇帝投降,还自告奋勇去联系,这确实是一件令士人耻辱的事情,学富五车、精通六艺、素称贤明的谯周做这种事,人们往往想不通,仔细想想,他有他的道理。谯周并不是贪生怕死、利欲熏心之徒,为何做出此举呢?邓艾大兵压境,成都危急,君臣俱没有抵抗的心思,可供选择的道路是两条:一是投东吴,二是奔南方,刘禅似乎都动了心。谯周反对这两条,其理由是站得住脚的。投东吴,丢脸且不说,待东吴亡了,又要丢一次人，蒙羞两次不如蒙羞一次；奔南方，亡国之君，南方野蛮之地树恩不多，苟延残喘也逃脱不了死亡的命运。因此，他力主刘禅降魏。刘禅采纳了，蜀地避免了血战，生灵免遭涂炭。魏廷及后来的晋廷对刘禅不错，百官也多得其所，甚至还搜寻逃难中的诸葛亮、蒋琬、费祎的后代，给官当。福落千家人，投降派的罪名都让谯周一人担当了。

　　从后来晋文帝要大赏谯周被拒，说明谯周的主降还真不是贪恋富贵，他更多的是为刘禅、为蜀国百姓安定着想，并引《易经》解释投降的道理："圣人知命而不苟必也。"投降也是圣人之举？还牵强附会地拿尧舜的事来比附，不过是哄哄刘禅罢了。不过也确实是不得已，到了这座山，只能唱这山歌，当年劝刘璋投降如此，今天劝刘禅投降也如此。不知谯周当时的思想斗争如何，可以想见这位知天认命、知势应顺的饱学之士肯定不会轻易作此决断的。历史人物都有其复杂性，特别在谯周这类人身上尤为复杂，后人评论前世谈谈容易，身临其境作出抉择就难了。降魏晋后，谯周视利禄如浮云，他的儿子、孙子都野隐不仕，特别是孙子谯秀多次征召不举，自食其力，活到九十多岁，可算寿终正寝，寝得心安，是爷爷心灵的遗传吧。

郤 正

惜红衣

官秘书郎,典籍也传,锦绣文章。知兴衰事,劝姜维避祸,献刘禅谋,书生腹有经纬藏。惜也,武侯遗托,擢君拔费蒋。

旁观扼腕,君昏臣谀,看破蜀业亡。死谏又非本性,伏案忙。因势三分识见,微言补天大策,奈沉船难扳,留得史笔数行。

词 话

诸葛亮晚期常叹蜀地偏僻,少人才,但也有人未尽其才的,郤正应算上一个。他因才学官拜秘书郎,从小秘书做到大秘书,后来一直在刘禅身边当大秘十九年。职位限制了他施展大的政治抱负,看不出什么事功,从他身处的环境和记载不多的言论可见这是个识见不凡的人才。

后期的刘禅,懦弱的本性加上嬉乐的爱好变本加厉,特别在诸葛亮死后,更没了约束,宦官黄皓投其所好,推波助澜,把持朝政,乱了中宫,弄得姜维也没有办法。与这样奸佞的人相处,要么同流合污,要么正义招祸,郤正却把握得很好,既没有成为黄皓一党,也没有遭受谣诼驱离,见时趁机提醒几句善言,给乌七八糟的风气稍微送一些清凉,这有点像当今电视剧中的纪晓岚对和珅。这周旋不易,需要大本事,需要集智慧、技巧、耐心、定力、圆滑等于一身,郤正做到了,因此非凡。

他谏言刘禅,上言诸葛亮、姜维等超出秘书郎职责的军国大事议论不多,却都是洞察细微,知晓军机,可圈可点。最为突出的是,姜维气愤黄皓欺君谀言,闯进家去要杀他,刘禅代黄皓求情,姜维只得愤愤离去。郤正看在眼里,心急如焚,担心刘禅事后迁怒于姜维,重责姜维,蜀国栋梁即断;如姜维带恨而去,逼急了出现不虞之举,蜀国也危。

  郤正追上姜维,说了一些秘书郎职责以外的话,指出这时候姜维若负气事情会更糟,会大祸临头,避祸求存才是上策,献上了剑阁避祸的计谋,姜维照办了。别小看这几句话,它避免了蜀国的一场内乱,至少也是岳飞风波亭式的悲剧,其功至伟。

  郤正有机谋,还有胆识,有忠义。蜀亡后,司马氏要迁刘禅去洛阳,文武百官避之不愿随同,郤正抛家舍子与另一位官员主动报名随同,这不是去封赏,而是去当俘虏,生死未卜,前途难料,刘禅也很感动,叹郤正这样的人用晚了。笔者也这样看,比较诸葛亮用的蒋琬、费祎,再如杨仪之类,郤正恐怕更有才能。包括后来在晋宫指点刘禅对司马昭说思念蜀地,也是郤正。一个人,在不同的危急阶段,都能因势运筹弄谋,可见其心机韬略。

  没早用郤正,是蜀国的损失,也应是诸葛亮的遗憾,可惜了郤正和他未施展开来的经国谋略。

张 昭

满庭芳

　　玉树临风，饱满天堂，儒世文腹满藏。显贵三世，伴食金吾帐。危不见安邦策，恁厮杀，有飞来将。宫殿事，张弛有度，等闲富贵，笑惊涛骇浪。

　　智乎？身未险，无显赫功，庙堂少谤。有声名在外，内事问温，史略曲折文章。也无妨，舌战仓皇。历历朝，公卿几多，庸平福禄享。

词　话

　　孙策临死前，嘱咐孙权：外事问周瑜，内事问张昭。张昭位高权重，给人的印象是美仪表、有威严、少言语，处宦海无险，一直很有福气，事功未多见，不倒长青，是个典型的老官僚形象。这种人资格老，历练深，谋划周全，为人处世练达，任何朝代都少不了这类人。

　　历史上真实的张昭与此有异，是个敢言敢谏，逼急了还敢赌气的性情中人。他与孙策有契阔之交，因能力强、功劳大，收到不少赞扬他的信札。深悟为官之道的张昭给孙策看也不是，不看也不是，左右为难。孙策知道后主动找他，让他打消顾虑，说都赞扬你是人才，我能用人才不是更高明吗？孙策死时将孙权托付他，也曾有刘备那样的话，如果仲谋扶不起事，你就接过来，万不可叫事业中断。其真诚、信任度出自爽直的孙策之口，应当比刘备要有诚意。

　　张昭不负孙策之望，一手扶持年少、资历浅的孙权平安度过了政权过渡期。少年君侯玩性大，喜欢狩猎射虎。有次受伤的老虎差一点儿扑到孙权马前伤了他，张昭严词急谏，弄得孙权没法，只好做个木车射着过瘾。孙权还因为玩性大，召集百官饮酒，并说不醉不休，百官都顺着孙权胡来，唯有张昭梗着脖子跑到车上坐着不理这茬。可见，张昭不是那种一味圆滑的官僚。

他的脾气发起来更是了得，因劝孙权不要接受公孙渊称臣，干脆称病不朝，气得孙权用土拥堵他的家门，张昭竟然从门里又垒了一道土墙，逼得孙权只好按照张昭的意见办。张昭的气竟然还未消，仍闭门不出，气得孙权放火烧他的房子，他也不出来，孙权只好让人灭了火，让张昭的儿子将他抬出来，才结束了这场君臣闹剧。这个故事既显示出孙权的知错能改，大肚容人，也折射出张昭的耿直个性。张昭平稳渡过宦海不易，孙权这样的容人雅量更不易。

赤壁之战前，张昭主张降曹倒是真实的历史，为此他也付出了代价。孙权称帝，从各方面说丞相应当是张子布，但孙权没用他，先孙邵，后顾雍，一直将张昭拖到老病。孙权对张昭耿耿于怀的是赤壁战前的主降，恐怕也还有他性刚直，敢直谏，常让自己下不了台的关系。这样也好，反而让张昭少耗了心力，一直活到八十一岁，这在那时够长寿的了。子孙也沾光，也争气，福禄一直享用下去。直到诸葛恪事发，因他的媳妇是诸葛瑾的女儿，他的孙子才受牵连被诛。那又是一个故事了。

诸葛瑾

> 南乡子

　　本南阳伴读,岂奢望三顾茅庐?智迟袖无隆中对,足矣!勤勉食禄忠事吴。

　　不求履云步,领兵统路奈长寿。殷殷舐犊慈恐过,惜也!子聪祸起龙虎斗。

> 词　话

　　三国时代,诸葛氏堪称望族,在魏蜀吴均有高官显达,实属难得。诸葛亮在蜀为丞相,诸葛瑾在吴当上了大将军,族兄诸葛诞在魏也做了上将军。三个人比较起来,诸葛瑾本事最小,但却凭借敦厚、诚恳获得孙权的信任,仕途风顺,波浪未惊。诸葛瑾可以称得上是一位谦谦君子,事忠孙权,遇事不是不谏言,而是旁敲侧击,点到为止,孙权如果没采纳,便不再提。如果引起孙权不快时,赶紧刹住,再次求见,言他事而搪塞,谨慎如此。细想起来,他不是不负责,而是自知是个客卿,弟弟又在蜀国获那么大重用,恐怕也深知孙权的脾性,免得见疑。有一件事很能说明他这样做的益处,有个叫殷模的校尉,犯了错,孙权要重惩他,众官为之说情,孙权更气愤,唯有诸葛瑾没说话。在孙权点名后,他并不直接为殷模辩护,而是谈自己与殷模来投东吴之不易,君侯恩重如山,殷模却不知报答,犯此错误,他提醒不够,也有责任,因此不敢说话。此番话感动了孙权,还给了孙权一个台阶。孙权说,看在你的面上我就赦免他罢。这个反弹琵琶的谏言效果多好。估计诸葛瑾是琢磨过韩非子"难言"说君理论的。

　　诸葛瑾虽没有过人的才能,但仕途却很好,官越做越大,还独当一面领兵打仗,开府治衙。其原因在于他的稳重,在于孙权对他的绝对信任。刘备率大军伐吴时,诸葛瑾去书相劝,还想当面去劝说刘备,被刘备拒绝。有人造谣言,诸葛瑾投蜀了,孙权说:"孤与子瑜有死生不渝之誓,子瑜之不负孤,犹孤之不负子瑜也。"信任如此,想不当大官都难。恩泽惠及下一代,儿子也聪明有出息,可惜太聪明了,反而惹得后来诛灭三族。诸葛瑾是看到儿子将来要惹祸的,也没有办法,自己智平得福,儿子聪慧招祸,想来亦是死不瞑目吧。

杨 仪

踏莎行

谋事谨慎,赞划中军,孔明帐下幕府能。举国后世托蒋费,知其寸短属书生。

杀得魏延,安然退兵,全凭仗丞相智定。攀藤漫信万丈高,根浅失依难挈云。

词 话

有些人,机遇虽抓住了,个性与胸襟却限制了他,成大事难,随着位置的提高,反而自取其祸,杨仪便属这一类人。赤壁之战,作者尽书了周瑜的才华横溢、胜算超人,风流倜傥,也写了他的个性峻急,心胸狭隘,以致被诸葛亮三气而死。这当然是小说家言,与史实相去甚远,但塑造的这个艺术形象还是令人深思的。杨仪当然与周郎没法比,他的悲剧命运却与艺术形象中的周郎有异曲同工之处,结局更为悲惨。

杨仪是个有较强办事能力的官吏。从史书查,他原来是在荆州投关羽的,关羽派其去成都向刘备汇报工作,因见识不凡,获得刘备信赖,留下来得以重用。诸葛亮似乎也赏识他,收在帐下委以参军、长史,负责的事情干得不错,诸葛亮多次高度评价他。

诸葛亮在死前,将撤军大事交给他和姜维,事实证明,他也没有辜负诸葛亮的托付,在内忧外患的情况下,斩杀魏延,全军安然而退,连司马懿也无可奈何。

问题是他太偏狭,甚至有几分刻薄,肚量太差。诸葛亮也许深知这一点的,撤军任务交给他,后事却托给蒋琬,没他份儿。本来他与魏延互不服气,成见很深,诸葛亮生前都为此遗憾与为难。及至大权在握,这气量狭隘到极点，狠心杀了魏延，告其反叛不说，杀了魏延后还唾其首级大骂，刻薄至此，令人鄙视。

按照诸葛亮的遗嘱，传位给了蒋琬，他一万个不服气，不服气生生闷气也就罢了，还耍性子，发牢骚，出妄语，竟然说出早知如此，当初还不如率兵投魏这样带有反叛意味的话，这便是找死了。可见当初魏延与他互告谋反，他不是一点儿责任都没有。

其实依他的经历、才干、功劳，哪能当诸葛亮的接班人呢？蒋琬才虽平平，却为人平和，尚老诚，他办事，诸葛放心，后来的事也证明了，诸葛亮的选择是正确的。如果杨仪接班，以他的偏狭、刻薄、小肚鸡肠，还不知要给蜀国惹多大的事。

他是在大树底下栖荫乘凉惯了，误将大树的高度看成自己的高度，大树倒了，还不知自家姥姥姓啥，这样的人，怎能担当国家重器？一执行吏而已。

李 严

[昭君怨]

吊白帝叹巫水，问疑归川神女。楚宫佳丽妒，剪娥眉？
骤闻丞相哀息，怅白祁山军退。隐伏三峡石，青衫泪。

[词 话]

　　刘备的托孤顾命大臣不是诸葛亮一人，还有李严。李严何许人也？早年是州府的吏员，以才干著称，很获刘表的赏识，派其"历诸郡县"，大概有培养历练的意思。曹操夺取荆州时，李严恰恰在秭归，就近投靠刘璋。刘璋也重用他，让他当了成都令，干得也不错。刘备入川时，刘璋又派他领兵在绵竹抵抗刘备。李严识势，又加上在荆州与刘备也是老熟人，便反水了。以后帮刘备平川中叛乱，领兵击贼，功劳卓著，深得刘备信任。刘备病重时，特召李严来后称为永安的白帝城，官拜尚书令。托孤时，还以李严为中都护，统领内外军事，留镇永安。掌管禁卫军，还统领军权，却不驻扎成都，不知刘备做的什么打算。笔者大胆妄猜，是否是刘备保留一个牵制诸葛亮的棋子，也给万一有变的阿斗留一条后路呢？

　　诸葛亮与李严开始时还是齐心协力，且相知相服的，这从两人分别给孟达的信可见。但逐步离心离德，渐行渐远。摆在桌面上看，李严心底偏狭，净做些让诸葛亮为难的小动作，诸葛亮大军出征，他督办粮草，运送不济，致使诸葛亮粮尽退兵。仅此还罢了，恶人先告状，向后主上表，说明明粮草要发了，不知何故丞相却退了兵。这可让诸葛亮勃然大怒了，联名上书，表奏将其废为平民。

　　李严为什么要这么做？以他这种久经考验的能吏，并有刘备的识人之明，为何犯这种低级的错误？史学界近有替李严喊冤，责诸葛亮有排挤之嫌的言论。这对可称为神的诸葛亮大为不恭，何况李严的错是明摆着的，笔者不敢苟同。不过从李严这方面看，诸葛亮的几个安排令他大为不快，刘备死前分派他留镇永安，统内外军事，还兼尚书令，军政大权一把揽。没两年，尚书令的官丢了，军事职务转为前将军，诸葛亮以征汉中为名，还将李严的兵马召去两万相助。这些举措无疑大大削弱了李严的实际权力，李严能快活吗？后主刘禅那么听从诸葛亮摆布，诸葛亮又那么有能力，李严自叹不如，没有其他的戏可唱，昏了头的情况下出此下策，扯个后腿，捣几个乱。没想到此事一做，给人以把柄，还自我矮化了境界，老本全丢，呜乎哀哉。

李严毕竟还是明白人，认账认错，没有做什么挣扎，因他毕竟不是等闲之辈。想当初刘备刚死不久，他就劝诸葛亮"复九锡，进爵称王"，聪明人诸葛亮婉言回绝。再说，诸葛亮在废李严这个问题上做得有理有节还有情。上表给刘禅细细说明缘由、危害，言恳情切说明自己的为难、担忧及无奈。废李严的奏书还拉那么多人联名，可见当时朝野对此事有所议论，诸葛亮也尽力避免一个顾命大臣排挤另一个顾命大臣的嫌疑。废李严后，重用李严的儿子李丰，后来李丰官居太守，也算以子补父吧。明白的李严还清楚，诸葛亮在世，他还有复出的机会；诸葛亮不在世了，他就永远当平头百姓了。一个惩罚达理，一个受罚知理，两人都形成心理上的默契认同，足见刘备当初选此二人托孤也是明智的。

张 纮

[诉衷肠]

沧桑帝都金陵,建业石头城。虎踞龙盘慨叹,几人知张君?
钟山绿,濡水新,秦淮灯。孤臣善言,吴侯霸业,画舫潮平。

[词 话]

　　南方建都,自孙权始,石头城建都,东吴霸气日增,以后几代帝王均选择此地为都城。《三国演义》中人物众多,事件纷杂,也忘不了在这件事上书一笔,可见作者构思缜密。建议孙权建城立都的是张纮,也有书说,张纮开始建议,孙权还不以为然,后来刘备也建议,才引起孙权的重视,不管事实真伪如何,石头城的兴建,是孙权的一大事功,也是张纮的明识卓见。

　　小说书写的张纮,乏善可陈,仿佛是朝堂跑龙套的人物。真实的张纮在东吴朝廷举足轻重,几乎与张昭齐名,张昭、张纮是孙权直呼其名的两个人。他的经历,也别具一格,除了早年有才、有名,天下大乱不轻易投奔人这些名人常规的记载外,投孙策,后辅孙权,孙权派他去朝廷上表,曹操将他留了下来。估计表现也不错,不仅与孔融、陈群这帮文人打得火热,曹操竟然也很相信他,后来又派他归孙权处,希望他当个间谍。有这种经历,孙权却仍然很相信他,领兵外出时,付与重任守家,这其中的奥妙史书未记载,令人称奇。曹操的信任从两件事可见,一是孙权刚登位,曹操本想趁其立足未稳,大军征讨,张纮劝住了,建议他不仅不要讨,还应重封,说了一大堆理由,曹操竟然听从了,使孙权得到巩固权力的机会;二是他为孙权守大本营时,老朋友孔融来信,劝他反戈一击,趁机造反,灭亡东吴,在朝可以当大官,老朋友可以常见面。张纮怎么回答的,没记载，但张纮没反，给孙权看守好了老家，孙权因其功封赏还被他拒绝。不管怎么说，张纮没有当曹操的卧底间谍，一直忠事孙权。

张昭因随大流在赤壁战前附合了投曹的建议，孙权记恨了一辈子。张纮这样传奇的经历，明显的无间道，却始终获得孙权的信任，个中曲折弯绕均被史笔忽略湮没了，那本来是很好的小说情节。

黄　皓

[系裙腰]

　　汉灵宠宦反天下，亡二世又重话。锦城舞台未央戏，角色更移，旧戏文灯走马。

　　已忘父辈血场杀，喜谄幸帝王家。传种不绝净根宦，龙种非龙，弄臣有术君侯傻。

[词　话]

　　三国时代充满宿命的报应，曹氏逼汉室禅让，司马氏又逼魏室禅让，刘备趁桓灵宠宦之乱起兵立国，传二世刘禅又同样宠宦亡国。因果来得这么快，确使人匪夷所思。

　　黄皓这个人，因史官太讨厌他，志书没立传，不知来自何方，早先什么经历，是刘禅当太子时就跟随他，还是刘禅登基后才进宫的？反正他所受的恩宠可以赶得上史上著名宠宦了。诸葛亮在世时，安排了老成持重的董允主持中宫，对黄皓有震慑、钳制，他还翻不了什么浪，一直当他的小黄门。董允去世后，他便咸鱼翻身，恩宠有加，得势猖狂。一方面哄得刘禅嬉戏废政，另一方面添言加语，干涉朝政，误了好几次大事，惹得姜维勃然大怒，要杀他。吓得他钻到桌子底下求刘禅保护，其戏剧性只有舞台上才看得到。

　　一个小小的黄门，便将朝政搞得乌烟瘴气，领兵数万的大将都无可奈何，设法求自保，这也是封建政治的特色。罪在宦官，责在皇帝，权力中心在一人之口，接近权力中心者心怀鬼胎且手握杀伐大权，不出事才怪哩！学会哄得一人高兴的小把戏，胜过苦练文武才艺，几乎成了宫廷闹剧的保留节目。翻遍二十四史，宦官、外戚、嫔妃、藩镇作乱，是王朝更迭的四大主因，其中宦官乱朝次数最多。宦官得宠，事忠的极少，遇崩盘时最先反水的也是他们，像唐玄宗时的高力士、崇祯时的王承恩这样与君王同生死、共患难的极其少见。魏军兵临城下，主降的也有黄皓，降后邓艾本想杀他，黄皓居然又收买邓艾部下为自己说情，保了命，真是宦官有道，生命力旺盛。不知刘禅此时做何想。

十 常 侍

[唐多令]

　　雄鸡不报白，汉家别风月。桓灵已忘赵高事，尽付江天霜后雪。子孙误，哀悲切。

　　阉党宦祸，史籍书页页。操柄弄权纲纪乱，君子远逐王朝迭。君入瓮，冷也血。

[词　话]

　　"十常侍"之乱，将宦官乱政推向了极点，最后葬送了东汉江山。它与某一个宠宦专权不同，是集团作乱，因此乱得更大一些。《三国演义》从平黄巾开始，紧接着便是"十常侍"作乱。除了因果的逻辑外，作者这样的写法，是否有对比映照的意图呢？黄巾起义的乱子这么大，终于被朝廷镇压下去，而宫廷的乱子却引起全盘崩溃，这便是癣疥之患与心腹之患的危害区别所在。

　　"十常侍"干政与何进的外戚专权开杀戒引起的宫廷乱局，引来了董卓进京，乱上加乱。笔者曾说：宦官、外戚、嫔妃、藩镇是亡国的四大主因，"十常侍"、何进、董卓，再加上书中写的何太后，四大因素都全了，东汉不亡才怪。曹操迫挟汉献帝，让刘氏名义上的国祚又存续了若许年，从这个角度看，曹操对汉室而言还是个功臣。

　　无论作者有否这种主观意图，以外、内两乱作全书始，提纲挈领展开以后群雄纷争、高潮迭起的精彩故事，显示了构思、裁剪的高明。四大乱因交织而来，客观上凸显了全书深刻的立意。历史是现实的镜子，作者罗贯中生活的明代，宦官的祸害也不少，开国皇帝朱元璋立了那么多章法，禁宦官、禁后宫干政，效果也有限，越到后来问题越严重，可能作者深为感之，深为恨之吧。

作乱的宦官"十常侍"，后宫何太后，外戚何进和藩镇董卓，都轻如鸿毛地死了，且下场都很惨，可说是身败名裂。他们的命运，给后来人以警诫："君入瓮，冷也血"。

邵悌

[解语花]

　　举步看远,落棋知险,缜思三军前。虑樊龙解,虎归山。岂知司马有谋,只言说破,是高手大盘同见。邓艾智,钟会漫能,算计股掌间。

　　莫羡魏武帷营,簇策士列列,推演万千。晋王帐下,邵悌在,参悟得洞机穿。三国晚暮,残阳天,星稀月隐,景惨淡。英雄老归,遂竖子名显。

[词　话]

　　邵悌是司马昭身边不大的官,平时没见显山露水,也没有获得很高的封赏,查《晋书》不见其人。书中一闪,可断定此人见识不凡,有蜀国郤正的影子。

　　司马昭决心伐蜀,朝中反对声音不小,司马昭几乎将杀人威慑的手段都使上去了,举全国之兵,交与邓艾、钟会。邵悌应当是深深了解钟会的,因钟会一直在司马昭身边当参谋,好几次大事,都是采纳钟会的建议才成功的。

　　了解钟会的邵悌斗胆向司马昭和盘托出自己的担忧,说钟会志大心高,独统大军难以放心,实际上给出了以后二士争功、钟会反叛的暗示。当然司马昭胸有成竹,向邵悌做了一番说明。大军未举,即能棋看三步,邵悌的见识,非同一般。想当年曹操帐下,谋士如云,策划众议,各抒己见;司马昭时代,身边献策计议的人只有贾充、钟会、裴秀几位,钟会去了,邵悌因这番话没有使自己的一生在平庸中掩埋,也算幸甚。好在这时,荀彧、郭嘉等均不在世了,世无英雄,遂使竖子成名,哪怕是光闪一瞬。

贾 充

> **夺锦标**

谋事王宫,行走殿堂,晓魏消晋长。敢逆挥刀弑君,屠龙天胆,甘司马伥。张济死不明,同喋血,君运别样。近臣宠,怀鬼神机,霍光依不舍伤。

贾诩明珠暗投,半世飘零,承奇才子胜强。弄术所向无敌,大势识先,赌命新贵,立朝开国勋,袭三公族兴名扬。后有女,南风淫祸,玩痴儿李代僵。

> **词 话**

贾充这个人是官场的全才,精攻刀笔奏疏,娴熟幕帐谋划,也能率兵打仗,朝堂权争钩心斗角还是老手。司马昭少不了他,传位给哪个儿子,听从他的建议;司马炎始终重用他,位三公之列终身未倒。没有儿子,但两个女儿分别嫁给可能会成为后来皇帝的齐王攸和惠太子,可见他对身后之事算计之深。弑君曹髦,本来他是主谋,人皆论应杀,司马昭却舍不得。司马昭万万没想到,这位有大才且大缺德的心腹后来祸害他的儿子,贾氏女南风又祸害他的孙子,差一点儿引祸乱颠覆了晋朝江山。

贾充有女贾南风,名在青史,丑刻青史,也不是偶然的,贾家曲折多、故事多、趣闻多,世间少见。

他的夫人郭槐,生性妒忌到了无人可比的地步。贾充本来生过两个儿子,大儿子三岁时,乳娘抱着玩,孩子见贾充进门,咧嘴冲父亲笑,贾充便从乳娘手接过想抱一抱,被郭槐看到,怀疑贾充与乳娘有染,便怒而杀了乳娘,儿子因失去乳娘悲痛而死;二儿子也在几岁时,由乳娘抱着,贾充理孩子头发逗小孩儿玩,又被郭槐撞见,又杀了乳娘,小孩儿念乳娘忧郁而死，弄得贾充从此没有儿子。

　　这郭槐是贾充续娶的夫人，他的元配是李氏，因父亲犯罪受连累流放，父亲平反后，按晋武帝立下的规矩，朝臣遇这种情况，可以将元配接回来，两夫人均为正室。好妒的郭槐哪能容忍，贾充也不敢按这规矩办。元配夫人住在外面，贾充也不敢去，贤惠的李夫人可以容忍，她的两个女儿忍不下这口气，其中一位已当王妃的女儿气盛，在贾充外出公干的大道上，拦住父亲，请父亲去看母亲，并大责继母郭槐的妒忌，百姓围观，朝臣讥笑，弄得堂堂一品大员很没面子。

　　贾充的小女儿贾午嫁人也有故事：贾充每次接待宾客，贾午便躲在屏风后偷看，想来贾家闺门家教确实不严。有次看到一位美男子，让婢女打听，知叫韩寿，便让婢女去韩寿家，夸贾午如何如何漂亮，约韩寿晚上来。这个韩寿也够大胆的，晚上跳墙而入，与贾午偷情，演了一出晋代版《西厢记》。事情暴露也奇妙，西域进贡了一种香，香味独特，人接触经月不散，晋武帝很珍惜喜爱，仅送给贾充和另一位大臣。贾午从父亲那偷来后送给情郎，贾充的一个部下认识韩寿，闻香便告诉了贾充，贾充这才知女儿偷情。他晚上装着受惊，呼有小偷进园，让仆人们沿围墙抓小偷，仆人们告诉他，没发现什么异常情况，只有墙角处有狐狸爬过的痕迹。贾充便审问女儿身边的人，真相大白。贾充倒比戏剧中的崔夫人开明，干脆将女儿嫁给了韩寿。

　　有母如此妒忌，有女如此风流，贾南风皇后后来的表现也就不奇怪了。

卷七

廖 化

【谢池春】

花灿秋暮，小山头，大人物。腹少六韬谋，身逊上将武，百战均有君，未显君功突。缚龙手漫恃强，浪淘金沙，韧者龟胜兔。

浴火春秋，无奇功君亦苦。伴唱大江赋，江枯显溪流。莫笑为先锋，运筹依武侯。志不移，长相守，蜀祠景新，柏森佐庭柳。

【词 话】

笔者去成都昭烈祠，看两廊文臣武将塑像颇多感慨，观人念其事功，廖化位置显要。但说其奇功伟业，还真数不出来，唯有"蜀中无大将，廖化当先锋"这句名言家喻户晓，人人皆知。

廖化的地位纯粹是熬出来的，三十年媳妇熬成婆。《西游记》中无论天界，还是魔界，一花一木，一钵一宠物，临仙近魔多了，都会神通广大，魔法无边，成精成怪，廖化大概即是这一类。细想起来，熬也是不易的，要有定力，要有耐力，还要有福气，不然半途跳槽了，耐不得寂寞了，出头冒尖一命呜呼了，都成不了精。从这个角度分析，熬没有功劳也有苦劳，能受得了这种熬之苦，也不是等闲之辈。龟兔赛跑，最后的胜利者是不会跑只会爬的龟。龟有超人的长处，不菲薄，不泄气，一直爬下去，赢了跑得快却浮躁的兔子。

小说书写廖化本是山中强盗，在关羽过五关斩六将后投靠关羽。真实的廖化初时是关羽的主簿，是个文官，以后当将军本事不大也情有可原了。关羽荆州败时，廖化并没有提前离开去成都，而是当了孙权的俘虏，与于禁一样。两人后来结局不大相同,这应该是廖化比于禁有定力、有耐力之功了。当俘虏他不甘心,一心要奔蜀,估计孙权对荆州的俘虏还是优待的,还可以与妻儿老小生活在一起。廖化来个"诈死",这是高招,因是俘虏,死了也不足为奇,报个消息就行,也没人来验明正身,给廖化钻了空子。廖化带上老母,半夜里脚底抹油溜了,渡过长江,过了一道道防线,长途跋涉,在刘备讨伐东吴的路上,见到了刘备,这过程也够惊奇曲折的。有这个经历,又加上资格老,是二将军的旧人,在蜀一帆风顺是必然的。曹营的于禁虽然比廖化本领大,地位高,最后被曹丕羞辱而死,他欠缺的就是廖化那种一条道走到黑的耐性。

蜀亡了,他以年老之躯又再一次随刘禅去晋宫当俘虏,尚未成行,患疾而死,病得其时,避免了又一次侮辱,人生画上了完满的句号。在无数英雄竞折腰的乱世,以他平平之才,活时轰轰烈烈,死后尊享哀荣,也算极为幸运的了。

黄 盖

河传

愿打。愿挨。戏舞台。打默忍公瑾泪,受打认愿老黄盖。要要,倜傥周郎才。

深识得阿瞒多疑,下板重,血红绽肉开。阚泽辞,助张蔡。成乎?胸竹拜将台。

词话

"反间计"是三十六计之一,也是用处最广、变化最多的计,黄盖的故事,成为实施其计的绝唱。其原因,一是赤壁之战太著名;二是周瑜、曹操都是足智多谋之士,强手对强手,此计成功更使人惊叹;三是黄盖表演顶级,诠释了此计的核心。

实施"反间计",需把握以下条件:其一,要有惑敌的基础。欲使敌方相信,就要有使其相信的条件,凭空而起的"装奸",会被人一眼识破。后来郭淮与诸葛亮施"反间计",便让诸葛亮一眼看穿。黄盖有条件,少帅统兵,老将不服,在当时的吴军统帅部确有其事;黄盖性刚烈,周瑜性峻急,两人发生冲突也不意外;大军压境,何去何从,人心惶惶,连张昭这样的人都主降,黄盖区区一将军,屋倒自寻出路也顺理成章;曹操自恃强

大，自认灭东吴是指日可待，轻敌傲慢容易放松警惕。这几个条件全具备，成为黄盖用计成功的坚实基础。

其二，要装得像。黄盖不是等闲之辈，随孙坚、孙策创业，身经百战、出生入死，各方面素质都成熟了，经得起各种场面。周瑜在黄盖前，已用尚方宝剑压住众将的不服，与程普冲突世人皆知，黄盖发点牢骚不奇怪，周瑜责之过火也不奇怪，黄盖委屈，愤怨起而走去投敌似乎更不奇怪。这一连串的导演谋划，表演的角色很入戏，多疑的曹操也不得不信。

其三，要舍得剐。打是真打，受伤是真受伤，还要皮开肉绽，鲜血淋漓，老将白发，气息奄奄，观者愤愤，挨打者做什么举动也不意外。连鲁肃这样的人都被蒙骗了，何况曹操？有此还不够，周瑜还安排了阚泽的联手，闯曹营的冒险，蔡中、蔡和的中套，一环扣一环，值得花本钱，曹操纵有一百二十个心眼，也被周郎麻痹了。

其四，要出得了手。许多"反间计"，十成完成了九成，最后一个环节掉了链，便前功尽弃。前面的戏演得再好，都是铺垫，只为获得敌方信任，到最后什么时候出手，出手的快慢，是否准确、有力是决定成败的关键，否则，就会前功尽弃。周瑜选择了好时机，火攻夜揭晓这场骗局；东风助，助推黄盖成功；舟楫发，突然掉头，点燃火，火船冲进曹营，快、准、狠，待曹操明白过来，晚了。

黄盖是在东吴的政权建立、巩固过程中立下大功的人，奇迹多多，没想到这次反间计让他在历史上留下大名，淹盖了他其他的事功。"周瑜打黄盖，一个愿打，一个愿挨"，这句俗言俚语人人皆知，千古不忘，成为两相情愿之事的代语，这怕是黄盖自己也没想到的。

孟 达

> 过秦楼

　　初叛弃刘，再反投曹，辗转侧再思蜀。三依三叛，水性杨花，左右顾犹豫狐。张松早斩法正亡，结义三友，非梅松竹。虽诸葛容得，仲达明识，终陷穷途。

　　汉中有凹陇上流，逝水悠悠。往事矣难说就，叶落悲秋。不用司马，奇兵出两京休，难料天下曹刘。世谴叛徒，许是元勋，烈士瞠目。英魂击栏叹，潸然感君封侯。

> 词　话

　　反复无常为世人所责，反复无常又绵延不绝。所责为小人之举，不绝因人性的劣根。《三国演义》中反复无常的典型人物是吕布与孟达，细究起来，两人的反复无常有所区别。吕布为帅，孟达为将，为帅者野心自立，为将者攀附媚荣；吕布图利，孟达图势，吕布贪利好色，金钱美女使他可投可弃，孟达卖主求荣，左右逢源中选择大树投靠。两人殊途同归，最后见杀。

　　孟达的每一步背叛、投靠，都不是被逼的，而是主动的，这令人有些匪夷所思，也更为人所不齿。如果说，从刘璋处投刘备还可算大势所趋随大流外，叛蜀投曹则是心甘情愿的了，事情恐怕绝非刘封抢了他军乐团这么简单，重兵在握，重镇称霸一方，估计增长了他的野心。

　　以这么大的本钱投魏会得到重视，称霸一方，估计这是他的心算。据守新城，恐怕感到时机成熟了，又私下叛魏投蜀，下更大的赌注去实现自己的政治抱负。他的目的，我猜想是在魏蜀对垒中，做个韩信。可惜他面对的是诸葛亮、司马懿这样的对手，哪有好果子吃呢？有人说，来往书信是诸葛亮故意泄密的,不然以诸葛亮之谨慎,哪能在这么重大的事情上犯错呢?司马懿轻兵急进新城,以迅雷不及掩耳之势除去孟达,这超出了孟达的常规盘算。如果说诸葛亮、司马懿这两位谋略大师唱了出漂亮双簧除去孟达是推测的话,以孟达的反复无常,心怀异志,对谁也难有忠心的本性,他的结局不会很好是必然的。再推想一下,如投蜀成功,诸葛亮死后,以他的资历、才能和野心,谁还能制服他呢?不知诸葛亮是怎样盘算这种事的。

看来孟达这个人,本事还是不小的,刘备器重他,诸葛亮也看重他,投魏后,聪明的明帝对他器重到令众人嫉妒的程度。对他有所怀疑戒备的,仅诸葛亮、司马懿这两个人。他的人缘似乎也不坏,当年与法正、张松共称三友,后期与李严关系也不错。与刘封共事,虽然后来闹翻了,但共处多年也相安无事。以他之才能、资历,无论在哪一方,做帅封侯是没问题的。

反复无常,左右狐疑害了他,死于非命,无论《魏书》《蜀书》连一行字都未留下,也是有些遗憾的。

刘 封

江城子

本狩猎山中虎豹,黄犬逐,任逍遥。邂逅巧缘,显贵螟蛉子,几近金殿袭黄袍。胜阿斗,能且劳。

荆州不救先失策,事犹豫,左右摇。足踏浪尖,岂容汝观涛。庙台堪比丛林险,子悟否?

词 话

刘封是个悲剧人物,这悲剧命运是难以逃脱的。普通小吏之子,成为家喻户晓的刘皇叔养子,步子跨得够大的,如果刘皇叔一直那样四海飘零,或者占个地盘做个州府牧也算不失富贵。偏偏这个仁慈的刘皇叔胸怀大志,运气也算好,成了汉中王,成了昭烈皇帝,刘封这个螟蛉之子的悲剧命运便注定了。翻遍二十五史,看皇家子孙好运的不多,争太子夺皇位更是厮杀得不亦乐乎,"悔生帝王家"成为多少皇子皇孙无可奈何的哀叹。偏偏刘封不知死活地要投向这个光明辉煌的陷阱。

刘备是在失徐州、丢小沛,依袁绍不得意又离弃,失败落难时认领这个养子的,当时的刘备两手空空,性命都难保,完全靠人格魅力使刘封上了自己的船。应当说,刘封这时的选择倒也不势利。史载刘备是在荆州时认养刘封的,小说中写的是在离开袁绍时,原因除了看上刘封外,更主要的是"未有继嗣",这与刘禅的身世记载有矛盾的地方。刘禅是在他驻小沛时出生的,兵败妻离子散,如果当初赵云长坂坡救下阿斗,从这两个时间点看,都不应当说他没有儿子,看来《魏略》记载刘禅徐州之乱失散,多年后在成都才回到刘备身边更为可靠。那时的刘备已年过半百,故在荆州有胡鬓白、髀上髀肉生人老之叹,唯一的儿子又不知流落何处,具有浓厚封建社会"无后为大"思想的刘皇叔急着认一个儿子顺理成章。麻烦在后来亲儿子又找回来了，虽然愚钝些，毕竟是亲生骨肉，理应继承大统。这个抱养的儿子又怎么摆，何况他比起刘禅来，本事不知大了多少倍，随自己出生入死，战功也算显赫，给的位置也不低，私下高兴时许些愿也说不定。说出的话收回难，给的承诺又反悔易结恨，估计怎么处理刘封的位置问题，恐怕是刘备晚年的一桩心病。所以后来这么多年，刘封一直不在成都，放在远远的地方戍边卫国，省得在身边找麻烦。

聪明过人的诸葛亮肯定知晓刘备的心病，也会为刘禅这个平庸的太子当皇帝扫清障碍做过盘算。因此，后来主张杀刘封的是诸葛亮，刘备始终犹豫，杀后还悲伤后悔。刘封也有大错，关羽荆州兵败，靠近荆州的刘封以"山郡初附，不可动摇"为由见死不救，致使关羽身亡。可仔细想想，即或刘封出手相救，也改变不了战场局势，不可否认还有当初刘备认养刘封时关羽即有异议，以关羽的刚愎自用，平时哪把刘封放在眼里？

危难时刘封小肚鸡肠是免不了的。这件事刘备深恨，重罚理所当然，但应当不犯死罪，益州不是也迟迟未发兵相救吗？最后杀刘封是因为说他反叛，这其实是冤枉的。孟达反，申仪反，刘封未反，阻挡不成走还成都，说明他是忠心父皇的。孟达劝刘封随之反叛的书信挑拨言词够老辣的了，刘封也未为之所动，请看："足下与汉中王，道路之人，亲非骨血而据势位，义非君臣而处上位，征则有偏位之威，居则有副军之号。"这话可说到点子上去了，在内在外，刘封从来都是副职，可见对他是有戒心的。说他逼反孟达，更是站不住脚了，刘封在孟达面前，耍耍准太子的威风可能会有，"寻夺达鼓吹"嘛，孟达的军乐队都要抢过来，不是仗势耍威吗？孟达给刘备的信以此为理由背叛，也有挑拨离间的成分。诸葛亮道出了根本缘由，"虑其刚猛，易世之后终难制御"，这才是刘封必死的致命原因。刘封一介武夫，哪知晓这里的曲里拐弯呢？死前叹"恨不用孟子度之言！"与韩信的绝语异曲同工。

卷 七

邓 芝

【淡黄柳】

兵犯五路，满座文武忧。疾风定力识劲草，一笑哂然知武侯。谁担联吴抗曹说，君拔筹。

泰然不卑亢，别纵横，超相如。补连缀，坦坦服吴侯。汗青书名，岂止沙场，殿对机锋宴后。

【词 话】

邓芝是将军，在蜀晚期领兵打仗。治理州府，颇有建树，位置也不低，史书留下的还是外交上的成就。

刘备夷陵兵败，永安去世后，蜀国面临的局面十分危急，诸葛亮也深为头疼。小说中写得很形象：举座皆叹息，唯邓芝一人哂然而笑，让诸葛亮觉得此人是异材，有奇异的主意。一谈，正中下怀，联吴抗曹的外交战略如何继续下去，两人想到一块儿去了，诸葛亮毅然决定派邓芝出使东吴，去说服孙权。

邓芝这次赴吴，是破冰之旅，其处境比诸葛亮赤壁战前使吴还要棘手。那时形势虽然危急，孙权在周瑜、鲁肃的力挺下生战，诸葛亮是清楚的，战即需要刘备这样的盟友，各有所需，结盟的意愿双方都较明显。这时双方是仇国，刚经过一场大战，而且蜀是战败国，战败的一方主动去向战胜的一方求和结盟，往往会被视为示弱，外交上短了三分，何况孙权联合曹操的选择，从短视的政治家看来，更有好处。因此，邓芝到东吴后，孙权开始并不接见。

邓芝这时充分显示了一个优秀外交家的才干，他主动请求要见孙权，见面后不卑不亢，圆满完成了自己的使命。他的外交辞令，绝妙处有两点：一是从对方利害关系角度去分析形势。孙权若投曹，表面看对东吴有利，实际最终葬送了东吴政权，魏强吴弱，又没有蜀的牵制，吴实际上是在臣服，蜀不得已也会这么做，这样吴的政权便归于魏之手了。两弱相联手，有存活的希望，各自去投强，都是自取灭亡。谁说弱国无外交呢？蜀这样的弱国，竟然可以说服它的仇国与自己联手，没有乞求，没有示弱，说的全是从对方的角度考虑的话，这是大外交。二是示之以诚。史上的纵横家苏秦、张仪七国游说，口吐莲花，合纵连横虽也有一时成功，但给人的印象统统是哗众取宠，浮华不实，包括后来的蔺相如都有这个特点。邓芝却以诚感动对方，取得信任。比如说，孙权决定联蜀抗曹了，让邓芝转告诸葛亮，灭曹后两国共同治天下，平分天下。按常理说，邓芝应当接这个话茬，为这个美好理想应声相呼，创造更好的和气氛围。邓芝不然，却说，到那时候，两国再根据形势，看谁更得民心，再兵戎相见去争吧。

孙权不仅没生气，反而认为邓芝实诚，双方信任的基础更牢固。这正是邓芝外交辞令的高明之处，他深知孙权是极其精明的人，联合灭曹，本来就是说说而已，顺他的话说，显示自己虚言假意，实话实说，反而表示自己真诚。外交也不是都靠虚言和哄骗的。

在诸葛亮的主导下，由邓芝执行的这场外交战打得相当漂亮，至此以后，吴蜀联盟一直很牢固。邓芝不仅因此获得诸葛亮的赏识，也得到孙权的钦佩，给自己青史留名。

马 岱

[凤凰台上忆吹箫]

君自何方,问君何年,鞍马血阳霜天。转战北西南,路兮漫漫。秋风悲五丈原,受遗命,斩杀魏延。马家志,羌地未遂,蜀天成愿。

[词 话]

想马超一家,确实可悲,父亲马腾本是一方镇守大将,率领数十万精兵悍卒,父子五人武功高强,却落得血溅沙场,侥幸逃脱一个马超,流落蜀地,虽位居五虎将之列,但过得也不见得快活,不然彭羕不会看中他而去游说。他四十多岁便死了,是否也有忧郁成疾的成分?

《三国演义》的作者也许对马家寄予同情,捏造了一个史上无名的马岱,武功虽比不上马超,蜀后期也位在上将军之列,且处事稳重,上下关系处理和谐,大小战斗都少不了他,还深得诸葛亮信任、器重。为了不使他埋没于众将之中,特地安排了斩魏延的情节,使人印象格外的深。对蜀,他是尽忠了;对友,长期潜伏的无间道,关节处奉命斩友,总使人有些别扭,特别是在杨仪和魏延这两人的争执之间出现,更使人对他难以敬佩起来。或许是他憨厚、听命,一以贯之的性格使然吧。诸葛亮之神,魏延之反,作者为了达到这种效果,只好委屈一下马家了。纵观三国故事,马家是很委屈的,家道沦落,父子俱亡,存一马岱已是不错了,这也是必须付出的代价吧。

马 良

[木兰花令]

蜀才花开尽马家,座上白眉排冠甲。远征中军执金吾,袭营前锋月下马。近朱也赤性谨慎,路遥识途少偏差。人皆知弟街亭斩,知否功多兄哪吒?

[词 话]

一曲《失街亭》,马谡被斩,反而光大了马谡的名气,湮没了其兄马良的声名。在马家兄弟五人中,"马氏五常,白眉最良",应是马良更杰出,更有名一些。《三国演义》小说中,马良一直活跃在诸葛亮导演的战争舞台上,虽未见奇功惊世,倒也勤勉任事,文武近晓,无大败错。

真实的马良应该是文官,资格也较老,刘备在荆州时便纳于帐下,与诸葛亮书信往来,以兄弟相称。刘备入川时,他本来是留在荆州的,寄书诸葛亮要求随去蜀地,信写得情意恳切,文采飞扬,诸葛亮便同意了。留在荆州,应当是辅佐关羽,不知为何要求换上司,是否聪明的马良不愿与这位刚愎自用的"二将军"共事?这是笔者妄猜了,存疑。

看来马良确有才情,史载他出使吴,马良要求诸葛亮给孙权写一封信,诸葛亮便让他代写,他在信中毫不谦虚地称自己"辞无造次之华,而有志终之美"。他的后来经历也证明,他担得起这句话,他的弟弟马谡不正是多"造次之华",而未能有"志终之美"吗?他是随刘备伐吴兵败就义的,小说中却让他一直活下来,随诸葛亮伐南蛮,出祁山,沙场横刀跃马,辛劳多多。看来蜀晚期确少大将了,捏造了一个马岱,复活了一个马良,让张苞、关兴投笔从戎,廖化当先锋也就不足为奇了。

卷 七

霍 弋

[剪梧桐]

建宁守,国破君俘眠不宁,单木难支大厦倾。一纸圣旨从天降,丹心忠君,不违君命,举降何为自生死,争君荣辱知我心,巴山雨梧桐听。

盛朝争万岁语,危急尽忠有几人?念易水风寒,鱼肠刺僚,恸地惊天,成英雄举,也不过是,尔赢盖世名存。降白旗身后不顾,忍辱为亡国君。

[词 话]

封建皇权时代,百官对皇帝是绝对的人身依附关系,忠即忠于皇帝,国家、社稷不过是皇权的代名词。在王朝更替、皇权旁移的时候,往往会遇到为国尽忠的尴尬。国家亡了,以死明志、成仁尽忠是值得夸赞的,而随皇帝投降以示忠君,则成为这种时代的奇观。以霍弋为例,皇帝刘禅投降了,蜀国灭亡了,尽忠多年的将军怎么办?何况皇帝颁了投降的诏令,不执行即是违君之意,这与反叛也没什么两样,尽管这时候的"君"已是无国家的空中楼阁。大将军姜维都执行了君主要求投降的命令。作为建宁太守,尚领几郡之土,怎么办?霍弋的做法与众不同,他既没有草率奉命投降,也没有违君之意杀身成仁,而是打听投降后的刘禅到魏的待遇怎么样。如魏对待刘禅礼遇,便投降;如果刘禅受到侮辱,便战死。后来听说魏对刘禅还不赖,才举郡投降。后世对霍弋的行为似乎没有非议,反而还赞颂这种做法,连司马昭也很佩服霍弋的行为,不仅使他官居原职,以后还因功提拔了他。这种投降,是史上较为独特的现象。

细思起来,事出有因:既然所忠的国是刘禅皇帝之国,忠国即忠刘禅,如今国虽没有了,刘禅还在,忠于刘禅可以撇开国不谈了。刘禅有令，理当执行。有奶就是娘，是一般投降派的思维逻辑，皇上有奶便是娘，是霍弋类投降派的思维逻辑。自己战死获得美名容易，毁了自己的美名为亡国的皇帝多争取一些优厚待遇反而不容易，这便是霍弋之忠。

　　姜维的投降是为了复辟争取机会；廖化的投降是奉命行事然后退身；一般大臣的投降是另投新主，保持荣华富贵；霍弋的投降却是为亡国之君争取待遇。这便是蜀亡后投降者的大观，孰是孰非，还真是用传统的仁义礼智信难以说清。

卷 七

程普、韩当

破阵子

　　护三主白发生，从未帅将威凛。鼓角连营君未醉，鸡鸣舞剑不挑灯，戎马嘶杀闻。
　　帐唤羞稚子，廉颇老轻看书生。周郎怒陆逊从容，江山代出知负荆，眷眷关山情。

词　话

　　程普、韩当都是当初跟随孙坚的老人，名正言顺的东吴开国元勋。事业草创，生平多艰，流血流汗，劳苦功高，理当受人尊重。但自己如何对待这种尊重，是老革命遇到的新问题。两人都有一个转变的过程。
　　东吴的两次大战赤壁之战和夷陵之战，是周瑜和陆逊这两位年轻的书生统帅打下来的。程普和韩当分别是这两场战役的副都督。年纪大、功劳多、资格老，却给晚辈当副手，心里是难以接受的。两人都曾有过不服气、生闷气、干赌气的过程，孙权很清楚这一点，才付与周瑜和陆逊握生杀大权的尚方宝剑。周瑜强势，扬威用了一下；陆逊温和内敛，没有使用。程普和韩当的有气，倒不仅仅是位居乳臭未干的黄毛小儿名下的利益之争，更多的是怀疑他们的才能，这是认识上的问题，不是品质上的问题，故而好办一些。当周瑜和陆逊以自己的行为证明才能确实高人一筹，君侯用人得当后，两人均口服心服，这也是他们的难能可贵之处。怕的是倚仗资格老、功劳大、不分黑白，不承认高下，不顾及大局，争名争利，甚至心有怨而不说，私下使绊子，搞阴谋诡计将一坛酒做酸，那问题就大了。从这个角度来说，程普、韩当这两位老将是值得褒奖的。
　　用人，如何在资格与才能上以贤者为用，领导者需要智识与胆识；如何正确认识自己,看待别人,认清形势,顾全大局,是清醒还是昏庸的试金石;少帅如何把握好分寸,掌控好度,对老资格尊重而不盲目顺从,立威而不恃威,大度而不计较,是能否担当重任的主要标准,孙权是明者,程普、韩当是胜者,周瑜、陆逊是智者,东吴大幸。

张任、杨阜

> **蓦山溪**
>
> 　　生死谁怕？义士不信卦。练得断魂枪，险射得汉王马。不怵名手，比凤雏高下。对斧钺，拒降骂，身死堪称侠。
> 　　强手谁惧？城破智走马。输盘从头来，明知力亏卵击石，搏命敢杀。赔上七兄弟，功有成，拒封侯，孟德感泪洒。

> **词　话**
>
> 　　张任是刘璋的大将，杨阜是曹操的部下，两人本风马牛不相及，在众星灿烂的三国文武中似乎并不出众。然笔者掩卷思其二人皆了不起，杰出处在于他们有一种共同的东西，不怵强手。
> 　　张任面对的对手是庞统，杨阜面对的敌人是马超，一个智谋声名远播，一个勇力闻风皆惊。相形之下，用《三国演义》常用的一句话：他们是寒鸦斗凤凰。偏偏这两只寒鸦不惧强手，敢于与凤凰去斗，且都战胜了。斗的方式，还不避其擅长，张任与庞统斗智，杨阜与马超斗勇。足智多谋与孔明齐名的庞统竟中计丧命落凤坡，闻之皆骇的马超败走陇中，丢盔弃甲匹马奔蜀。他们的故事启示后人，面对胜过自己的强手，不必妄自菲薄，只要有意志，有韧劲，善于寻找对方的弱点，就不是没有取胜的机会，金刚也有致命之处。魏国还有个人叫郝昭，本是名不见经传的偏将，以三千之兵守陈仓小城，使得诸葛亮亲率的数万军马一个多月也攻不下来，弄得诸葛亮智穷力竭，只好退兵。这也是奇闻一件，有道是，漫说英雄风流无敌，无名卒过河可拱炮车。
> 　　杨阜的命运倒不错，地方官当政有年，又进中枢为官，一直到明帝时，还甚活跃，以直言敢谏著称，青史留名。惜张任事忠的刘璋投降了，《蜀书》连他的传记都未留下，是个遗憾。

诸 葛 诞

【锦缠道】

　　族因诸葛，受牵连早落拓。孔明死，方重权握。寿春帝气王者兴，淮水浪叠，安丰地阔。
　　忠直祖荫训，逆篡权谋，兴兵起，摇动干戈。匹夫勇，仅有臂力，留恨蹉跎。五百田横士，不憾留壮歌。

【词　话】

　　诸葛一族，三国时应该说是兴旺的，诸葛亮在蜀，诸葛瑾在吴，诸葛诞在魏，都是大官。史说诸葛亮早年丧父，是叔父诸葛丰将其养大，诸葛诞便是当太守的诸葛丰的儿子。诸葛诞与两位堂兄不同，不从文而事武，官拜一方诸侯，守土寿春治理江淮富饶之地，手握精兵数万。他没有诸葛亮的忠贞，也没有诸葛瑾的本分，演了一出藩镇割据、反叛、毁灭的历史悲剧。
　　这故事本身没什么新奇的，值得一提的是，诸葛诞被司马昭平叛杀了后，手下千人至死不降，杀的场面甚为壮烈，杀一个，问降不降，不降，再杀，再问，仍不降。此情此景，比田横五百壮士跳海还要悲壮，不仅看出江淮壮士多慷慨悲歌，也看出诸葛诞在笼络人心，结交死士方面确实有一套。反叛初，攻扬州城，仅带七百死士，遇有抵抗，诸葛诞大喊一声："你们当初不是我的部下吗？"守城军士纷纷倒戈拥戴他，扬州城防土崩瓦解。一个将军，得军心到了这等地步，也是值得宽慰的。
　　得军心，但诸葛诞不太善于处理部将间的关系，致使诸葛诞失败的直接原因是部将的内讧，互相残杀，手下将领的倒戈。军心和将心，部卒和同僚，在结交和驾驭上，看来是两种学问。诸葛诞比起诸葛亮来，要差了一方面，诸葛亮深得军心，还驾驭得众将。因之，诸葛诞只能为将，诸葛亮才是统帅之才。

　　诸葛诞身亡族灭，他这一支在魏国便熄火了；诸葛瑾虽一生平安，但儿子诸葛恪招祸，也被诛三族，这一支在吴国也亡了；唯有诸葛亮，儿子、孙子在绵竹战死，但仍有子息流落在民间，后有一人在晋还官居太守。再后来，诸葛一族还列晋朝门阀望族，他们是诸葛亮这一支的繁衍吗？没有考证。

毌丘俭

下水船

将军不畏死,纵横南北多艰。渴巴山雨,饥食雨露幽燕。为君忙,尽遂得龙鳞愿,精忠曹魏永年。

征战可容权臣横,敌忾不愤移庭怨。知卵击石,但为君国江天。少思量:禅让台废墟在,曹氏子帝汉献。

词 话

史书褒扬忠,其实细究起来,忠的主体是一笔糊涂账。拿毌丘俭起事的由头来说吧,他忠于魏室,看不惯司马师的擅权欺君,更看透了司马氏有朝一日有代魏之心,因此,拒绝了司马氏的拉拢,举兵反叛。这既可以说他对魏室赤胆忠心,也可以说他玩弄"清君侧"的把戏心有异志,司马师正是以后一个理由出兵平了这场叛乱。就毌丘俭这一方的理由来说,魏室是正统,司马氏是篡逆,但当初曹氏从汉室抢夺天下,那时汉室是正统,曹氏又是篡逆,篡逆夺了位,久而久之又成了正统,别人有想法,又成了篡逆。想后来,晋统一了天下,谋曹室又成了篡逆。按这个逻辑推论下去,正统和篡逆是动态的,寻找一成不变的黑白是非,还真不是一件容易事。

引申开来,规矩、习惯、风俗、典章、制度,是否都沿这种演变规律动态变化呢?规矩不能破,祖宗的法要守,岂知当初这种规矩、法都是在破前人的规矩、法的基础上新立的,立久了,又成为不可动摇的规矩、法,待等以后敢破的人去破立,大逆不道地立下新的规矩、法,如此往复,历史便是这般演进的。想开了,参透了,对所谓正统的权威便产生了怀疑,陷入虚无主义。怎么办?人的生命是有限的,历史长河是漫长的,甚至无限的,观照历史,关注现实,既追求变化,又不陷入虚无,可否?

从这个意义说,毋丘俭的举动还是应褒扬的,对曹魏的忠,毕竟是当时的人臣之道,反对司马氏的逆,应是壮举。可惜未成功,父子三人兵败孤零零地躲在草丛中被捉,无名草民便俘获了赫赫大将军,看来这草民从自己的角度判断,毋丘俭是叛逆的。

周 泰

[留春令]

孤胆战神，无畏枪林，血红染路，潇洒洒出入进。危赫处，逍遥津。
御下吴侯抚伤泪，顿化春雨润，待到决战急难处，潮头立，再奈君。

[词 话]

  武将比勇扬名，三国武将这么多，勇猛善战之士数不尽数，要将大小战事写出不同来，将士的勇敢展示出区别来，我想可能是作者最难的地方之一，也是肯定《三国演义》艺术成就的光彩点之一。单就东吴将帅来说，就要写出甘宁的巧，凌统的愣，太史慈的蛮，黄盖的智，周泰的壮。

  逍遥津一战，戏剧性的场面是很多的，敌我双方都有不俗的表现。张辽无疑是主角，但作者并不为了突出这个主角，而人为地矮化孙权一方的将领，甘宁、凌统甚至孙权都有突出的表现，其中以周泰尤为显眼。舍命护主，重围中几进几出，肤体上创伤累累，仍然坚持战斗，血肉模糊成一个肉团，仍在枪林剑丛中蹿蹦跳跃，剑锋到处，人头落地，众卒胆寒，简直就像一个杀不死的战神。感动得孙权亲手去抚摸伤痕，包扎伤口，涕泣泪流。

  这不是作者的杜撰之笔，不过作者将时间调整了一下，将周泰早年跟随孙权的一次苦斗调到逍遥津之战上来，那时孙权还不是君侯。抚摸伤口是在后来的一次宴会上，此时的周泰已是镇守濡须口的一方统帅，孙权当着众将的面，让周泰脱去衣服，展示累累伤痕，边抚摸边流泪，发誓要与周泰休戚与共、同甘共苦。孙权把自己用的车盖赏赐周泰，为周泰牵马扶辕。他恩赞的是周泰，鞭策的是众将，不得不佩服孙权思想政治工作的高明之处。为部下牵马扶辕的事孙权经常做，以后为陆逊也做过一次。孙权做得很自然，比刘备长坂坡摔子要令人信服，丝毫没有矫揉造作的成分，这或许正是江东士卒心齐，上下协力的重要原因吧。

孟 获

竹马子

生瘴地荒凉,疏识沧桑。火种刀耕,乏机巧曲章。温酒款客,守土迎枪,野山聚寨称王。傲视中原,哪知丞相?蛮夷只识武,丛林逐,不迷山水云障。

输赢也自认,擒须磊落,纵也坦荡。感君七擒七纵,服也攻心至上。西南从此无反,野人直义,蜀兴稳后方。香火绵延,忠地久天长。

词 话

神人诸葛亮形象的塑造,是借助"三顾茅庐"、"三气周瑜"、"六出祁山"和"七擒孟获"这几大段落烘托出来的。其中"七擒"更为别具一格,有异域风光、异族风俗,亦庄亦谐的故事成为古小说少有的精彩篇章。

首先,故事的主角以强烈的对比形式来展现,诸葛亮与孟获,这一文一武、一雅一野、一智一莽、一曲一直的个性对比渗透在七擒七纵故事之中,让人身临其境,忘记了故事的紧张曲折。印象鲜明的是诸葛亮胸有成竹,落子成棋,从容淡定地戏耍孟获于股掌之间。孟获鲁莽粗直、自以为是、班门弄斧、屡挫屡奋,直至甘愿服输的莽汉形象可笑中却显三分可爱。

其次,这场战争的目的与一般战争不同,

它不是以杀敌和占地为目标,而是攻心为上,攻要战则必胜,胜需活擒,擒再纵放,放后再战,战再取胜,直到孟获服气为止。中国的术数讲究"三",事不过三,诸葛亮对孟获却是七擒七纵,可见足够的耐心与韧劲。七擒的故事不重复,擒捉的方法不一样,使故事发生的舞台大大拓展,各式人物纷纷登场,诸葛亮玩智的戏法缤纷呈现,孟获似乎成为马戏团魔术大师的捧哏配角,插科打诨围着主角转,给主角大师创造了一个又一个表演的机会。

最后,七擒的故事斗智斗勇,显示人谋,还从南蛮荒化之地的天文、地理出发,增加了瘴气、毒水之恶,岩洞峭壁之险,丛林气候之热,原始走兽之凶,乃至于冤魂阻渡之怪,林林总总,奇形大观,考验诸葛亮,不料被诸葛亮一一破解,神人的形象稳稳地立了起来。

用绘画的语言来形容三国的诸葛亮形象,"三顾茅庐"是浅笔白描,"三气周瑜"是工笔添彩,"六出祁山"是浓墨写意,"七擒孟获"则是彩泼油画。浓烈、多彩、鲜亮、奇瑰是七擒七纵这幅画的特点,笔法上,它采用了对比、渲染、辅排的汪洋恣肆手法,看了这幅画,不仅诸葛亮的神人形象高高在上,憨厚蛮勇仗义守信的孟获形象也了然于胸,令人难以忘记。

严 颜

眼儿媚

经年霜寒松柏娇,将老屠龙刀。佐得黄忠,白首双星,沙场妖娆。

自古君王喜忠义,贰臣情知否?玄德识人,降魏延杀,骂严颜保。

词 话

早年读过一篇外国短篇小说《陪衬人》,写一个贵妇人,为展示自己的美丽,雇佣一个丑姑娘做自己的陪衬人,出入各种场合,自己荣光,掩盖陪衬丑女的辛酸眼泪,颇为感人。这陪衬的手法是对比,在中国传统小说中,似乎也常用陪衬的艺术,但手法偏于映照。严颜的出场,就是为黄忠而设的,同为老将,同用大刀,同恃勇力,同样忠心耿耿,白首双星,血洒沙场,性格、个性看不出什么区别。镜子的反照可以将房间显大,影子的拖曳可以将人身拉长,古典小说艺术手法是否有这种"影子""镜子"的映照笔法呢?值得一思。《红楼梦》中的贾宝玉和甄宝玉,王熙凤和晴雯,林黛玉和小红、卍儿,薛宝钗和袭人;《水浒传》中的吴用和朱武,公孙胜和樊瑞;《西游记》中的真假美猴王,等等。方式不同,情景多异,映照的目的十分明显。按理说,文学作品的精彩是塑造出"这一个",重

复的角色、形象、个性无复制的必要,但用得好的映照、对比,可以使故事更丰满,人物更生动,相映成趣,这是艺术效果不争的事实。用得不好,生拉硬拽,牵强附会,效果也不好,如《三国演义》张飞、关羽与他们的儿子张苞、关兴,骑一样的马,耍一样的兵器,子承父业,战争也参加不少,功也立了不少,给人的印象却是苍白乏力,远不如黄忠和严颜流星一闪,令人过目难忘。

庞 德

上西平

关山情，胡扬泪，恨蹉跎。感平生恨事，落寞。危城受困，惜未随马儿奔蜀，曹营为将，疑我用我若何？

影有正，不惧斜。带棺征，赌命托。拍马敢狠斗关公，不分输赢，几十回合谁似我？死扬天笑，心无芥证疑者错。

词 话

用人不疑，是赞美统帅英明的溢美之词，人用见疑，是部下委屈的痛苦状态。魏延是典型的人用见疑，但不知是本来木痴，还是装糊涂，一直没见他痛苦。庞德却不同，明知被疑，偏偏要证明自己的冰清玉洁，证明怀疑论者的识人之错，用生命去证明，给人们留下了一曲别具一格的悲壮之歌。

按逻辑推论，庞德的被人疑合乎情理。他本是马超的部将，随马超转战关内关外，一把大刀浪闯天涯，杀敌无数，从未见他与马超有异心，只是因为这个马儿不争气，兵败城丢，为保命匹马奔蜀去了。撇下庞德等人稀里糊涂地做了俘虏。换个营垒再吃军粮，总感觉无功有愧，要求出征效劳，又使曹营的人生疑。

被人疑痛苦，证明自己忠心更难，一介武夫的庞德只好将命赌上去了。让儿子抬着棺材出征，显示出荆轲那种壮士一去不回还的慷慨。战场上，拍马挥刀奔向自己的昔日主子，毫不手软。以自己的武艺去战旧主，又身陷千军重围，无异于自寻绝路，也许庞德已抱有必死的信念，要以死来证明自己的清白，以死来表白自己的委屈与愤怨，以死来告别左右难圆的人生。刀锋砍向旧主不手软，似乎也隐含对马儿抛下老臣使自己落到这个境地的强烈不满。战场成全了他，鲜血浸染白发，魂去归来，其心无尘，青天可证。被疑者当恸，疑人者当愧！

李 典

[南楼令]

　　猎猎枪矛戟，整整幡旌旗。山呼海动催将鼓，令止不闻马嘶语。天子入，卒敢拒。
　　仰古细柳营，堪将亚夫比。孟德崇法不信谗，练兵于典夸第一。少年事，杀威立。

[词 话]

　　史诗般的长篇小说中，众多人物出场多，却少故事，类似戏剧舞台上的跑龙套。跑龙套的人物不可少，少了他们，舞台显得冷清，故事显得单薄，反映的生活明显不真实。作者笔有重点，心有全书，如何兼顾这些"龙套"人物，绘出名花怒放、枝叶翠绿、蔓草点缀的效果，是考验作者功力的。人评《红楼梦》的艺术成就高于《三国演义》，这也是其中原因之一。《红楼梦》中丫环众多，小姐云集，虽不能说一花一世界，但"龙套"人物个性鲜明者多，也是不争的事实。《三国演义》中武将多，谋臣多，跑"龙套"的角色多。尽管如此，也有可圈可点之处，李典即是例子。

　　李典是曹操营垒地位较高的将领，投军时间早，战斗参加多，军功也不少，但终归还是跑龙套式的人物，给人的印象并不深，不像蔡文姬、刘安、管辂之类的人物，虽一闪而过，却使人过目难忘。只有一件事让读者记住了他。李典练兵有方，军纪威严，曹操来，守营兵卒也不让进入，说李将军有令，兵营重地，皇帝也不准进。扫了曹操的面子，曹操不仅没有责罚李典，反而表扬了他，称他有周亚夫之风，以后在战场上，李典的部队果然训练有素，纪律严明，临危不乱。这是一个并不新鲜的故事，但终归给李典一个区别其他将领的名分,使人联想到周亚夫的细柳营,联想到曹操初为县尉设的杀威棒,对曹操的严法、知将有了更深的了解。也启发我们,写作头绪多的长篇小说时,不要忘了给跑"龙套"人物点缀几笔,尽可能区别出"这一个"来。

于 禁

[荷叶杯]

赫赫七军掌帅,威风。此于非彼鱼,水淹相濡未予沫,声名毁关公。为虏印辱刺面,志穷。画羞建安才,父可谅子且不容,败何归江东?

[词 话]

三国的战争是残酷的,杀降、屠城的事件在诸侯争夺战中屡见不鲜。从记载看,魏尤其残暴,曹操屠城徐州,司马懿征辽东杀七千降卒。曹操还颁发了一道残忍的命令:围而后降者不赦。这给前方将士杀降卒开了绿灯。于禁也曾忠实地执行曹操这道命令,他在征伐昌豨时,因昌豨是于禁的旧友,听说老朋友来讨伐,主动上门投降,诸将认为应当送昌豨给曹操处罚,于禁却拿曹操这道命令说事,要斩了昌豨,还假惺惺地流泪告别,以示自己公私分明。

没想到后来于禁也成了俘虏,天公不作美,水淹七军,他这个水军都督生生让关羽活捉了。关羽倒没有杀他,也许蜀国刘备、诸葛亮对待俘虏的政策要宽仁一些。小说书写关羽将于禁,大大羞辱了他一番。历史上真实的于禁实际投降了关羽,后来关羽被东吴打败,他又被东吴接收了,直到曹丕时代,这个待过两国战俘营的降将才被送到魏国。见曹丕时,"须发皓白,形容憔悴",全无当年大都督的风采,十分狼狈。

曹丕念其过去的功劳饶了他的性命,还安排他一个差使,于禁本来满心欢喜,不料曹丕让他去拜拜曹操陵寝,事先派人在陵寝墙壁上画了水淹七军于禁投降的画面,用以羞辱于禁。老泪纵横的于禁哪里经得住这种打击,羞愧交加,一命呜呼了。联想到他跃马纵横的岁月,东征西讨,官拜大都督何等威风,杀降卒随心所欲,连老朋友也不例外,没想到后来自己也落得个活捉、投降的境地,敌鄙视,君不容。人生大起大落如此,也够倒霉的了。曹丕要弄于禁的手法,颇有些文学家的想象力,不愧为"三曹"之一。

董 承

> 忆王孙

（一）

狂沙淘尽始见金，帝力竭衰显董承。带诏血盟事未就，家奴误，史稀外戚留英名。

（二）

危难救驾建奇勋，惨阳洛水辨浊清。悔初未识阿瞒伪，杨奉去，君送天子囚曹营。

> 词 话

人们熟知这句谚语：鹰有时比鸡飞得还低，但鸡永远飞不到鹰那么高，董承的悲剧证明了他只能是鸡不是鹰。按说他武将出身，也有些武艺，上天给他的机遇也不错；汉献帝率百官走长安、困洛阳，他得以护驾，天时助他；因女进宫为汉献帝妃，伺身中宫，地利助他；朝野深恨曹操托名汉相，实为汉贼，人人痛而诛之，人和助他。密谋反曹，兵戈未动即失败了，身家俱亡，连累自己的女儿以贵妃之身屈辱而死，这当然看出曹操的强大，也不得不说董承是个成不了大事之人。理一下"衣带诏"事件的来龙去脉，董承步步昏招，失败是必然的。

第一步错在误入歧途。董承、杨奉是护驾的两员大将，离了长安，来到洛阳，洛宫虽被一把火烧了，条件确实艰苦，但如果坚持下去，以汉室当时之余威，救驾护驾的力量慢慢也会聚拢来的。群雄纷争，少得安宁，纷争也有纷争的好处，可以互相制衡，大可不必选择曹操一人相投，避免后来他"挟天子以令诸侯"的局面。连杨奉都认识到这一点了，早早离去，董承却走上了歧路。

第二步错在自不量力。当时的汉献帝正是曹操手中的玩偶,兵权、事权全无,董承这样的皇亲国戚位高名显,有几分能耐自己应当清楚,要在虎口里拔牙,无异于以卵击石。汉献帝和伏后、董妃这一班小儿小女不知深浅,打过仗,经历过风风雨雨的董承也做此想,显得过于幼稚了。你看思来想去好不容易拉七人结盟,除马腾握一支重兵外,其余哪一个有能力去做推翻曹操的惊天之举?即或瞎猫撞过死老鼠杀了曹操,后来的纷乱局面恐怕比曹操在世还要悲惨,董承若是经国之才,应当认识到这一点。

第三步错在议而无断。几个人在虎狼窝里议这种事,一而再,再而三,自认为密室策划,弄长了,还有什么密可言?何况还画画,宣誓,发泄,也没见议出什么结果,有什么行动,简直是小儿游戏。

第四步错在谋事不密。皇亲国戚逃不了公子哥儿习气,对自己的小妾、仆人一点儿也不了解,私情不知,遇事不防。让仆人掌握了惊天的秘密,又听信妇人之言,没果断除去不忠的仆人,最后事败也顺理成章了。

明明生了双鸡的翅膀,却想飞向鹰的天空,从高空摔下来,跌得粉身碎骨,这便是董承类的结局。幸也刘备早早离开了,不然也会在与鸡群为伍中折断大鹏的翅膀,没有后来蜀国的一番景象。心存高远易,谋共事识鹰与鸡难,后者更是关键。可怜的汉献帝认鸡为鹰,反遭羞辱,还赔上了贵妃性命。

卷八

曹 植

秋水

放诞得谪仙醉才,偏生得,帝王子。喜偎红香依,又恋庙台。烛光斧影本子建无意,兄存心岂容骚怀。萁豆相煎急,七步诗张罗网开。

黄雀啾啾声醉,凄子规啼。绝唱千古,白马王不在。往事去烟,揽二桥惊父王铜雀台。人间不平思神仙,洛河秋水,雾朦胧尽风流有女来。

词话

当皇帝的学问与写文章的学问不是一路,两者皆能的人不多,曹操算得上杰出的一个。他当然希望自己的接班人也能像他一样,没想到因这偏爱,反而害了爱子曹植。曹丕是长子,练达老成,当官的本事超过写文章的本事,继位理所当然。曹丞相许是爱才心切,又加上曹子建确实是绝顶的文章大家,使得曹操曾动过废长立幼的念头。远征时留曹植守邺城,还以自己二十三岁独立开府治衙之事激励他,巧合的是,曹植这时也是二十三岁,治国平天下本是文人的最高理想,对这种暗示、机运,焉有不动之心意?身边又围着丁仪、杨修这些高参,想不争位都难。文士的个性又使他把握不住自己,狷介散漫,饮酒无度,私闯司马门,净干些犯规的事,再加上善玩心眼的曹丕动几个手脚,一点点地将自己得宠的本钱消耗殆尽,眼睁睁地看着兄长当太子、当皇帝。

曹植皇位没争上,还不知身处危险,看到曹丕诛杀了自己的老师仍执迷不悟,"贪不学俭,卑不学恭",服从拧着脖子,低头难掩怨愤,又没有捣乱的本事和本钱,只有将自己推向绝境。好在还有母亲为他做主,不然怕十个脑袋也被兄长砍了。从曹植的命运,可见文士对自己的定位何等重要,才高八斗的文曲星往往在这方面铸成大错,李白如此,苏轼如此,曹子建也如此,文才盖世本来就招人忌恨了,还那么张扬,不知藏其锋,示其拙。不过换句话说,不如此,也就不是大文士了。圆滑、世故、城府深成就不了屈原这样的人。看曹植被兄长折腾得"十一年中三徙都",郁郁不满,自己折磨自己,同情中为他着急;看他声泪俱下,写《赠白马王彪》,金石之音发离骚天问之感,钦佩之余为他捏把汗;看他在困顿潦倒、朝不保夕的境况下,还不识时务地数次上书曹丕,请命建功立业,与之大谈策论,惋惜之下为之叹息。不知势、不明人,不谙细务至此,真有些呆傻愚钝。随性而想而说,自说自话,全不考虑别人的感受,这正是不明事理的文

人个性使然。曹植是个好人,是个才华盖世的文人,好人和文人并不是都能当好皇帝的。后世写一手好词的李煜,写一手瘦金体画一手好画的宋徽宗都证明了这一点。何况当时曹家的处境外有烽火,内有暗流,刀光剑影可不是闹着玩的,试想一下,自负才高的曹植假若当了皇帝,也许会是另一番局面吧。没当皇帝也不能说曹植不幸,留下的诗文在文学史上熠熠生光,令人高山仰止,也许泉下有知的曹丕也羡慕吧,他不是说"盖文章,经国之大业,不朽之盛事"吗?人生虽短促,文章不朽了;命运虽凄惨,他与妙笔生花的神仙洛神共存共乐,与天地共舞不老。

司马水镜

〔洞仙歌〕

杖行慢老,观天变荣枯草。闻柴门马嘶狗吠,备新韭嫩绿,草堂论道。似曾识,数马典新旧朝。

山深野士闲,知桑葚熟否,品甜酸青杏红桃。荐伏龙凤雏,但随君觅,己不念玉佩锦袍。日迟南山颜色正鲜,赏枫红菊黄,风景独好。

〔词　话〕

　　文人写文人,笔墨饱含着感情,特别对于合自己胃口的角色,点墨传神,画龙点睛,《三国演义》作者状司马水镜先生的形象正有这种效果。全书他只出场两次,一次是刘备逃难在农庄偶遇,一次为找徐庶去见刘备,两次短短相见,两番谈话,寥寥数行笔墨,从环境、容貌、气度、谈吐,一个清流名士,神仙般的大隐形象跃然纸上,给人印象极深。

　　隐士从形式上分身隐和心隐。身隐者身在终南,心忧天下;心隐者身在宫阙,心系南山,所谓大隐隐于朝,中隐隐于市之说即是。从本质上有真隐和假隐。真隐者一心抛开尘世,避官不仕,采菊东篱,不恋富贵荣华,哪管春秋冬夏;假隐者以隐求达,以隐扬名,顺境入世,逆境出世,口言隐而心望显,居庙堂而做赤松游。真隐者不多,身心俱隐者少见,鲁迅鞭挞的所谓"终南捷径",将那种身心分裂的假隐士嘴脸刻画得惟妙惟肖。

　　司马水镜先生是个真隐士,但又是个身隐心不隐的大隐士。说他"真",江湖上已有了盛名,似乎他不是依这盛名的资本去求渭水之钓,不像徐庶那样毛遂自荐,也不像孔明那样待人以请。刘备两番真诚相请,都被他拒绝了,尽管他对刘备的印象还不错。他的出现,似乎仅是为诸葛亮的出现做一铺垫，待诸葛出山，从此消失，真正隐去了。说他"心不隐"，柴门临轩面桑麻，未忘尘世纷乱棋局，对天下大势，诸侯纷争此消彼长，前途归宿有敏锐的观察和不俗的远判，和盘向刘备托出"卧龙凤雏二人得一可得天下"的名言。如果是一个真正的隐士，不会对形势那么上心，那么内行，那么关注。作为隐士，他虽没能观棋不语，但仅仅是支招，还是用隐士特有的语言，遮遮掩掩，话说半句，显出天机不可泄露的含蓄。

　　水镜先生叹诸葛亮"得其主不得其时"，这见地似乎比诸葛亮自身还要有预见，但这并不说明他的本事高过诸葛亮。秀才不出门，也知天下事，仅是"知"而已。入世需知行合一，散漫、飘逸的真隐士之心态，之生活方式与繁杂的世间俗务是格格不入的，洞察一切的水镜先生应当明白这一点。他的选择是做个乱世中的闲云野鹤，观天下议天下倒也是乐趣。

　　水镜先生的名号起得也好，不知曹雪芹后来写《红楼梦》，水中花、镜中月是否由此得到的启发，隐士的灵动融化为人生命运的空无，这是曹雪芹更智慧的独创，其寓意更显示《红楼梦》超出《三国演义》的高明之处。

徐 庶

> [新荷叶]

名化单福,燕市长歌狂徒,亡命匿走。识得的卢判君善,良心用苦。新荷露尖初颖锋,破得八卦,堪称小武侯。

惜智惑诈,孝纯却不知母。奇才未用,宏图逝空抱负。功荐诸葛。连环锁识不解。走马此去,乱世装个糊涂。

> [词 话]

徐庶的身上充满矛盾,虽说人都是矛盾的统一体,但他集于一身的矛盾之处格外明显。矛盾之一:明明是个文人,按水镜先生言,是诸葛亮卧龙岗耕读时挚友之一,却仗剑杀人,闯祸浪迹天涯,燕市长歌,成为匿名的逃犯。虽说古时豪爽侠气是文人的气派,能与司马德操、诸葛亮这种大隐士谈文论道者,做出这么冲动鲁莽之举,还是令人不可思议。

矛盾之二:化名单福投刘备后,军师这个职务他当得很称职,一出手几个谋划,惊闻天下,刘备佩服,曹操也很欣赏,不然不会花那么大气力设法把他"挖过来"。这么有见识的一个人,怎么就轻易相信曹操借他母亲之手的假书了呢?司马水镜后来分析他母亲的性格,认为徐庶上当了。

徐庶应当更了解自己的母亲，因太孝顺而乱了方寸，作为一个胸藏神机妙算的军师，这么小小的伎俩也看不破，应当是不明不智，功夫还欠些火候，与他的声名和出手的表现大相径庭。

矛盾之三：母亲死后，他虽悲痛但没看出他多么恨曹操。从此不为曹操出主意，是因为他对刘玄德有承诺，正人君子要信守承诺，徐庶这种人可以做到。"人在曹营心在汉"，他也没有寻找机会再投刘备，这种机会应当很多的。可以用曹操厚待他来解释，但一个将孝放在高于一切位置的人，对间接杀母的凶手，还有什么厚待可以弥补的呢？他也没有暗助刘备，唯一一次是赤壁之战中未揭穿庞统的连环计，还是以自己逃生做交换的。

总的说来，他有本事而不用，厌曹操不离曹营，敬刘备而不再投刘，看淡而不去归隐，认命而又看重保命。后半生的徐庶，哪有一点儿足智多谋、挥洒用兵的军师单福的影子呢？更别说仗剑劈仇人隐匿江湖的侠客形象了。人们记住他，还是因为他走马荐诸葛，为神人诸葛亮的出场跑了一圈开场龙套。

卷 八

崔州平、石广元、孟公威

[鹊桥仙]

浪迹林泉,友及诸葛,琴瑟和逍遥歌。议天下事观棋语,松枕猿伴神仙乐。

诗书风流,酒令弈博,终南隐闲放鹤。安得清风伴素月,呕心沥血笑诸葛。

[词 话]

《三国演义》中以诸葛亮为圆心,呈放射状地出现众多的人物关系,构成汉末社会的众生图,反过来这些人物,又众星拱月地凸显诸葛亮的鲜明形象,这是小说作者的手法。且不说刘备、周瑜、司马懿、刘禅、姜维等,单就司马水镜、徐庶以及崔州平等人物的出场,都使诸葛亮的形象更为丰满,书中所描绘的汉末社会生活也更为多彩。

这几位被称为诸葛之友的人,先是从司马水镜先生口中说出的,后来又在刘备"三顾茅庐"的途中与刘备见过,评论家都说,这是虚写诸葛亮,有一定道理。但这几个人物的出现,其场景、谈吐、音容笑貌,也有其自身独特之处。

这是几位真隐士,隐得比司马水镜先生还要痴心,还要心无旁骛。从他们身上,反映出乱世文士的一种生存状态。天下纷争,世事茫茫,饱读诗书、生性散漫的士子,恨天下之不平,视出仕为不屑,明黑白故不为,诗酒书画,山水优游,高谈阔论,评点江山,自由自在地张扬自己的天性,这是一种生活方式。这种生活方式是有儒家的关世之心,老庄的存世之道,诸葛亮《出师表》中"躬耕于南阳,苟活于乱世"给予了真实写照。诸葛亮如不出山,也会这样过一辈子,但他自比管仲、乐毅,兼济天下的心愿一直都有，而崔州平、石广元、孟公威这几位与他不一样，也许才能也差些。诸葛亮自比管仲、乐毅，赞指他们只能当一方刺史、太守，想来也非笑谈。刘备请不到诸葛亮，想请这几位，被他们拒绝了，反映出他们真实的心态。试想，他们虽比诸葛亮差一些，但比孙乾、糜竺等恐怕要高明许多，起码与徐庶是一个等级。诸葛亮当了军师、丞相，这几位也没去拜访、投谒、求官，可见他们是真隐，身心俱隐。

刘备遇司马水镜先生时柴门听马嘶论语，见孔明时茅庐闻草堂梦醒诗吟，见崔州平等人时酒肆长歌醉谈，都是很有境界的环境，很有诗意的邂逅，这正是隐士们的生活轨迹。诸葛亮出将入相，鞠躬尽瘁，选择的是精进；崔州平等人终老南山，默默不闻，选择的是自由，身心俱在的自由。如果不以世俗标准一论高下，崔州平等人得到人性本质的东西或许更多，那就是自在的逍遥。有首元曲单表此类人的心态，《正宫·醉太平·警世》："憎苍蝇竞血，恶黑蚁争穴。急流中勇退是豪杰，不因循苟且。叹乌衣一旦非王谢，怕青山两岸分吴越，厌红尘万丈混龙蛇。老先生去也。"

卷 八

崔 琰

> **思远人**

秋寒花木皆惧霜,唯君独吐黄。梅英痴性,岂趋地暖,凌冰几分香。

谏官赴死谁人解?道孤泪断肠。人偏爱春锦,不识此物,碎碾泥芬芳。

> **词 话**

崔琰是魏徵式的人物,可惜曹操不是李世民。他的经历与魏徵也相似,原效劳于袁绍帐下,官渡之战前,对袁绍也有所劝谏,袁绍没采纳,以致官渡之败。后来袁的两个儿子互相争斗,都希望崔琰站在自己一边,崔琰大概对袁氏宗族已失去信心,借病逃避,被曹操搜出来才进曹府的。

因是降臣,又有直言敢谏的本性,遇事能大胆说出自己的见解,逆龙鳞也不怕。很长一个阶段,曹操还是器重他的,谏言也采纳不少,后来还分派他到太子府效劳。曹丕有段时间狩猎上瘾,崔琰直言恳谏,不达目的不罢休,逼得曹丕只好听从他的建议。照这样发展下去,他与曹氏父子也可演绎出君主纳谏,直臣敢谏的故事,惜也不能尽终,还是被曹操杀了。

崔琰的被杀,多了些慷慨正义的悲壮,历史的记载没有这么严肃,仅是因一封书信,严格来说是信中的一个措辞。他推荐的一个人,上书浮华,众人抨击,连带攻击他这个"伯乐",他在写给这个所荐官员的信中说:"省表、事佳耳!时乎时乎,令当有变时。"被人告了黑状,说此信有诽谤之嫌。曹操相信并发怒了,说:谚言"生女耳","耳"非佳语。"有变时",更有反意,便禁闭了他。后派人去察看,崔琰家中宾客还很多,特别是他对宾客"虬须直视,若有所瞋"。曹操更怒了,赐他自杀。仅仅书信往来一个"耳"字,便招来杀身之祸,想来似乎儿戏,曹操的文字狱也够严苛的。我想大概曹操讨厌崔琰已久,不过借机找个杀他的理由,就像杀杨修一样。朝廷重臣,功勋卓著,一字不顺耳,命丧黄泉,曹营的事也够残忍的。

　　就根子上来说,可能崔琰对汉室存有感情,曹操早有去除之心,小说中的殉义情节不会是空穴来风,凭空捏造。到明帝时,众大臣议冀州人物,人称崔琰为首,圆滑的陈群却说"智不存身"。崔琰有智,更尚气节,需要他展示高尚气节去捍卫一种东西时,他便将"智"丢在一边了,不是"不存身",而是忘身赴义,这是陈群辈所不能理解的。屈原的投江,能说他"智不存身"吗?

杨 修

【鹧鸪天】

　　拆字缄闭一人口,颖慧先知才过目。能察阿瞒心内语,谁读蔡家文轴图?

　　祸机巧,聪明误,天心轻测莫伴虎。识令鸡肋小儿戏,庙堂风别洛水秋。

【词 话】

　　《红楼梦》中,曹雪芹创了一只曲子,名《聪明误》,是写王熙凤的,预示了王熙凤机关算尽,反赔上性命的命运,那是从斗转星移,世事难料的人生际遇出发,揭示人生哲理的。生活中因聪明而误的人很多,特别是要小聪明倒了大霉的例子举不胜举,杨修这个艺术形象极具代表性。

　　杨修聪明,聪明到晶莹剔透,连目空一切的祢衡眼里,也只认大儿孔融,小儿杨修,这个聪明也确确实实误了他。书中写了三件事,曹操门下写"活"字,杨修识破是"阔";曹操写"一盒酥",杨修引申为"一人一口酥";曹操信口说号令为"鸡肋",杨修演绎为食之无味,弃之可惜,判定丞相有退兵之意。前两件事，是文人拆字的小把戏，戏耍戏耍，倒也罢了，后一件事牵涉到兵戎大事，扰乱军心，曹操本来就看不惯他，借机便把他杀了。

世人都说，杨修因聪明被嫉妒，曹操容不了他。这说法太简单了，曹操爱才如命，恨不得部下都超过诸葛亮、周瑜，怎么会去嫉恨身边人的聪明呢？想郭嘉、荀彧、荀攸、程昱、刘晔，哪一个不是因聪明有识获得曹操器重的呢？如果曹操无此雅量何能取得天下？曹操讨厌的是小聪明，大事不见奇谋，小技巧哗众取宠，以事功为重的曹操焉能容得？当然，曹植与杨修交往甚厚，以师尊之，在太子易位这个问题上站错了队恐怕是必死的直接原因，可与曹植关系更密的吴质、二丁都是曹丕登基后见杀的，曹操并没有杀他们。大概是曹操本来看好曹植这个儿子，可曹植却与杨修这类只会耍小聪明的浮华之徒相交，一气之下，便杀了杨修。

这仅是妄自推测罢了。古人云，大事聪明，小事糊涂，杨修之类恰恰相反。他仅仅当个文人，或许可以以文扬名，载誉清流，可他偏要为官仕进，还在世事洞明的曹操手下，因小聪明送命也不奇怪了。留下"鸡肋"笑话成为千古笑谈。

陈 琳

[瑞鹧鸪]

太白吐艺苑精华，倚马檄名扬天下。奇文尺素千军敌，惊催奸雄大汗发。

兵败未究身侥幸，全凭仗纤管生花。典籍此后子不语，朝堂列多了个他。

[词 话]

陈琳的扬名，是那篇代袁绍起草的讨伐曹操檄文，与后世骆宾王写的讨武则天檄文是双峰并峙的两篇好文章。据说曹操读此文一身大汗，连头疼病都惊吓痊愈了。人说文章有感天地、泣鬼神之效果，在曹操这里得到了应验。

两篇檄文同为文章英华，两位作者的命运却大大不同，骆宾王被武则天杀了，陈琳却好好地活了下来，还获得重用。尽管曹操也质疑他，骂我也就算了，怎么连我祖宗几代都去骂呢？而且用词还那么歹毒刻薄。然而最终曹操还是原谅了陈琳，这确实反映了曹操大政治家风度的另一面，武则天的小女子心态相形见绌了。

陈琳被曹操收到帐下，仍然干他的

老本行，起草命令、诏书，处理文字方面的活，他的传奇之才得到很大的发挥，干得很称职，可惜再也未见当年讨曹操檄文那样的作品问世了。笔者有时想想也奇怪，曹操后来讨孙权、讨刘备，为什么没让陈琳再写上一篇惊世檄文呢？是曹操没让陈琳写，还是陈琳江郎才尽写不出来了呢？我想前者的可能性大。尽管曹操爱好文章，但对好文章究竟在军政大事中起多大作用恐怕是怀疑的，当初陈琳为袁绍写出这么打动人心的檄文，袁绍最后不也战败了吗？说一字敌千军，作为政治家、军事家的曹操才不信这一套。再者，可能当初陈琳起草的檄文对他刺激太深了，他不愿再给陈琳这样的机会。当然，即或曹操再让陈琳写，陈琳也不一定能再写出那种水平。自己成名作的高度往往是作者难以逾越的，通晓文章之道的曹操深深懂得这一点，便不难为陈琳了。

卷 八

王　粲

[锦帐春]

　　小时了了，大也了了。诗文苑添芳草。相如辞，庾信赋，折桂君轻小。
　　算周髀问，复双陆盘，世间谁比高？兵临谏，悔刘表：君封关内侯，荆州归曹。

[词　话]

　　王粲在历史上以文显名，文人而从政，没有立下济世的功勋。刘表死后，他劝说刘表之子刘琮投降曹操，曹操失信，杀刘琮母子，未见王粲有怜悯之言，反而在曹操那里当了大官，验证文人无行之言，给他的声名留下历史的诟病。

　　也许王粲本身就是个写文章的料，没有戎兵理政之才，书读得多，记性好，有一手好文笔，以文章传世，此生足矣。何必游走于诸侯，在军国大事上自逞其能呢？那样做带给自己的除世人评价的污点外，还能得到什么呢？所幸曹操也是个写一手好文章的人，爱才心切，揽王粲之流于帐下，与自己谈谈诗文，酬唱应答，不然他也不会有什么官场的高位。身早死，子见诛，在外征讨的曹操得此消息，惋惜地说："假若我在，不会让王粲无后的。"这或许是他叛刘表，投曹操的代价。

　　王粲读书过目不忘，复棋局丝毫不差，心算无人可及，但毕竟是雕虫小技，厮混于军阀、政客群中玩大把戏没有他的份儿。想他少时，深获蔡邕的器重，满座宾客，唯独对他这个十几岁的孩童待以上宾之礼，断定他以后必是大才。蔡邕本人也是个书呆子，他欣赏的也是书呆子，以出将入相论才，王粲不够，以诗书文章论才，王粲不差。这也足够了，事功未显，文才传名，上天也还是青睐他的。

秦 宓

[踏莎美人]

  人笑腐儒,寻章摘句,世无用误人子弟。海阔天空难吴客,佶屈聱牙建功看秦宓。

  答天有头,辩天有尾,寻经据典非儿戏。诸葛帐下奇人多,有用斯才以功论直曲。

[词 话]

  诸葛亮重事功,文章也写得好,他的《隆中对》、前后《出师表》乃至《诫子书》文采斐然,立意峻奇,声情并茂,是传世佳作。但他似乎与曹操、曹丕不同,没见他招揽文人学士谈艺论诗文,他治下的蜀国,几十年也没见出现名重一时的文人雅士,甚至连史志也没安排人去记,可见他骨子里更重视经世的学问,用人也以此为标准。秦宓算是例外的一个。

  史载秦宓是颇有文名的,著述也不少,可惜都没能留下来。留下的唯有答吴使张温的对话,显示出他穷经通典,才华横溢,思辩机敏。诸葛亮借他的才华与文学素养在外交场合一用,压倒了东吴使节张温的气势,显示了蜀中人才济济,助推完成了吴蜀结盟。

  秦宓也是很有个性的,张温来使,百官都出席欢迎宴会,唯独秦宓没来,还要诸葛亮派人去催。连张温都感到奇怪,不知来的是何方神圣,诸葛亮答"益州学士也"。诸葛亮不能容忍狂介的彭羕,为何能容忍傲慢的秦宓呢?原因在于这个"学士"的定位。史上还载:秦宓一直以许由、商山四皓这类隐士作为推崇的楷模,别人向他借《战国策》,他引用道家的话"不见所欲,使心不乱",洋洋洒洒一篇言论劝人不要看此类书。可见他自己的定位是做个"学士",不似彭羕狂介且具政治野心,故而诸葛亮可以容忍他的傲。

诸葛亮治蜀鲜见重文重儒的行为,也未见排儒抑文、"文字狱"之类的记载,后世文人掩之短、扬之长,一片赞誉声,几乎没有异见的原因许是在此吧。"近之不逊,远则怨",诸葛亮是否也是这样认识文人的呢?

阚 泽

洛阳春

口吐莲花舌辩机巧,骗得阿曹。闲庭冷对刀斧列,舞阳胆小。

更伴甘宁戏双簧,借风使篙。助公覆燃上江火,轻舟快东风高。

词 话

历史上的阚泽是个文人,好学,有学问,人以杨雄比之,长期担任孙权的中书令。或许是《三国演义》作者出于对文人的偏爱,让他在赤壁之战中出了一次场,篇幅虽不多,却很关键,诈降曹操,两次入曹营,一次为黄盖当联络官,一次与甘宁演双簧。

诈降蒙骗曹操不是一件容易的事,要机灵,更要胆量,能从容面对刀斧。想当年荆轲刺秦,带上一个可以杀山中老虎的秦舞阳,上了秦宫却拉了稀,曹营大帐的威严不比秦朝宫殿逊色,且两军对阵剑拔弩张,稍微皱下眉头引起曹操的怀疑,便会丢了命,周郎的妙计也将付之东流。阚泽表演得很好,凭自己的大智大勇骗了阿瞒,使之信了黄盖,信了甘宁,乃至于失败。阚泽答曹操的一场戏,反应机敏,张弛得宜,正话反说,反语正述,将曹操骗得一塌糊涂,十分精彩。

真实的阚泽恐怕没有这么大的本事,但聪颖好学,依靠自己的学问服务东吴的政权。特别是他推荐孙权读贾谊的《过秦论》,以历史兴亡思考政治得失,对犯罪官员的惩罚、谏言依律处置,不凭君王的喜怒哀乐处理政务,不走极端,使孙权少犯错误,被人称为"和而有正"。正因如此,他死时,孙权竟"食不进者数日",可见对他器重之深。

马 谡

> 杏花天

书论戎机终为浅,论局尚易操盘难。风头正狂少年志,前事忘赵括鉴。

参军事误孔明叹,唏嘘挥泪失空斩。兵败街亭司马笑,忽忆记昭烈言。

> 词 话

马谡这个人,在三国中并不重要,知名度在后世却奇高,高在不是立功,而是有过,不是赏封,而是被诛,这主要是与神仙般的诸葛武侯联系在一起的原因。

后世史评者对诸葛亮用马谡、杀马谡均有异议,这是有道理的。用错在:其一,马谡是随刘备从荆州入川的,在刘备身边多年,刘备知之甚深,何况刘备还是个知人甚明的君主,死前再三叮嘱诸葛亮此人言过其实,不可大用,诸葛亮却没有照办。想当年刘备也器重彭羕,诸葛亮以自己的观察告诫此人不可大用,刘备都听从了,诸葛亮在马谡的问题上固执己见是说不过去的;其二,马谡熟读兵书,知晓韬略,诸葛亮"每引见谈论,白昼达夜",可见马谡是有些本事的。但这本事仅限于参军这个层面,史书载他当过绵竹、成都令,越嶲太守,从没有他率兵的记载,一个从未独立领兵为将的人,在那么重要的战役中却被授予先锋大任，这确实草率了。孙权拜过周瑜、陆逊书生为将，可这两位书生的早年经历并不限于纸上谈兵，有过打仗的历练，且战绩可嘉；其三，当时委任先锋，蜀军不是没有人选，魏延、吴懿都是久经考验的战将，诸葛亮却以一己偏爱用了马谡，偏爱他，也毁了他。

马谡兵败，当初立了军令状，诸葛亮挥泪而斩，手下那么多人求情也置之不理，"十万之众为之垂涕"，这既说明马谡的人缘还不错，也说明众人对马谡被斩也是有异议的。连稳重的蒋琬事后都深为惋惜。诸葛亮的理由是法不可废，但当年关羽华容道纵曹也立了军令状，这罪过似乎比失街亭还要大，诸葛亮却没杀他，当然也杀不了他。法正纵法，人们向诸葛亮告状，诸葛亮因法正深得刘备所器重，也没处罚他。可见，他也不是执法严明到掺不得一点儿沙子。蒋琬说得有道理，蜀地本来人才就少，因一仗败便杀人才，很不适宜。马谡虽不可独担一军大任，可毕竟也是做过太守，有过历练的人，人都说马谡是纸上谈兵的赵括，他与赵括还是不同的。作为参军，他是合格的，著名的诸葛亮伐南蛮，七擒七纵攻心为上，这战略策划正来自马谡。设想，倘若马谡不死，五丈原诸葛亮归天后，他配合杨仪、姜维，以他的资历、人望和才干，也许事情会办得更好。由此分析，诸葛亮挥泪斩马谡除严法的冠冕堂皇理由外，是否也有窝火、赌气、失去理智的成分？最赏识的人辜负了自己的期望，不仅大丢颜面，也令人伤心、难受，故挥泪而斩。毕竟，诸葛亮是人而不是神。

张 松

> [减字木兰花]

本为卖主，出使盗献西川图。国士多傲，博记戏耍孟德书。
诸葛神料，玄德尽显下士礼。刘璋昧暗，不知重用蔺相如。

> [词 话]

在《三国演义》中，张松事迹的篇幅不多，但给人的印象较深，辩杨修、羞曹操、献地图，几件事将这个人物塑造得活灵活现。也许历史上真实的张松无足轻重，陈寿在撰《三国志》中，连他的传也没留下。

刘璋对张松是不亏待的，官居别驾，为解张鲁之围，还派他出使魏。后来张松心怀鬼胎，推荐法正，刘璋也采纳了。却不料，这是个隐藏至深的贰臣，张松、法正、孟达结交，非有松竹梅的气节，且个个都是见风使舵的家伙，重用这些人，想来刘璋也是可悲的。

从难杨修可见张松有蔺相如的舌辩，羞阿瞒可见张松有过目不忘之才，但他缺

少的正是忠诚。按理说，代表主子出使，要设法完成使命，不卑不亢是对的，尊严不可辱也是原则，但都应当是完成任务的手段，不能因自傲而有辱使命，更不应该以对方厚待自己而破坏外交大局。弃曹操、招刘备从刘

璋的角度看,是一步昏招,不然他起码可以与张鲁一样,委任一方,即使不成,也可进朝廷弄个侯之类的当当,不至于最后寂寞野市。始作俑者应当是这个张松。你看,他出使前已经将西川地图画好了,早有准备要献图卖主,这样主动投靠,改换门庭的人是可怕的。更可怕的是刘璋一直蒙在鼓里,直至事发,才窝火地杀了他。

　　张松的命运也是可悲的,偷鸡不成反而蚀把米,西川被刘备收了,自己丧命了,什么也没捞到。张松这个角色的意义在于给用人者敲个警钟,疑人遭谴,不疑人也常会受骗,君主识人不易,刘表、刘璋这一对族兄族弟,都犯了轻信的错误,土地未失时,人心早散了,倒戈者众成就了刘备。

卷 八

彭 羕

梅梢雪

天生狂才，六根未净望蓬莱。辨识得水文地险，操弄干戈，招祸自轻率。

谪仙戏邀天上月，夜郎傲望黄金台，武侯曾狂知彭生，蜀心未定，决然诛管蔡。

词 话

彭羕是个狂生，他与祢衡狂得不同，祢衡是狂妄，狂而脱俗，彭羕是狂悖，狂而有俗。狂且大志，狂而心野，往往会驱使其办一些冒险的事，这样就会倒霉了。

彭羕先倒霉在刘璋那里，他自视本来很高，为官仅为个州佐之类，肯定很不甘心，史书说他因人谤而获罪，依彭羕的性格和德行，怕不是被诬陷这么简单，不然仁慈柔弱的刘璋也不会施以髡钳为徒隶的重罚。

后来倒霉在刘备、诸葛亮那里麻烦就大了。因庞统的推荐，刘备先是很器重彭羕的，识人的诸葛亮却看不上他，常常私下里劝告刘备，说彭羕"心大志广，难可保安"，刘备便渐渐疏远他，外放让他当个小郡太守。他便有牢骚，竟然在马超面前骂刘备为"老革"，称其"荒悖"。还说了大逆不道的话，鼓动马超为其外，自己为其内，"天下足定"，这便有煽动造反之嫌了。马超以自己的身份、经历本来就战战兢兢地过日子，听此言当然害怕，便揭发了彭羕，刘备、诸葛亮毫不犹豫便将他杀了。

尽管彭羕致诸葛亮的书信对自己的言行做了辩白，也没能挽救自己的性命，诸葛亮对彭羕大约早就烦透了。诸葛亮南阳耕读时，大约也狂过，交接的狂生恐怕也不少。他深知此类人的个性与危害，狂生的夸夸其谈可以原谅，狂生的心大志广不能满足却要提防，否则成事不足，败事有余。彭羕与庞统关系不错，与法正也是好朋友，但这两个人均不在了，没有人替他在刘备面前说好话。想庞统、法正虽是接近诸葛亮地位的人物，在素养和情趣上怕与诸葛亮有差异，故庞统和法正可以原谅彭羕的狂，诸葛亮却不能容忍，何况还抓住了他"悖"的把柄。

  狂者，作为清流评点江山倒也罢了，不能脱俗削尖了脑袋去入仕，又不按仕途的规矩行事，发达则忘形，不发达则有怨，且不知天高地厚，办事不知轻重，到头来以掉脑袋为代价。悲夫，狂者为戒。

卷 八

蒋 干

[清平乐]

轻看周郎，孺子两过江。信虚言助士元谋，盗假书水将伤。

叹书生枉自信，笑儒林漫张狂。穷经之乎者也，难识将帅文章。

[词 话]

  且不说历史上真实的蒋干如何，就《三国演义》塑造的蒋干这个形象，白鼻子小丑的蠢材帽子是戴定了。蠢在不知人、不知己、不识兵势、不识人谋，误了大事，给自己蒙羞。

  他曾与周瑜是同窗，按理当知周郎之为人、个性秉赋。能被区区同窗之谊说降，那还是周郎吗？这时的周瑜是权倾朝野的大都督，握兵数万，声名显赫，连曹操也不惧，何况蒋干的三寸不烂之舌。所以说，蒋干不知人，不知周郎；不知己，不自量力。主动请缨的开始，就蒙上了玩笑的色彩。

  周瑜礼遇他，可以用恋旧友之情解释，大醉，同床而卧，且在中军帐，稍微明白一点儿的人就得提防了，偏偏这个蠢材信以为真，还自鸣得意，才有了蒋干盗书这个情节。在周瑜的营帐内能盗得书信，还是绝密的军事情报，并且能轻轻松松走脱，稍微有点头脑的人都不会轻易相信，唯有蒋干这样的蠢材认为拾了个宝，这有点类似当今一些三流电视剧的偷取情报的情节。

  上了一回当，还有脸第二次去见周郎，又上一回当，杀了两位水军都督还不够，又引来庞统这个祸害。这一连串的故事将蒋干写得太蠢了，有些漫画的笔法，这么蠢的蒋干竟然让老谋深算的曹操信他的话，更是不可思议。典型人物应当抑扬有度，抑则不过分，以现实生活的真实可信去支

— 253 —

撑，增之一分则太长，短之一分则太短。为了突出周郎的神机妙算，捏造出这种情节，与所谓"三突出"的创作原则有异曲同工之妙。热闹倒热闹了，降低了全书现实主义的典型意义，应当说是败笔。鲁迅在《中国小说史略》中状诸葛多智而近妖，书刘备忠但近伪隐含此意，这在与之齐名的《红楼梦》中是没有的。

卷 八

许劭、紫虚上人、管辂

【曲玉管】

　　冰鉴闻世，阴阳晓通，识治乱能臣奸雄。一卜史页传，《易》不易，追周公。

　　上人亦上，紫虚不虚，预生死算定落凤。当局者迷，旁观天道黑白子，凌绝宫。

　　管子窥天，通银河，知星兴落。能辨得盒中物，可遣得北斗客。远事判，汉魏禅黄袍。近事料许昌火。泰山治鬼，不理生民，卜者亦乐。

【词　话】

　　如果说，司马水镜先生等是隐士，胡华等为贤士，那么许劭、管辂、紫虚上人则可称高士。这种人是游离于主流社会之外的另类生存、另类表现，即或有入世之举，也是异于主流社会的另类思维、另类举动。这使人联想到原始部落时期"祝"这种角色，原始人将其奉为沟通人类与上苍对话的使者，给予很高的地位。随着社会的演进，这种人的地位逐渐式微，但生活中也少不了他们，仿佛生活是一盘大菜，这种人扮演的角色则是大菜中的酱油、醋之类的调味品，没有他们，这盘菜就少了些滋味。

　　许劭以一语料定曹操必会惊闻天下，传名后世；紫虚上人修行于山中，却不甘寂寞，料定了庞统和张任四将的生死；管辂的故事便更多了，小说中几乎照搬了传记的史实。对这类人，我常突发以下疑问：为什么这种人常有不绝呢？为什么越是乱世来临这种人越是活跃呢？为什么这种人窃知天命如此，而要向世人表达呢？为什么这种人能料势测人而未能测己呢？最后往往冒出这种人是否真有神通的疑问。说其有，世少见；说其无，史书的白纸黑字，言之凿凿。一部《易经》，几千年来人们都没看懂，好奇的人类期望并且相信这类人的存在，这类人也因势横空出世，混于其伍的大部分不过是江湖骗子，不能因其信而被江湖骗子骗了，也不能因江湖骗子太多而不信这类人的存在。人类认知的每一步都是在打破原有思维定式的基础上前进的，被认为能预知未来的特异功能是否也是我们拘于现有认识的思维定式？有科学家猜想，人类曾有个松果文明时代，那时人类的大脑松果体较发达，预测的功能也强，随着其他方面的进化，这种功能反而随之衰退，可能极少的人衰退得慢一些，甚至有些松果体的大脑也有返祖现象。这种推论，未能证其有，也未能证其无。但有一点可以肯定：这种人是极少极少的，山中高士只有在超出人们视野的高山之上才有，即或混迹人间，也大隐于市，真人不露相，神龙不见尾，而不是高调游走人间，市易谈价论卦。那只是欺世盗名的江湖骗子，痴者莫迷。

管辂说自己可"泰山治鬼，不得治生民"，江湖骗子能比管辂高明吗？

卷 八

胡华、郭常、关定

[渔家傲]

幽谷深山隐芳草，柴门菊藩藏野老。不问天下有魏晋，辨清浊，兰香流君操瓢。

远市不贵关公马，知音情仰偃月刀。人赞单骑斩关将，更堪叹：君子故多云水遥。

[词 话]

胡华、郭常、关定是关羽逃难中遇到的三位庄主，地地道道的小人物，除介绍胡华在桓帝时官为议郎早回乡外，郭、关二位没有作介绍，大概世代务农、狩猎吧。这三位闻关将军大名都很客气，酒肉招待，安排周到，对一个落荒逃难的人来说，是可心慰了。不止于此，胡华的修书，使儿子胡班在关羽危难处躲过一劫；郭常的儿子盗关公马，后又勾结张梁使关羽虚惊一场，郭常也站在关羽一边；关定甚至接受刘备的建议，送儿子关平给关羽当养子。

三位是民间的贤者，他们与隐士又不同，是"日出而作，日息而归，帝力与我何有哉"的老百姓，不关心谁当政、谁为王，自得其乐地过自己的小日子。但他们心中有杆秤，量得了轻重，眼里有辨别力，辨得清黑白是非。从关将军斩颜良、文丑，认定关羽是真英雄；从刘备新野败退携百姓流浪，判定刘备是贤良君主。关键时出手相助，全力以赴，且不求回报。

人说得民心者得天下，刘备得人和，人和延及民间，拢得野老，这是真正得民心。三国本是写帝王将相的书，顺带还写出这类小人物，也是难得。三位贤者如山中幽兰，虽不艳丽，但幽幽清香，真情弥于人情世故之中，给血腥的战场，暗藏杀机的朝堂争斗带来另一番境界，展示出了野隐君子的节操。

左　慈

虞美人

　　庄周梦蝶惑迷幻，劈棺试妻颜。左慈荷担抽橘实，真作假假弄真，逗阿瞒。

　　幻术非幻术有术，迷者自心惮。魔相变演神鬼事，恶其恶善其善，戏人间。

词　话

　　曹操身上有张扬豪气的一面，又有残暴的一面，这样奸雄的形象才全面立体。领兵打仗、擅权朝政如此，与祢衡、华佗、左慈之间的情节点缀，也突出了这一点。左慈捉弄曹操，亦真亦幻，亦神亦鬼，使得曹丞相赢得人事，却输鬼事，方知天命不可违，人在做，天在看，从凶残毕露到老羞成怒，乃至丧了命。

　　其实左慈是个魔术师，他施展的是幻术，幻术这东西在民间一直很发达。黄巾起义的张角施幻术，据汉中的张鲁施幻术，左慈的幻术更为职业，看起来神力无边，细究有迹可寻。他将舞台变大，玩的是大幻术，有托儿配合都说不定。抽取橘实，火焚不死，奔羊换头，这三套把戏看起来神乎其神，障眼法加托儿也说不定。橘子是孙权送的，狡诈的孙权是不是也请了这高级魔术师一并去羞辱曹操一番呢？火焚中是否有配合左慈弄术的徒儿们呢？出城巧

— 259 —

遇牧羊童，牧羊童和这群羊或许正是左慈的助手和道具。别认为笔者在妄猜，古笔记小说中这类幻术的描述很多，有的还是作者真实的记载，如种桃核瞬间成树；或者，绳抛空间人顺绳攀爬云间消失，这类大幻术的描述，从旁证考证看并不是小说家言，而是当时幻术表演的真实描述。比较来看，现代魔术技巧在这方面退化了，刀劈活人、旱地钓鱼之类利用了现代科技的声光幻影，人的技巧大打折扣。现在的魔术师们当认真研究一下左慈，开发出更精彩的魔术来。

幻者为术，惑者自迷，曹丞相心中有鬼，坏事做多了，心理上难平衡，遇幻术不堪一击，迷在其幻，弄得精神分裂，旧症即发，神仙也难救了。倘若那时有心理医生，也许可以缓解的。

卷 八

于 吉

> [品令]

道非道，符水惑众弄神几近妖。伯符兴王霸初生犊。哪容魔乱威朝？说灵性稗官语，黄巾源张果老。仲尼疑怪力乱神事，君若信笑尔曹。

> [词话]

说神弄鬼，是古小说的佐料，也是使小说情节紧张离奇的惯用手法，类似今天的穿越剧情。曹操和左慈，孙策与于吉，故事有几分相似，不同在一个疑于幻术，一个疑于巫术。行幻术的是魔法师，行巫术的是道士。孙策大概是个不太信怪力的人，他的父亲孙坚从汉宫偶得汉代玉玺，因这玉玺产生野心，奔江东成就大业，也因玉玺引得诸侯纷争，一片混战。父亲发现玉玺的故事和玉玺的重要性想必孙策都已知道，但他似乎并未看重，后来将玉玺送给了袁术，可见他是重现实而轻鬼神的。

正因为有这思想基础，他被道士于吉大大捉弄了一番，还是他自找的。于吉施符治病，接受百姓敬仰，并没有危及孙氏对江东的统治，孙策却发怒斩杀于吉，杀又杀不死，怪力魔法逗弄得孙策怒气冲天，精神失

— 261 —

常,乃至金疮伤口迸发,暴疾而死。在曹操和孙策与幻术、巫术的较量中,怪力都是胜利者,这说明作者相信这一套。

书中神怪魔法的情节不少,连大智者诸葛亮拿手的也是请六丁六甲,呼风唤雨借东风;关羽死后成神,找吕蒙、潘璋复仇,司马懿父子上方谷解围,均是有神力相助。卜卦看相的事在书中随处可见,魏代汉、晋代魏透出大的因果报应,这反映出那时人们信奉因果循环。《三国演义》写于明朝,书的是汉末三国故事,那时佛教还未在中国兴盛,作者把握得还不错,写的宗教限于道教——卜卦、看相、画符治病、装神弄鬼,树折梁塌预示人间吉凶,等等,都是道家的思想。道家的两大发明炼丹术和房中术,这里也未提及,因那都是后来的事,说明作者在把握细节上是严谨的。

道术济人,道心养己,前者发展为道士,后者发展为隐士,这两类人在书中都有所反映,而且作者是赞美的。

卷 八

何晏、邓飏

[更漏子]

　　富贵种，名士皮，隔空画眉好语。偏妄生，大鹏志，织天地经纬。
　　卜者识，身陷迷，梦蝇不知死期。极地险，高风危，岂书生知的？

[词　话]

　　何晏是魏晋名士中家世最显赫，官位最高的一位。有文名，好老庄言，是魏晋名士的共性，然行为方式九龙各别，何晏言老庄不践行老庄，心系庙堂，游走金殿。当然他也有这个条件，说来何晏的身世确实稀奇：他本是何进的孙子，何进这个凭妹妹的姿色位居三公的屠夫葬送了东汉，引得天下大乱，全家九诛，不知为何，儿媳与何晏这个小孙子却避免了祸事，这中间肯定还有一段我们所不知的故事。偏偏这个儿媳又被曹操收纳了，何晏这个拖油瓶随之成为曹操的养子。也许是因为母亲受宠的原因，曹操对他还很好，视为己出，享受与曹丕同样的待遇。偏偏何晏还很张扬，喜浮华，贪奢侈，从小便追求与曹丕一样的衣服。因此曹丕很讨厌他，不呼他的名字，只称他"假子"。曹丕时代，他没当什么官，后来攀上了曹爽，官居尚书，还担当选拔人才的重任，选了不少浮华之官，出了不少坏主意，弄得朝政乌烟瘴气。司马懿借太后一旨书，振臂一呼，曹氏一党顷刻瓦解，想来也不是偶然的，何晏负有很大的责任。

　　围绕在何晏身边的，尽是些浮华浪荡子弟，鲜廉寡耻之徒，如这个邓飏，以贪鄙闻名，有人将父亲的妾送给他，他就送别人一个官位，被京师称为"以官易妇邓玄茂"。何晏也是什么坏事都敢干，私分公田，窃盗宫物，偷纳宫女，无所顾忌。他还很注意美容，时常香粉不离手，上朝时也对镜扑粉，这样的大臣想来也确实可笑。魏晋名士的好神仙，服五石散，摇鹿尾巴，华服美食清谈高论这一套，在何晏那里已登峰造极。如此治国，岂能不败？

被灭之前，他还给史官留下可写的笑话，梦见鼻子上爬青蝇，去问相士管辂，管辂糊弄了他一番，出门后对人说，他死期已至，烂尸朽骨，苍蝇才去凑热闹。曹爽败后，狡诈的司马懿偏偏安排何晏去审理此案，何晏十分认真，搜拷过激，梦想以功赎罪，建议诛七家，司马懿笑语"还差一家"，何晏糊涂地问，"差哪家？"司马懿说，"加上何家，共八家。"死到临头，尚执迷不悟，糊涂至此，这样的角色怎么去与司马懿斗？

还有一个趣闻：也许曹操太喜欢何晏了，不仅将其视为己出，还将女儿嫁给他。有野史说，他娶的是自己同母异父的妹妹，不过这个称作金乡公主的妹妹倒识大体，看何晏这样胡闹，担心大祸临头，殃及全家，与母亲说出自己的担忧，没想到母亲却认为女儿是嫉妒何晏。司马懿倒还有些恻隐之心，诛何晏后，何晏的小儿子藏在宫里，他念金乡公主的面子，不予追究，何家还算没有绝后。

卷 八

蔡 邕

[临江仙]

　　管毫纤纤谁与似,汉武司马知。恨未修得班固书,哭卓谁人识?清流柯亭日。

　　同水分野连清浊,君孤直叹侬痴。也嗔司徒碎玉珌。离离文姬怨,殇殇悲愤词。

[词　话]

　　蔡邕哭董卓,是文人之迂,董卓恶贯满盈,但自己毕竟被其拔擢,虽非知己,当知恩有报。人也会责蔡邕,怎么能与董卓这么坏的人为伍呢?

当初为何不拒绝董卓的封官?这责怪似乎有些苛刻。蔡邕的清流,是人皆称颂的。想当年,正是大胆劝谏灵帝远宦官,而被迫离开朝廷。后董卓入京,初召并没答应,董卓以死相逼,才勉强赴京。更别说归隐期间,忠直方良,君子处世,显名柯亭,天下文士景仰。

　　董太师当朝,东汉一班朝臣大部分都是原班人马,公开叫板者,辞官归隐者毕竟是少数,连司徒王允当时不也在表面奉承董卓吗?蔡邕一介书生,干的是技术活,性格又孱弱,自理能力又差,随大流在朝也顺理成章。他没有反抗董卓的行为,虽然董卓一日三迁其官,也没与董卓同流合污，已属难能可贵了。何况他已认识到哭董卓的行为不当，是迂腐的文人个性致使他不由自主地挥挥眼泪，甘愿受罚，留一命去修《后汉书》，情也在理。这比那些见风使舵的势利之徒要高尚许多。

王允杀蔡邕，是政客之狠，也反映出历史人物复杂的一面。简单以黑白曲直去品评一个人，往往会令人疑窦丛生。王允是个有知识有正义的政客，用连环计诛董卓，救汉室之功昭日月，万民解恨，可他却不能容蔡邕这一哭，确显偏狭了些。这也为他后来的失败埋下伏笔。按常理推断，王允与蔡邕这位大儒交往不会少，也会很尊重他的学问和人品，更深知蔡邕在士大夫中的威信和人望，大权新立，以稳定人心为主，而不应举刀向这位没有任何威胁能力的书生，可他却偏偏力排众议杀了蔡邕。这里有杀鸡给猴看的恫吓，有斩尽杀绝的泄愤，有对蔡邕当年获董卓征用的报复，几种因素交织在一起便构成政客对政敌的毒辣。惜哉蔡邕并非政敌，杀了蔡邕，失了相当一部分人的心，为刚取得的辉煌蒙上了一层阴影。这个老练的政治家算计董卓那么精明，那么从容，那么理智，那么清醒，在胜利来临后却有些飘飘然了。

蔡邕之死，使汉失去了一个好史官，历史少了一本好史记，害得其女蔡文姬颠沛流离，尝尽人间悲苦，却成就了《悲愤诗》《胡笳十八拍》这样的好诗文，时运有时就这么巧合和偶然。

华　佗

［昭君怨］

杏林岐黄妙手，刮骨医得君侯。偏遇横阿瞒，惜命丢。
焙制得麻沸散，编创得五禽戏，难解庙堂疑，悲国手。

［词　话］

华佗不是一般的乡土郎中，他本是个"兼通数经"的游学之士，陈琰、黄琬都曾重视他。举孝廉，不去；征官，不应。大概他信奉"不为良相，但为名医"的济世之道吧。他从医，将医术推向了当时的顶点，开颅术开了外科解剖学的先河，麻沸散麻醉剂比西方的麻醉学早了许多年，五禽戏是世界最早的保健操，称其为"神医"，当之无愧。

让后人知道更多的，是他与曹操的关系，为曹操治病，被曹操杀了，治病史书有记载，曹操杀华佗还真没有记载。也可能人们恨这个奸相，将这事栽赃在他头上，传多了，《三国演义》的作者采纳这个故事，又助长这种说法的流传，成为铁板钉钉，有点像当今互联网的"发酵"。

想一代名医，杏林高手，救人无数，识得人间生死，却死在一个讳病忌医的病人手中，只因这病人手握生杀大权，为技者难矣！当代社会，医生最头疼"医闹"，曹操应该是史载最早的医闹和最大的医闹，闹者手握大权，那医者的小命便难保了。医者怕闹，闹闹倒也罢了，却连脑袋都丢了，不是将病治糟了，而是不识庙堂之疑。大人物的心态医者难猜得到，故而后来的宫廷御医热衷于四君子汤，不敢用虎狼药，拖重了许多病，病治不好是技术的问题，引起君王疑心便是政治问题，麻烦就大了。不知杀头之前华佗是否后悔过自己的选择，早知如此，当初应争取去做名相，而不去当名医。名医只能从阎王鼻子底下救人，名相可以随意将人送到阎王那里去，哪怕你有神医之神。华佗有无此想不可知，但故事说他在狱中遇到那位好心的狱吏，将医书传给这个狱吏，狱吏本立志继承华佗的事业，却被他妻子抢过来一把火烧了，其理由是华佗因医术高明见杀，你也想掉脑袋吗？

　　不管事情真相如何，曹操的骂名要一直背下去，就像关公刮骨疗伤的美名一直传下去一样，这两件事上，医者华佗都是个陪衬者，历史舞台的主角是留给帝王将相的。

郑玄、祢衡

> **归朝歌**

　　慨叹建安群雄争，龙腾虎跃奇士惊。知礼注雅郑康成，裸骂示狂祢士平。道学藏风流，应答习风郑门婢。白眼向，傲视豪门，祢衡凌绝顶。

　　大儒招援三尺简，狂生纳盟轻丧身。非是袁氏重贤才，实乃叶公好龙名。三鼓渔阳挝，惊世音殊本骇俗，尔曹怒，大儿小儿，沓来步后尘。

> **词　话**

　　郑玄和祢衡是知识分子的两个极端，一为静极，一为动极。汉末天下大乱，诸侯争强，民不聊生，文人学士深知匡扶社稷匹夫有责。狂动者如祢衡，游走于朱门庙堂，妄想以一己之才匡扶天下，不合其意者疾恶如仇，敢恨敢骂，将生死置之度外。裸衣击鼓骂曹惊世骇俗，三曲渔阳鼓曲气壮山河，以狂扬名，以狂丧生；静修者如郑玄，天下事两耳不闻，风雨声全然不顾，埋头书斋，著书讲学，注解六经，考据荒古，烽火连天中自造一片世外桃源，躬耕一尺学术天地，将收获藏之名山。两种生活状态，两番不同天地，两个迥异结局。

狂极身入其中而心游在外，静极身游在外而心入其中，这是狂者与静者均未想到的。想祢衡自恃才高，刘表生厌，曹操不容，孙权不纳，黄祖诛杀，即或有经世才华，也未见用，仅有渔阳鼓曲传世而已。郑玄远离权贵，权贵却慕名求之，桃李满天下助张其名，典籍传世天下传名，不求交往而以名结交，不务俗务又偶参其事。徐州不管是谁的天下，郑家书屋讲学依旧，书声琅琅依旧，婢女谈诗论雅依旧。与祢衡的命运相比，简直形成绝妙的讽刺。

其实从救民于水火、匡扶社稷的角度来说，这两类人的极端都于事无补，相反显露一种广义的自私。祢衡的自私为放纵、任性；郑玄的自私为专注，洁身自好。两人的交点是贪图声名，都太爱惜自己的羽毛，为保持自己羽毛的洁白，拼命扑闪翅膀飞翔躲藏，却没想到去净化环境中的尘埃。

真正的隐士也逃避躲藏，但他们是以人生的无为为代价的，张扬个体自由的天性。郑玄和祢衡在躲藏逃避中又有所图，力求人生的有为。其间区别是明显的。当然，客观上祢衡的浩然正气，郑玄的文化传承，都有历史价值，但那也不能作为主观上肯定的理由。

卷 九

蔡 文 姬

桂枝香

儒门书香,呀语颂风雅,闺秀诗华。逢乱世命多舛,亡走天涯。天苍野茫词悲愤,望南雁,寄情胡笳。绝唱惊世,异巾帼调,血杜鹃花。

归来兮,懒叹铅华。怅惘蓝田烟,北地胡沙。思羡曹娥,孝心恸感河伯,蔡中郎魂归何处?琰儿念,黄泉碧落,难觅上下。始懂义山,月珠泪洒。

词 话

"文姬归汉"和"昭君出塞"是两幅美丽的图画,美丽的图画隐藏两个女子凄苦的命运。出也感伤,归也感伤,哀怨的是弱女子不能掌握自己命运的无奈,缠绵的是女性剪不断、理还乱的情感丝团。人说红颜命薄,富有才情的女子往往命更堪怜,蔡文姬、李清照、苏小小、上官婉儿……一长串才女的名字哪一个有花好月圆的归宿呢?

蔡文姬本来应有另一番命运的,生逢乱世,父亲蔡邕稀里糊

涂地被斩，她像一叶浮萍随生活的激流漂荡，小命保下来已是万幸了。她漂向了大漠荒原，成为匈奴单于的王妃，还生下了一对儿女。流浪的艰辛给她的心灵留下刻骨铭心的伤痛，难忘中土文化的氛围和书香门第的风雅温馨与此时此地的生活形成巨大反差，蔡邕遗传的书斋基因和女性孱弱敏感的脆弱神经相交合，使她不可能面对天苍野茫、风吹草动之景产生旷达、豪迈的美感，只能有《悲愤诗》《胡笳十八拍》式的哀伤抒情，女性的才情，独特的经历，家园罹难的悲哀，成就了蔡文姬的千古绝唱。不知这是幸，还是不幸。

爱才的曹操圆了蔡文姬归汉的梦想，让她过上了安定的生活，复归了书香风雅的环境，还给她找了一个还算不错的郎君。但洒脱的曹操难以理解，此时的文姬已不是当年出入蔡府见到的那个诗情娴淑的大小姐了，他没有办法去抚平曾经沧海的文姬心灵的创伤，也没有能力去解决她儿女牵挂与中原眷念的两难矛盾。中土有她文化的根，但父亲已死，她孑然孤零，远漠有她的骨血，但那又不能成为她安身安心的家。撕裂的心灵使她永远处在痛苦之中。曹操可以给蔡文姬物质上的一切，但不可使她幸福。

如果蔡文姬世俗一些，她可以满足，可以遗忘，可以随遇而安，但清高的灵魂使她做不到；如果蔡文姬圆润一些，就会知道放弃，用情感牺牲去换取精神家园的归宿，但藕断丝连的才女情思使她做不到。流浪的生活虽然结束了，灵魂仍在流浪，心灵仍在漂泊，她永远也找不到能够安放心灵的精神家园，就像永远也无法弥补心灵的创伤一样。她的心，早已随着她的千古绝唱，死了。归汉的，是疲惫不堪的躯壳，任后人涂脂抹粉，也难掩岁月留下的苍凉和无奈。

貂 蝉

[一剪梅]

天降大任托红颜，柔肩敢担，巧结连环。笑汉家全阙夕阳晚，晖落黯然，羞借月寒。

汗青迷迷不归路，空空江天，岚山弯弯，声名何堪风云烟。鸿爪留痕，无姓貂蝉。

[词 话]

貂蝉是王司徒对付董卓的武器，是挽东汉江山于即倒唯一的秘密武器。想满朝文武无能为力，各路诸侯讨伐无成，希望寄托在一个弱女子身上，这个王朝看来气数也将尽了。没想到这秘密武器还有那么大的杀伤力，简直与二十世纪的原子弹一样，摧毁了似乎不可战胜的董卓集团，使东汉王朝回光一照，但却再也恢复不了元气。

作为美人计的主角，无名的貂蝉在历史的长河匆匆一瞬，闪耀令人眩目的光环，此生足矣。魂归何处？人们做出许多种猜想，像对春秋时她的同类西施一样，但无论何种猜想，她以后的生活都是平凡的，即或有凄美，也如顶戴露珠的小草，淹没在森森树林和无边无际的旷野之中，淡出人们的视野，偶尔有人提起，不过好奇她的经历，遐想她的美丽。

美丽是作为美人计武器的最大本钱，美有多种，爱美之心人皆有之，但美的标准似乎不同，故有"情人眼里出西施"之说。施行美人计首先得选择敌人喜欢的美人，且要让他喜欢得发疯、发狂，忘乎所以，荒废朝政，不辨是非，言听计从，乃至身败身亡也不能从石榴裙下的美梦中醒过来。王司徒的连环计需要的主角似乎更难找，她不仅要让董卓一个人喜欢，还要让吕布喜欢，董卓和吕布，从年龄、气质、情趣偏爱怕都大不相同，能致这两个不同的男人痴醉发狂的女人不容易找，这才让王允在后花园发现貂蝉时大喜，貂蝉果不负所望，不仅以惊鸿一瞥的艳丽分别将董卓、吕布弄得五迷三道，还充分发挥了天才演员的表演天分，或王允小女，或王府歌伎，或董卓知心美妾，或爱慕英雄吕布的痴痴情种，从王府的歌舞宴，到董府的梳妆台、后花园，以自己多变的脸谱，或怒、或嗔、或喜、或戚、或浪、或痴，运用女性所具有的十八般武艺，仿佛抛下古战场女英雄的万丈红绫，一步步将董卓、吕布这两个好色之徒捆绑缚紧，乖乖地按王司徒设定的路走下去，直至失败。艳丽夺冠，表演天才，用在貂蝉身上名符其实。人们习惯问传说中四大美女哪个最漂亮，从经历看，应当数貂蝉。

貂蝉的最后归宿在哪里，诛董卓后无疑归了吕布，吕布在白门楼被杀以后呢？有人猜归了关羽，归了张飞，归了曹操，当时她已徐娘半老了，还有那么大的魅力，不同的大人物争而抢之，更是见其大众情人的美媚娇，无人可及。

甄　后

[剪湘云]

昨为袁媳，今做曹妇，非妾贪忘节，惜身女流。上天赐生花容貌，春风絮秋风柳，落谁家岂容奴作主。命也俘妃后。

堪叹叹多情叔，缘也前世，生花笔眷心吐《洛神赋》。翩翩婵娟仙客来，牡丹亭秋水舞。巫江雾凝云未成雨，凄风冷宫苦。

[词　话]

曹子建的一篇《洛神赋》，千古美文，所塑造的那个从天而降的女神，引起后人遐想和猜测。人们追寻洛神的原型，联想到他的嫂子甄后，说两人叔嫂私情的有，倾心相慕的有，曹植单相思的有，究其原因是甄后的经历和惊艳。

甄后本生于官宦之家，有过很好的教养，从小便不像一般的大家闺秀热衷女红，而是喜读诗书，关注前朝盛衰得失之势，也为她以后当皇后埋下了伏笔。无奈命运多舛，嫁给袁绍的儿子，袁绍兵败，又沦为俘虏，因花容月貌被曹丕看中，在婆婆的主张下，成为曹丕的老婆，估计是惊艳超人。阅人无数的曹操见她都惊叹："真吾媳矣！"以后便节节攀高，太子妃、皇后，未来皇帝的母亲，如果不发生意外，她会以皇太后的身份终了尊崇的一生。可惜后来曹丕生厌，先生冷落，后竟赐死，荣华尊显有始无终。

曹丕赐死甄后的举动确实令人生疑，审美疲劳厌就厌吧，冷落便也罢了，何需残忍地做此决断？何况她还是未来皇帝的母亲，曹丕动的似乎也不是汉武帝杀母留子式的念头。史书载明面的理由是曹丕有了新欢，甄后因醋意发怨言，细究来有些牵强。以甄后之性格，她好像并不是贾南风那样的女人，而是明达有识，淑娴温婉的。想当年与继母、嫂子、子侄都能顾大体相处得很好，何况自己冯妇再嫁，应当为这个捡来的皇后桂冠感到自卑，对高高在上的皇帝有新欢哪会又哪敢摔醋坛子呢？自己生的儿子还是唯一的接班人，大富贵还在后面，对曹丕巴结都来不及，怎么会连这点无可奈何的宽容与大度都没有呢？

曹丕也不是一个暴君，随性残杀无辜，何况自己选择的女人，恩爱有加，喜生龙子，过了这么多年。做这么残忍绝情之举一定会另有让他愤怒之事。野史传闻的叔嫂生情说看来并非空穴来风，常理推断：曹植与曹丕竞争皇位没什么优势，但在讨女人喜欢上恐怕大有优势。曹植有才华，感情丰富细腻，又简单直率，没有多少心机，会怜香惜玉，还是有闲阶级；曹丕呢，虽也有才华，但比不上弟弟，为保太子之位颇用心机，军政实务又占用他大部分时间，处事待人需处处防范，多几个心眼，这种人，在多情的女人眼里是无趣的。曹植和甄后有无私情很难说，相互有好感，甚至有暧昧的心慕是自然的，又加上有人恨不得置曹植于死地，添油加醋，将这桃色新闻炒得沸沸扬扬，惹得当了皇帝的曹丕杀机顿起，想杀曹植，有母亲拦着，只好拿甄后当出气筒了。

甄后死后，多情的曹子建无法直接表达自己的哀思，将美好的想念凝聚为洛河的女神，把世上最美好的辞章寄托于这个女神，给我们留下一个美好的女性形象、一篇惊世殊丽的美文。另一个备受痛苦煎熬的是明帝曹睿，从小失去母亲，心灵创伤难以愈合，影响了他的性格，甚至影响他的寿命，难以启齿的忧郁使他英年早逝，连后裔都未留下，致使曹魏王朝从此走下坡路，这是曹丕没有料到的。

卷九

伏皇后

> 一枝花

漫说皇家贵,惨惨晚日坠。三家分晋事,不掉尾。落凤无毛,外戚玩人掌,黄门更少威。无剑斩罗网,妄挡车螳螂臂。

天不予,运也助权贼。莫风乱吹帽,诏现毛发稀,神泄密。宫墙夹壁薄,羽轻皇后玺,天子向隅泣。母弑卵杀,鸠如此,尚能啄击。

> 词　话

皇后、国丈、黄门,这在正常情况下,是何等尊贵的身份,但到了汉献帝之时,真是落毛凤凰不如鸡了,落了毛,飞不起来,甘心在鸡群傲视卓立倒也罢了,偏要翱翔奔九天,只能摔得粉身碎骨。

伏皇后这样的女子,在家为豪门闺秀,进皇宫身为皇后,养尊处优惯了,外面的世界知道很少,逆来顺受不是她们的性格。汉献帝受气,发发牢骚,伏皇后如知深浅,当和颜相劝,反而怒发冲冠,出主意勃然一击,她哪知曹操在朝廷的分量?哪知自己的父亲有多大斤两?并且忘了董

妃因衣带诏一事身死诛族，自己拉上她的父亲去步董的后尘。

伏完的表现比董承还要糟，诛曹的诏书连皇宫都没带出去，惊魂未定的神态已使曹操生疑，一阵轻风吹掉藏诏书的帽子便露了馅，不是天公助曹，怕是伏完惊慌意乱，哪是个干大事的人呢？试想，诏书带出去又怎样？董承联络了刘备、马腾这样的人都没办成事，伏完又能做成什么？再设想，即或这时杀了曹操，曹氏已羽翼丰满，除了换得更大的血腥复仇，还能怎样？汉献帝糊涂，伏皇后无知，伏完也糊涂。将这种颠倒乾坤的大事当作儿戏去处理，败局是自然的。

伏皇后的命运比董贵妃还要惨，杀自己的人已进宫，还想着去夹壁墙里藏起来，想来也简单得可笑。天地之大，一国之后，连个藏命的地方也找不到。汉献帝眼睁睁地看着自己的皇后香消玉殒，无能为力，连舍身保自己卵蛋的鸟都不如，可惨可怜。随后，还要乖乖地接受曹丞相送自己的女儿入宫当新皇后。

卷　九

小　乔

> **菩萨蛮**
>
> 水至嘉鱼天赐仙，陌上桑女妒红颜。灵芝人堪摘，倜傥周郎怜。
> 秋水池溢满，霜天雁孤寒。雀台桥非乔，涂鸦羞阿瞒。

> **词　话**
>
> 　　乔公有女，名闻天下，东床婿佳．天下佳话，这也是世间稀有的。嫁与孙策的大乔没留下什么传说，与周瑜为妇的小乔注定要成为风云人物。
> 　　成为风云人物的根由，一是姐妹花比美驰名；二是双双嫁与时代骄子，以夫显贵；三是周郎的风流倜傥远超出一般的箫传韩湘子，琴鸣俞伯牙，夫妻唱和知音，不是一般人，他两郎才女貌，多才多艺，夫妻可以达到的境界；四是曹植为曹操建铜雀台而著的那篇名赋，有"揽二桥"之语，被好事者曲解"桥"乃"乔"，留下一段历史悬疑，无中生有的绯闻加快了大众传播的速度，成就了小乔的美名。
> 　　二乔有幸，上苍赐给她们沉鱼落雁之容。且与配偶天作地合，成就花好月圆。二乔又不幸，夫君均早早离世，黄泉相隔使之孔雀东南飞，二十多岁妙龄便当了寡妇，侯门将门的声名规矩又迫使她们不能再嫁，长长的岁月只能孤灯为伴衾被半寒，荣华富贵尊显声誉对青春年少的二乔又有什么意义？她们的生命载体太美玉无瑕了，她们的姻缘太高尚纯净了，人们不愿对此有一丝一毫的玷污，所有的传说都噤声她们的哀伤，遮掩她们的命运结局，是想让美好的神话在人们心中保留一种永久的记忆。真实的红颜命薄反而不被人注意。
> 　　二乔出生在嘉鱼，这是个很美的地名，据说来自《诗经》的诗句，位于长江边，遥对赤壁，江流清碧，绿林依依，芳草萋萋，春夏时节，蛙鸣

鱼跃，群鸟鸣集，鲜花五彩点翠，其美令人陶醉。身临其境，会感叹人杰地灵，只有这样的土地才能孕育二乔的美丽和神韵。有感于此，笔者游嘉鱼，情不自禁吟诗一首，以发感慨，特抄录如下：

嘉鱼咏

北地禾木春可求，
嘉鱼南渡陆溪口。
吞雾临水傍赤壁，
吐珠入江汇洪湖。
清华灵秀育二乔，
厚德载物诞鲁肃。
逝水疑近周郎来，
羽扇仙化轻送舟。

卷九

孙尚香

[蝶恋花]

衣巾帼枉然习武，只不过绣拳洞房花烛。天香国色空抱志，逃不脱市易诸侯。

本盼守女情郎意，愁绪蛛网结敌友吴刘。伤逝江心恨东水，风骤孤漂荻叶舟。

[词 话]

《三国演义》对妇女是大为不恭的，女权主义者读三国，恐怕会有诸多异议。仁厚著称的刘玄德那句名言：妻子如衣服，兄弟如手足。衣服破，尚可缝，手足断，安可续？怕是可以找出一万条理由予以批驳和反击。在以男权为中心的封建诸侯权力斗争中，女性是工具，无论是一般女子，还是侯门闺秀，甚至皇家金枝玉叶，貂蝉如此，甄后如此，曹操的女儿也如此。女中豪杰如孙尚香者，也摆脱不了这个命运。

孙尚香因她所处的皇妹地位，加上国太和孙权的放纵，并不属那种弱不禁风，脂粉气十足的闺秀，而是性格高傲，习武豪放，不让须眉的女汉子。即或如此，她也避免不了成为孙权手中政治天平的砝码，作为糖衣炮弹去迷惑刘备。所幸的是刘备这个老郎君还称孙尚香的心，郎情妾意本来可以让她寻到幸福的归宿。可政治还是来干涉她，吴蜀友好，她是友好的使者，个人的幸福与吴国大业紧密结合，风正帆圆；吴蜀分裂，她便成为横在中间的绊脚石，双方都以国家的利益为重，谁也不会去考虑她的感受，顾及她的幸福。孙权计划进攻荆州前，便提前召回了她；在蜀国期间，君臣议政，统统会说内忧外患，将她视为"内忧"，其实几个女兵，花拳绣脚侍卫闺门，在蜀国强大的政权压力下，哪有什么内忧的威胁？说这话是很牵强的，只是反映出蜀国没把她当成自己人罢了。

她对刘备的感情是很深的，为了刘备，抛开在吴无拘无束的生活，随刘备驾帆南归，不怕得罪兄长，甘心为人妻，育人子，连个正式的名份都没有。个人牺牲够大的了，但始终不能获得蜀国上下的绝对信任，连诸葛亮对她都有所戒备。吴蜀要开战，吴国提前诓她归来，女性的儿女情长带上阿斗本也正常，惹得诸葛亮命赵云拦江截留，大动干戈，一点儿面子都不给。诸葛亮从政治考虑，这个举动无可非议，蒙在鼓里的孙尚香哪知双方的算计暗斗？一片真情换来如此对待，委屈而怨痛可想而知了。

最感人的是，得知刘备兵败而死，她留吴尴尬，去蜀不成，几乎成了无家可归的弃儿，面对长江祭奠刘备，投江而死，甘心为她真诚爱慕的郎君殉节，情、义、难、哀、怨都化为一江春水，伴随她还年轻的生命，随风而逝，岂不哀哉！这便是命，三国女性之命，出身门第、丈夫假色、填海真情也令她难以挣脱命运的捆绑，政治的角斗场不相信女性的眼泪。

卷 九

董贵妃

惜分飞

望帝春心啼残阳，宠锦瑟华年伤。哽咽怜君弱，许田射猎愤霍光。
晚风白绫逼挂梁，帝力去兮惊也凰。念牵衣带诏，奈何耶皇叔刘郎。

词 话

　　与伏皇后相比，董贵妃似乎多些巾帼英气，也许是武将家族出生的缘故。愤于汉献帝许田射猎受曹操侮辱，主动献策颁衣带诏，并带着密密情意缝诏于带，宣国舅董承诛讨曹操。按当时的形势加之有马腾、刘备这样的人相助，成功的可能性还是有的，如此历史便会改写。
　　事情败露，董贵妃死得也悲壮，伏皇后为她有孕在身向曹操告饶，不准，董贵妃也仅以全尸相求，大约深知什么样的语言也难打动曹操杀己之心吧，显示了铮铮铁骨。密诏诛敌的故事真真假假历史传闻很多，成功的概率极小，密诏的成败是建立在实力基础上的，诏书仅是提供合法性的一个证明，实力跟不上，诏书不过一纸空文。想后来清末戊戌变法的六君子也想用光绪密诏扳转局面，同样失败，还是败于实力悬殊。尚且年轻，经历简单的汉献帝、伏后和董贵妃不懂此道情有可原，身经百战的董承知此道而寻机会、积力量是有道理的，但拖得时间太长了，应知密诏是双刃剑，一旦暴露，便引杀身之祸，长期握在手上，引而不发，就好似拿着随时翻转的生死牌，还会祸及贵妃、皇帝。至于董承妾奴事件暴露，更为荒唐可笑了，天大事竟败于宵小叛逆之徒，枉负了汉献帝、董贵妃的殷殷期望。
　　两次密诏是汉献帝颁发的，受死刑遭惩罚的是后、妃，汉献帝的生命却安然无恙，这是曹操的狡猾之处。汉献帝似乎对笼络女人的心很有一套，身为深宫软禁无权的皇帝，伏后、董贵妃对他均很忠诚，为他甘愿献出生命。后曹操的女儿为皇后，也是如此，在汉魏禅让这件事上，坚定地站在汉献帝这一边。山阳公有道，存之公道，只是自身图存，弱女子为他牺牲。

甘、糜二夫人

武陵春

春华时节逢使君,矜矜杨柳青。离离颠沛侬不怨,伤别也为君。
青梅结籽梦吞斗,青云好风凭。并蒂相护姐妹花,灿灿织蜀锦。

词 话

刘备这个人,按迷信的说法,大概是克妇的,史说"数丧嫡室",更可悲的是这些丧命的嫡室绝大部分连名字都没留下。《三国演义》记载的,除孙权皇妹孙尚香,仅有甘、糜二夫人和吴皇后,除吴皇后跟着享了几年皇后福外,其余命运都很惨。

甘、糜二夫人都是刘备在徐州纳的,糜夫人纳于徐州,是当地大户糜家的大小姐,糜竺、糜芳是其兄长。甘夫人纳于小沛,野史传是当地最著名的美人,最特别之处,皮肤近似洁白羊脂玉,刘备经常让她裸体而卧,举灯欣赏,不管真假,十分漂亮看来是肯定的。战败时,刘备像刘邦一样,自顾逃命,抛下这二夫人与唯一的儿子阿斗,二位夫人随难民流浪,苦算是吃足了,最后都死在乱军之中。小说书写赵云救阿斗一节,将两夫人的死写得极为悲壮,应当符合真情。

刘备不重视二位夫人,两夫人对刘备的忠贞真情苍天可鉴。关羽护两夫人身在曹营,千里走单骑的情节,除展示关老爷忠义昭显日月外,也表现了二夫人心系玄德,不顾个人安危的高贵品质。两人为这位皇叔均奉献了自己的一切,苦没少吃,福没享到,命运远不如嫁个普通人家。糜夫人死没名分,死后什么名号也没捞到,其兄糜芳夷陵之战表现不好,还想依仗国舅身份躲过一死,刘备一样不客气,照斩不误。甘夫人有幸生下小皇帝刘禅,沾儿子的光,死后谥号昭烈皇后,享受与大行皇帝合葬之荣,再陪昭烈皇帝阴间受难去。

　　题外的话：那位名正言顺的吴皇后还是刘皇叔的族弟媳，开始纳入汉中王宫时，连刘备自己都感觉不好意思，法正找了一大堆理由相劝，方才半推半就。曹丕纳的是袁绍儿媳，曹操腐化张绣寡婶，吕布更是夺走义父小妾，那时的风气想来够混乱的，相形之下，赵云拒绝娶八杆子打不着的同族寡嫂，哪怕是绝色美人也不心动，方为真丈夫。

徐庶母

【画堂春】

三娘摔机为课子,孟母心唯子知。不图寸草报春晖,精忠见识。

悔套得诈书伪,空抛得石砚掷。以颈试血诚愚子,赤心天知。

【词 话】

慈母的形象,在古典诗文中不鲜见,著名的有孟母择邻、三娘摔机的故事,故"谁言寸草心,报得三春晖"成为人们对母爱怀念的深情写照。慈与严是同位一体的,慈爱养子,严肃课子是命妇民母守节尚义的职守和追求。徐庶之母的事迹将传统的故事又推进一步,即对已成年子弟如何进行督察和教诲。

明忠义、识大体、辨黑白、守节操是徐庶之母的难能可贵之处。曹操骗她来,礼待有加,她大义凛然,不为所动,拒绝给儿子写信劝降;儿子被骗后,她义正辞严,痛骂斥子,恨子不明、不智、不忠,更是不孝;担心因自己影响儿子的选择,表明对糊涂儿子的最大惩罚,引颈就义,没有丝毫的犹豫和留念,风骨、节操感天地、恸日月。

徐庶比诸葛亮逊色一等,从知母这一点上便见分晓,对自己的母亲,还没有诸葛亮了解,水镜先生判定:徐不去,母存;徐去,母亡。事后证明他的判断准确。孝、情、义倘若不与明与智相结合,往往会成为别人利用的工具,攻破自己的缺口,崇高的理念成为自身的性格弱点,一般人怕是料之不及。有人在分析武松知恩图报、义薄云天的性格因素时,曾提及这一点,而诸葛亮之友的徐元直也犯了这个错误。

三国至孝的人物也有几位,太史慈、姜维,因母嘱而报效他人,谁厚待母亲便赴死为谁服务,有感人之处,但与徐庶之母的观念相比,还差一番境界。

吕布妻严氏

玉楼春

妾无怨颠沛流离,恋夫留貌似贤惠。参军务无知染指,柔情裹误大事去。兵败尽输女儿态,方悟得有识齐女。阴魂悔走白门楼,徘徊痛思侯成语。

词 话

人说一个成功的男人身后都有个伟大的女人,以此仅推,一个失败的男人身后都有个糊涂的女人。失败的吕布身后正有个糊涂的妻子严氏。

知道貂蝉的多,知道严氏的不多。严氏是吕布的正夫人,何时所娶,不得而知,想来跟随吕布也不容易,走南闯北,东奔西走,享过都城温侯府之福,吃过兵败流离颠沛之苦,忍受得貌美郎君招蜂惹蝶之乱。无论何种情况,都没有影响她对吕布的深情厚爱,哪怕将祸水红颜纳为妾,也没有看到严氏的醋意、怨言,相反妻妾相处还算融洽,可见严氏是个贤惠的妻子。

毛病怕也出在这贤惠上,贤惠化为柔情之水要缠人,又加上吕布是个英雄气短、儿女情长的人,红裙钩丝很容易绊住他的脚,平常岁月关系还不大,危难紧急关头便要致命。徐州被围,小沛被困,严氏两次都误了事。兵临城下,用温柔乡锁住吕布,致使他置军机大事于不顾,沉缅酒色之中,弄得陈宫干着急。送女于袁术可换得救兵,本是一招解危妙策,她却枕边谗言,诬陈宫有不轨之心,导致城破君俘,最后白门楼丧命。主要责任当在吕布,但严氏也有脱不了的干系。刘邦、刘备在危难关头,抛妻弃子,虽然受道义上的非议,却不失大英雄的本色,吕布这惺惺儿女状,似乎赞佩的声音也不多。

严氏的行为,验证了女人头发长见识短的传言,也不是所有女人都如此。历史上著名的晋公子重耳流浪期间,下嫁的齐女表现就与严氏不同。她能置个人幸福于度外,一切为了夫君的事业,将灌醉的重耳逐出城外,使之在温柔乡中清醒,去继续复国大业,明知这富贵与自己的命运无关,也在所不惜。嫁刘备的孙尚香也有这种见识,相形之下,严氏确是个见识全无的糊涂虫,因糊涂将夫君送向了断头台。多情君当戒,多情妇当鉴。

吕布死了,曹操还算念些人道,将吕布妻女送往洛阳养起来,貂蝉最后归曹操或许正是因此。严氏的晚年也许在曹操的关照下安定地度过,不知清明祭亡灵,泉下有知的吕布,会做何等感想。

孙翊妻徐夫人

采桑子

女子有貌夸红颜，霓裳摇曳，才止丝弦。世罕掣云手补天。

吴媳丹阳智勇冠，擂鼓金门，凤鸣岐山。习《易》巧用周公算。

词 话

有才智的女性被夸赞为"女诸葛"，史上能获此殊荣的女子极少见，东吴孙翊的妻子徐夫人可算上一位。

兵败城破，举家面临灭顶之灾，女子面临的选择或引颈罹难，或以色貌委身于人，苟活延日。徐夫人的选择别有不同，而是临危不乱，用智谋敌，最后智胜强敌，保住了城池，也保全了性命与名誉。

她采用的办法分为四步：第一步虚与委蛇，麻痹敌酋。利用敌酋觊觎自己美貌的心理，表面应承，沉着应对，花言巧语糊弄对方；第二步拖延战术，寻个借口让敌酋欲罢不能，欲去不舍，向往去吃这挂在嘴边的胡萝卜；第三步阴结同僚，密设歼敌大策，在敌人失去警惕的情况下，串连死党，窥测时机；第四步，成竹在胸，创造条件将敌人一网打尽。整个的部署环环相扣，密不透风，滴水不漏。当敌酋陶醉在城池美人兼而得之的美梦之时，合欢宴变成了鸿门宴，人头落地，树倒猢狲散。整个过程筹谋得天衣无缝，取得完胜干净利落，谋划、执行全出于一女子之手，堪称神奇。

史说徐夫人精《易》理，擅术数，历史终于给她一次表现的机会，不然终老妇门，也难知有徐夫人也。想汉时董仲舒重儒教于一尊，妇女从军从此受限，不然，孙权如果用徐夫人领兵为帅，她凭此胆略、此气魄、此智算，可能真的会成就一个"女诸葛"来。后世有梁红玉、红娘子之女杰，被人们津津乐谈，反而淡忘了三国有徐夫人，惜哉。

卷 九

吴国太、乔国老

[行香子]

一个国太,一个国老,春花为媒正巧。周郎妙计,吴侯谋算,将枭雄陷,慈老心,怎能晓?

惺惺新郎,畅畅新娘,冰心玉洁贵人保。公瑾失算,诸葛筹高。鹊桥喜渡,月正圆,花正好。

[词 话]

吴国太是孙权的继母,也是姨母,姐妹俩先后嫁孙坚,孙权对她之尊重可想而知了。嫁刘备的孙尚香正是吴国太的亲生闺女,孙权拿刘备、诸葛亮无奈,听从周瑜的建议,竟然以自己的妹妹为诱饵,事前还未征求吴国太的意见,照理说于礼法上也说不过去。

以妹许嫁刘备,然后又设计杀刘备,全然不顾妹妹的名誉,孙权、周瑜干这事,确实端不上台面。诸葛亮深知人情世故,交付赵云的锦囊妙计,由拜乔国老将消息报知吴国太,辈长荣尊的吴国太岂能容得?方才有了《甘露寺》这场亦庄亦谐的妙剧,让周郎的妙计落了空,刘备将计就计当了新郎。吴国太、乔国老这两位元老级人物的形象也活脱脱展现在人们眼前。一部长篇,需张需弛;反映生活的容量,大而包容;情节、风格庄谐错致,方为佳作。刚写完赤壁之战,剑拔弩张,读者的神经已绷紧了,要来点轻松的小夜曲,舒缓舒缓,刘备招亲正达到这种效果。武将厮杀,文士谋划,面孔都板得庄重严肃,有吴国太、乔国老这两个慈祥和蔼的老人插科打诨一番,添些喜剧效果,妙不可言。特别是甘露寺那个场面,吴国太倚老卖老,要杀吕范、贾华,骂孙权、周瑜,哭孙坚、孙策,真真假假,嬉笑怒骂,令人拍案叫绝,给这么严肃的一部政治小说增添了诸多生活情趣、清凉风格。这段情节与刘备三顾茅庐所遇诸葛亮之友、岳父黄承彦，弟弟诸葛均的对话、独白，都是古典小说不可多得的精彩篇章。

笑一笑，十年少，引起这笑话的始作俑者是周瑜，助其成者是诸葛亮，两位大师潜于幕后，前台表演的是两位可爱的老太老头，还有坐享其成的老新郎刘备。

卷 九

夏侯令女

[秋蕊香]

莫笑愚钝守节，毁容割鼻堪烈。覆巢之下保完卵，志也感名利客。视妻如衣三国说，夸豪杰。贞洁牌坊女独刻，须眉让巾帼悦。

[词　话]

　　动物世界称王争霸恃仗武力，弱肉强食称为"丛林法则"，人类社会纷争角斗除沿循丛林法则外，更多些奸诈技巧，"忽悠"也成了一大手段，对敌手忽悠，对同盟者忽悠，对群下忽悠，千百年中国封建社会，男子汉当权，对女性也大忽悠。男子可以三妻四妾，为人主为人范的皇家允许三宫六院七十二妃，忽悠女子从一而终，遵循三从四德的规范，以冷冰冰的贞节牌坊忽悠女性弃自己的幸福追求，用虚无缥缈的谎言编织美丽的花环，使女性心甘情愿地为男性戴上心灵的桎梏。夏侯令女即为一例。

　　这个可怜的女人精神感人，行为太凄惨，恐怕世间少存。到现在连个名字都未留下，只记她是夏侯令之女，曹爽从弟文叔之妻，早寡无子，父亲让她改嫁，该女子割耳自誓。待到曹爽被诛时，满门抄斩，也许因父亲站对了队的关系，她幸免未死，又劝她改嫁，她又自己割去鼻子。一个人，还是个弱女子，自己拿刀割去自己的耳朵，断了自己的鼻子，要有多大的勇气与狠劲，要忍受多大的人生痛苦！没人逼迫与诱惑，仅为守护无希望无结局的节义观念，让世人颤栗，令男子汗颜。当然，她第二次拒绝再嫁，说的话令人敬佩："仁者不以盛衰改节，义者不以存亡易心。"曹家兴盛时我都这样做的，曹家灭亡了我改变志向，与禽兽何异呢？这番话，应当使那些趋炎附势的势利之徒脸红心跳。

那时，还未有贞节牌坊一说，不然，男人们该给她树个大大的牌坊，去忽悠更多的女人。幸连司马懿都感动了，批准她"乞子以养"，还可以为曹氏后裔，算是为保曹家香火立了大功。甄氏再嫁可以为大魏皇后，魏氏再嫁可以为大蜀皇后，夏侯女面对母仪天下的人物未守节而风光无限，怎么竟然想不开呢？还做此种惨烈自残之举，壮乎？悲乎？愚乎？

卷 九

蔡夫人、刘琮

> **夜游宫**
>
> 信契约知荆州，谁想荆州变青州。更难料途杀不归路。君知否？子莫哭，娘糊涂。
>
> 娘亲蔡家贵，多仗威威河东吼。作茧自缚谁能佑？不读史，王非刘，天下诛。

> **词 话**

有一种愚蠢，称精明的愚蠢，小事精，大事蠢；眼前精，长远蠢；蝇头小利精，大盘狂赌蠢；对内精，对外蠢；处亲者精，处远者蠢；始者精，终者蠢。刘表的继室蔡夫人即为这种蠢女人。再加上对她附首帖耳的傻儿子刘琮，精明地算计来算计去，将刘表在荆州创下的基业乖乖地送给曹操，又被曹操玩弄得团团转，先送了当水军都督的兄弟的命，又送了自己和她的儿子的命，人生的资本输了个干干净净。

蔡夫人的蠢与小家子的精算连在一起，小聪明和大愚蠢成为一枚硬币的两面。荆州重地，军家必争。刘表之后，何去何从，表面上的繁华掩盖着存亡的危机，这点明白人都看得很清楚。蔡夫人却不清楚，还在利用自己的得宠，玩弄家庭妇女的小手段，唆使刘表废长立幼，企图将自己的儿子推上去，全然不知自己的儿子和自己有没有本事揽这个瓷器活，一招招算计得精明成功，正是一步步将儿子和自己推向灭亡的悬崖。

蔡夫人的蠢还与蛮横连在一起。蠢与自以为是从来都是孪生兄弟，唯我独大，唯我独尊，因从门缝看人，以管窥天，人是扁的，天是小的，自己站在方寸土地上，自视是一整个世界的王，别人都应俯首称臣，便忘乎所以，专横跋扈。她依仗能刮刘表的枕头风，刘备不放在眼里，刘琦不放在眼里，东吴不放在眼里，荆州名士重僚也不放在眼里，一有机会，便要小伎俩坑人害人，使自己的傻瓜儿子失去有本事人的辅佐，得罪不该得罪的人，招风惹怨，四面树敌。

蔡夫人的蠢还与敌友不分连在一起。刘琮是亲，她视为仇；刘备为友，她视为敌；曹操乃大敌，她崇为尊。她从未设法拉枭雄刘备站在儿子一边，佐助荆州自立大业；她将与刘琮的家庭内斗视为最大的斗争，忽略了曹操、孙权时时都虎狼般地寻机吞食荆州。内战内行，外战外行，视敌为友，视友为敌。试想，即或刘备佐刘琦取得荆州统治权，她与儿子们也不会失去富贵和安定的生活，投降曹操能得到什么呢？将自己往虎狼口中送，有什么好果子吃呢？

蔡夫人的蠢还与易被骗连在一起，不分析、判断曹操为人处世的风格，不想想曹操宁负天下人的性格特点，轻易地相信投降曹操后，曹操能兑现让刘琮为荆州之主的诺言。一旦大局乃定，兵权交与阿瞒，谋臣武将寻到新主子，她与儿子便没有了使用价值，主使荆州变成了青州，被曹操大大地幽默了一把。这还不算，青州也没去成，半途母子被曹操派人追杀，倒应了《红楼梦》那句名言：机关算尽太聪明，反误了卿卿性命。蠢人之精，不正如这种人吗？世人当吸取蔡夫人的教训。

卷 十

诸葛瞻、诸葛尚

惜琼花

蜀山翠,都江流,悲叶哭绵竹,杜宇啼秋。武侯回眸也笑慰,精忠有继,承续风骨。

马蹄急,渔阳鼓,难守《诫子书》,挥槊血涂。国难但抛淡泊训,八卦失传,悔父未授。

词 话

诸葛亮不仅治国有能,而且教子有方,将这两点都做到,还真不容易。他留下的著名短文《诫子书》,从广学、明志、守静、淡泊等方面殷殷教子,言简意深,是难得的教子经。死后给子孙留下什么,惦念追求什么,最能反映一个人的品质和风范,诸葛亮死前给后主上表:成都有桑八百株,薄田四十五顷,子孙衣食,自有余饶。至于臣在外任,无别调度,随身衣物,悉仰于官,不别治生,以长尺寸。若臣死之日,不使内有余帛,外有赢财,以示陛下。清廉如此,家风如此,可见一斑。

诸葛亮有两个儿子,一个是亲生的,一个是从兄长诸葛瑾处抱养的。早年还没有孩子时,诸葛瑾将自己的二儿子诸葛乔过继于他。诸葛乔成年后,没有在成都享安宁温柔,而是像许多高官子弟一样在前线服务,诸葛亮安排他带领几百官兵在山谷中传送物资,大概有锻炼之意。诸葛乔二十五岁便死了,遗下的儿子诸葛攀在蜀也当上了将军。后来诸葛瑾一支因诸葛恪株连断了嗣,诸葛攀又复归诸葛瑾以续香火,诸葛乔便不再算诸葛亮的儿子了。

诸葛亮亲生的儿子是诸葛瞻，很聪明，诸葛亮给大哥的书信中曾说："瞻今已八岁，聪慧可爱，嫌其早成，恐不为重器也。"这是一个爱子、知子的父执之言。诸葛瞻的聪慧早熟与诸葛恪相似，他所处的环境还要优越于诸葛恪，却没有诸葛恪那样骄横恃宠，跋扈惹祸，与诸葛亮的教育分不开。爱子的诸葛亮对儿子的判断也很准确，诸葛瞻十七岁便"尚公主，拜骑都尉"。后来官一直做到尚书仆射，加军师将军，几乎与诸葛亮做得差不多大。但没见什么了不起的事功，只知他"工书画、强识念"，是位显尊荣的官二代，而不是国之重器。证明诸葛亮从小对他的判断是准确的。绵竹之战，父子为国捐躯，其忠贞英烈，告慰诸葛武侯在天之灵。可惜未承继父亲那身本事，国难当头，可以身显义，却不能以才匡危，这也是诸葛亮的遗憾吧。

诸葛瞻有两个儿子——诸葛尚和诸葛京，诸葛尚随父亲在绵竹牺牲了。蜀亡后，诸葛京内移河东避难，晋初司马炎下诏搜寻诸葛亮的后代，诸葛京先署吏，后郡令。当尚书仆射的山涛向皇帝推荐，补诸葛京为东宫舍人，后官居江州刺史。诸葛京长于乱世之秋，隐遁民间，坚持操守，已属不易，任官勤勉，政声尚好，虽未显达王侯，清白平安善终也算没有辜负祖上期念。

刘 谌

女冠子

祖本枭雄,偏悔遇父阿斗。休莫怪,子不认父纲,逆意为惭羞,亲手刃子妻,决然自断头。国破凛然气,冲斗牛。

词 话

刘备的后代,除养子刘封外,亲子有三人——刘禅、刘永、刘理。刘禅为后主,永、理分别封王,蜀亡后东迁洛阳,拜奉车都尉,封为乡侯。

刘禅有七个儿子,太子璿在钟会做乱时,为乱兵所害,老五刘谌自杀身亡。其余五人,随刘禅迁内地,后晋室永嘉大乱,均死于动乱,子孙近于绝灭。唯独有刘永的孙子刘玄奔回蜀地,算是留下一支香火,史传没了消息,大概又回到编草鞋的队伍里了吧。

在孙子辈中,继承刘备枭雄气概的唯有北地王刘谌,魏军兵临城下时,刘谌力主战,未被采纳,交出印后,回王府先杀妻子,后拔剑自杀。比起那几位兄弟和父亲刘禅来,为俘迁内地,苟活了一些时日,留下一些耻辱和笑柄,刘谌杀身成仁,堪为忠烈。杀子杀妻,虽然残酷了些,省得后来在晋乱中死得不明不白,应算幸运。君子之泽,三世而斩,曹操、刘备、孙权都未摆脱这种宿命。现昭烈祠将其作为英烈,塑像立于刘备之侧,这里已没有刘禅的位置了。

刘 琦

海棠月

自古父王多重色，信谗宠幼废立长。蛾眉生妒，风折柔藤枯宫墙。沙丘变扶苏伤。

信有抽梯孔明救，难敌秋后霜。方知公子非重耳，变天寒浅草黄。

词 话

刘表之死的情景，几近秦始皇之死的翻版，大公子在外，宠妇幼子在身边，传话继位的是刘琮，谁能知道遗言的真假呢？

不过刘琦也不是个能继承荆州事业的人物，无论是他的才能还是身体状况。母早死，继母忌恨，父亲疏远，担心长子继位岌岌可危，甚至生命朝不保夕；又乏英雄胆气，长期的忧虑早将身体透支了，再加上沉迷酒色，正如曹操所言，"豚犬耳"。诸葛亮给支的招，在外带兵保了命，却没有晋公子重耳的大志和能量，父亡前回来探视，连面都见不到，只能在城外大哭一场而返，想来也是惨的。

后来带江夏之兵助刘备、孙权打败曹操，夺回荆州，已是一具枯骨，他所起到的作用，仅是刘备的一面招牌，短暂而逝。刘景升英雄一世，所创立的家业付之东流，子孙还因此遭厄运。想这种传家宫斗的把戏，不仅宫廷如此，官宦如此，富翁也大致如此，几千年长演不衰。豚犬任人宰割，虎狼残暴吃人，胜者只是推延自己灭亡的时日而已，悲剧之前先演几出喜剧、闹剧，如曹操、如孙权，最后终归豚犬辈子孙败去家业，若思其理，刘琦也就不足为奇了。

卷 十

袁尚、袁谭、袁熙、高干

〖四和香〗

叹悲但见袁家子，途穷醒悟迟。阋墙互刃不念亲，折干无依枝。教子莫夸马上武，本初后亦思。亲视仇仇亦快，郭嘉言三味知。

〖词 话〗

　　父辈都盼儿辈有本事，这本事也是双刃剑。隋炀帝杨广有本事，杀兄杀父，迫不及待登大位；李世民有本事，玄武门之变杀兄杀弟，逼父亲当太上皇。袁绍的三个儿子和一个外甥也有本事，挺枪跃马，统兵率众，能当一面，袁绍死后，这几个与曹操数次对阵周旋，坚持好几年，没有几手还真不行。

　　袁氏兄弟之败不仅仅败在技不如人上，更重要的是败在内斗上，读史看这一段，兄弟猜忌、互斗，打打停停，合合分分，认敌为友，借敌攻己，令人眼花缭乱，也令人心酸，兄弟拔刀血刃如此，袁氏是该败了。造成这种局面，袁绍恐怕要负很大责任，他与袁术兄弟之间的关系便没有给后代树立好榜样。在接班传位这件事上，又破坏了立嫡长子的规矩，为后来的纷争埋下了祸根。兄弟几人，特别是袁谭和袁尚，本事一个比一个大，野心也一个比一个大，本事加上野心，为一己之利又全然不顾礼仪忍让、骨肉至亲，斗起来没完没了，把自己人往死里整，比对外人下手还狠毒。

　　在这方面，袁绍那位继夫人刘氏怕也没起好作用。她得宠于袁绍，袁绍喜欢幼子袁尚，起意废长立幼，肯定与她有很大关系。袁绍死后，她竟然狠毒地将袁绍的五个小妾都杀了，还将其脸面戳烂，说不让她们在黄泉路上被袁绍认出来。袁尚帮助母亲杀了这五个小妾的家人。政治世家，传承的有大志、野心、才干，也传承不计一切的歹毒，为达目的，无所顾忌，互相残杀，家族内斗。

　　袁氏兄弟的内斗不仁不义，也不明不智。父亲刚死，正需要携手应对，精诚团结，马上兵戎相见，助推了袁氏集团的分崩。照理说，兄弟即或争斗，也应待等打败曹操，袁氏得天下之后，面对强敌，前途未卜，合则犹胜负难料，分则势单力孤，自我毁灭。真不知袁绍这几个没出息的儿子是怎么想的，围绕他们身边的那几个谋士是怎么出主意的。看明白这场戏的反而是敌对阵营的郭嘉。曹操采纳了郭嘉的建言，打打停停，拉拉打打，助其互斗，观其互残，各个击破，终获全胜。袁氏最后几人没有一个能够活命。那位挑起事端责任之大的刘氏夫人，还将儿媳献与曹丕，以保全生命富贵。袁绍倘若看到这一幕，不知作何感想，早知如此，还不如让儿子像刘备儿子刘禅那样没多大本事。阿斗虽愚，其心尚善，刘理、刘永兄弟平安无事。望子宁愿他是平安的"虫"，也不愿他是争斗的"龙"，如果还是厮杀打斗的"虫"就更可悲了。

关平、关兴、张苞

明月棹孤舟

死心塌地随君走,鼓角声里共春秋。生虽非父,慈也超父,水火天共荣辱。

冲锋当先马前将,扎营俯首帐下卒。走同麦城,俘共麦城,刑场别陪斩首。

荆州亭

莫说侯门纨绔,战地二代风流。关张笑玄德,生子羞惭阿斗。

麦城伴父堪烈,横刀复得血仇。战地黄花灿,缀点蜀地暮秋。

词 话

作为大英雄关羽、张飞的后代,关平、关兴、张苞均未玷污父辈。特别是关平,他是关羽的螟蛉子。由此想,刘、关、张当初实属不易,年近半百时,还没混到一个地盘,生活不稳定,连个儿子都没有,刘、关分别收养了一个儿子。关平与刘备的义子刘封不同,对关羽事父以忠,肝胆日月,冲锋陷阵鞍前马后,生死与共。如今的戏剧舞台,跟随关老爷身后,总有执鞭的关平、扛大刀的周仓这两个人。特别感人的是失荆州、走麦城后,关羽面临众叛亲离、身陷绝境之时,安排关平去成都送信,以保关平的生命,关平却拒绝父亲的好意,甘愿随父引颈就义。

关兴和张苞本是文吏,官二代的身份使他们年纪轻轻就有了官位,都随诸葛亮在军中效劳,由此想诸葛亮的儿子诸葛乔也在军中服务,是否那时候蜀有高官子弟均需上前线效力的规定?未查存疑。但至少从诸葛亮、关羽、张飞的后人都在前线效力这一点看，有此规定是可能的。《三国演义》将关兴、张苞写成撑起蜀国武备的半边天，活脱脱似当年的关羽、张飞，这是景仰关、张的神话。正像京剧有一出《战关索》一样，编造了一个关索，还武场招亲，都是对关老爷情深意长的想象。关兴、张苞均未见多大事功，寿命都不长，关兴死后，儿子关统继嗣，官至虎贲中郎将，还娶了公主，没有孩子便死了，由关兴的庶子关彝继封。后来蜀亡时，被关羽所杀的魏将庞德之子庞会随钟会伐蜀，灭了关氏全家，关羽之后便灭绝了。

　　张苞很年轻便死了，由弟张绍继嗣，张绍官做到侍中尚书仆射。张苞的儿子张遵也官居尚书，随诸葛瞻在绵竹战死，也算为张飞争气。张飞的两个女儿先后为刘禅皇后，大女儿早死，二女儿随刘禅迁洛阳，想来应寿终正寝吧。题外的话，刘禅迁洛阳后，司马炎大概嫌他带来的宫妃宫女太多吧，诏令以蜀宫人配诸将无妻者，有个李昭仪还抗拒自杀，为史所载。

卷 十

夏侯楙

锦堂春

父英雄子非英雄，同夏侯分龙虫。刀无情岂认驸马，硝烟迷花骢。
父创业彪悍风，子尊荣稀释血统。捉放不罕武侯意，驱雀网鲲鹏。

词　话

夏侯楙是独眼英雄夏侯惇的儿子，龙子虎崽不一定都是英雄，夏侯楙的身上体现了二代成虫的特征。出身豪门，又与曹丕相善，官当得不小，甚至接续夏侯渊都督关中，还是曹操女儿清河公主的驸马爷。他是个志大才疏、纨绔习性不改的人，史书载"性无武略"却担当了都督重任，在前线仍多蓄伎妾。《三国演义》中有被诸葛亮活捉又放还的故事，是文学创作，但他本事不大，不太称职可能是真实的。明帝继位后，便将他从前线调回，在朝中当个闲官，再也未见他有什么大的作为。一代为龙，二代为虫，曹氏、夏侯氏的二代有出息的极少，唯有个夏侯霸有些本事，后来还被逼投了蜀。

诸葛亮以夏侯楙换姜维的故事是虚拟的，可夏侯楙倒也有一件真实的趣事：他在外玩女人，惹得清河公主不满，两人常闹矛盾，被他的两个弟弟钻了空子。他的这些弟弟们大约胡闹得太厉害了，他这当哥哥的常责罚他们，便引起弟弟不满，有两个弟弟联合清河公主向皇上告他的黑状，不知告的是什么，引起明帝大怒，动起要杀他的念头。还是一位官员在明帝面前为他开脱，判断有可能是清河公主的报复手段，看在夏侯惇将军的面上，也不能杀他，这才让夏侯楙侥幸保住了脑袋。这些公子王孙这般胡闹，可见一代不如一代，三代掌权的曹魏集团从根子上腐烂了，司马氏则生机勃勃逐渐代替曹魏，冰冻三尺，非一日之寒啊！

曹昂、曹彰

误佳期

随军征健儿郎，黄金甲白马将。冲锋陷阵发未损，救驾红锦帐。
世论叔枭雄，风流甚荒唐。颠凤引火误典韦，长恨佳儿殇。

贺圣朝

煮酒共论天下雄，子裔龙或虫？比羞使君螟蛉子，黄髭儿尚勇。
统得千军，哪敌宫算，弄术还看兄，空有得千钧蛮力，叹花谢花红。

词 话

曹操妻妾多，孩子也多，女孩不算，男孩就有二十五个。一般人熟知曹丕、曹植，《三国演义》还详写了曹昂、曹彰，其余的少知其名。只有两个例外的，一个是《曹冲称象》中的少年天才曹冲，另一个是《赠白马王彪》中借诗知名的曹彪。

曹昂和曹彰是随曹操征战的武将，武艺都不错。曹昂在征张绣时，与曹操换白马骑牺牲了，算是以生命尽了孝道。曹彰从小便不喜欢读书，喜爱练武，臂力过人，能手格猛虎。以后领兵打仗，身先士卒，冲锋在前，以勇力和建功深得曹操喜爱。曹操临咽气前，想见一见曹彰，曹彰接命还未赶到洛阳，曹操便咽气了，这引起人们诸多猜想，不知曹操临终前要对曹彰说什么话。笔者猜测：太子已立数年，以曹操这个政治家的老练，不会再在接班人问题上有什么变化，估计是对曹彰手握重兵和鲁莽的性格不放心，敲打安抚一下而已。

有史说，曹彰是有异志的，他来看望临终的父亲，不是单骑入京，而是带了几万人的部队，弄得曹丕都很惊慌。还好听说父亲已死，没搞什么动作。他见到曹植，私下对话，父亲要召见我，恐怕是要立你当皇帝的。曹植连忙打断他的话，连说不可不可，没见袁氏兄弟的结局吗？曹彰这才打住。准备宫中有变，可能是曹彰带兵入京的动机，也不排除他故意挑拨曹植与曹丕的关系，想浑水摸鱼。曹彰在封地这块小天地里，朝中大臣也知趣，路过他的封地，都匆匆而过，避免逗留。以这样的做派行事，估计说他好话的不会多，又加上曹丕对两位亲兄弟猜疑心重，不会容他这样长久下去了。黄初四年，曹彰入京朝会暴毙，有人说是被毒死的，有人说是被气死的，反正曹丕都脱不了干系，因曹彰死时太年轻了。

  从曹丕的角度说，他初当这个皇帝也真不容易。曹操死时，有二十多位兄弟在世，有众多姐妹和她们驸马的家族，还有喜欢两个不安分弟弟的母亲，形势复杂，但还是让他摆平了，并且没有像秦朝传二世那样大动干戈。

孙亮、孙皓

〔渔父〕

深宫乐荒废文武，空识得鼠粪蜜嗅。权臣意，喜木偶，黄龙椅聪明谈。

已忘得汉献蒙羞，怎指望国戚复仇？事甚急，谋不密，小儿戏又从头。

〔长相思〕

荻风咽，飘孤帆，回望江东锁云烟，鸥逐飞江天。

南国事，西陵演，孙家未教后主诗，望春水无言。

〔词　话〕

孙权之后，吴又经历了三个皇帝，孙亮、孙休、孙皓。孙亮、孙休在位时权臣专权，孙皓在位暴政施横，朝政一改孙权时期的上下协力、君臣同心，逐渐走下坡路。

祸根还是在交班问题上引起的，孙权本来立下了长子孙和为太子，但偏爱小儿子孙亮。女儿全公主有不轨之心，将自己的女儿嫁给了弟弟，再帮助孙亮拱下太子，推孙亮为太子接班人，全公主既是皇帝的姐姐，又是皇帝的岳母，荒唐混乱至此。

朝政先由诸葛恪专政，后孙峻、孙綝诛杀诸葛恪又专政，孙亮不过是权臣玩来玩去的傀儡皇帝。他不甘心当傀儡皇帝，秘密选三千士卒在宫中训练，可还没待他动手，孙綝已先下手废了他。这位十六岁的短命皇帝仅留下一段断案逸闻于世：黄门从中藏取的蜜里有老鼠屎，黄门与藏吏互相推诿责任，孙亮一眼看出是黄门捣的鬼，分析说如果是藏吏事前放进去的，老鼠屎应当里外都是湿的，而这老鼠屎内燥外湿，可见是黄门后放进去的。一问，果然如此，于是众臣赞少皇英明，史说也由此判孙亮聪慧。光有这点小聪明是不行的，他还是半道被权臣换马了。

再接任的是孙休，他是孙权的第六个儿子。他上任有点汉文帝当年入宫的情景，初听这消息颇为吃惊，留下迎使，住了两天才成行；走走停停，以观形势，进宫后，三辞三让。孙休在任，可书的一件大事便是诛死权臣孙綝，朝政还算平静。只是孙休突然而死，死前口不能言，指身边的儿子告诉大臣，有托孤之意，死时才三十岁。

手下的大臣并没有按孙休的意愿办，而是迎立了孙皓当皇帝。孙皓是孙权的长门嫡孙，他的父亲便是废太子孙和。长期的磨难经历和心情压抑致使他心智格外成熟，刚上任，一出手的几招，深获民心，人称为明主，可干着干着就不靠谱了。史载"粗暴骄盈，多忌讳，好酒色，大小失望"。他杀了当初主张迎立他的大臣，又杀前皇后、皇子，恣意胡为，众臣心惮。他用刑苛峻，剥人皮、砍人足这样的刑罚经常用。他还发明了一种酒后审查的把戏，宴会群臣时，要求不醉不休，安排十几个不喝酒的黄门在旁伺候监察，醉后让大家奏事，谈自己的心里话，对朝事有什么意见？自己私下犯了什么错误？别的大臣有什么毛病？酒后吐了真言的大臣因此被杀头、流放、撤办的不在少数。

孙皓在位，倒是没有权臣专权了，任由他胡来，一直将东吴败亡，这样一个蛮霸的人，兵临城下时倒也识相，举手投降。内迁洛阳，被晋室封为归命侯，不久便死去了，年仅四十二岁。斯人归命，为东吴灭亡归命，也为王朝更迭归命。

曹芳、曹髦、曹奂

〔望江怨〕

别金阙，因果祸报方思得，涕泣何悲切。
罗衫手诏衣带血，似曾识，昔日汉宫烛，今夜魏宫月。

〔斗百花〕

醉眼迷迷狂蝶，敢斗百花春色。飞腾舞爪翩翩，头颅血洒空得。莫笑君迂，木偶牵线不甘，脱茧出孤注掷，虽死血亦热。
贵乡公足，本无愿望皇阙。司马昭心，高枝挂捞明月。曹裔有性，岂长屈潜龙爪，斗不惧司马裂。

〔淡黄柳〕

东风昔日，今朝陌上柳，絮飞白花禅让台，乐重来礼依旧，尽朝欢呼伊人愁。
但待宴，孙皓刘禅侯。歌舞在，金樽有，贺晋主万岁三叩首。不思祖宗，谈英雄事，问笑艄公樵夫。

〔词　话〕

曹操之后，曹丕、曹睿还算争气，曹睿之后，子孙们便不争气了，曹芳、曹髦、曹奂三个小皇帝，一个被废，一个被杀，一个禅让，都是年纪轻轻告别了皇位。

曹睿死得早，没有儿子，找了个不知从哪里来的野小子养在宫里，立为太子，便是曹芳。这小子好像与司马懿很有感情，几岁时，随曹睿见司马懿，喜欢玩司马懿的长胡子，曹睿托孤司马懿，也较放心。经历曹爽之变，司马懿、司马师先后去世，司马昭当政，曹芳渐渐也大了，玩心未改，并且越玩越过分，后宫荒淫无度，妃子宫女同闹嬉戏，惹得太后、司马昭都不高兴。司马昭便联合太后，废了曹芳。诏书是太后下的，从诏书看，曹芳的确恶贯满盈，荒唐到竟然举箭射太后，还企图毒杀太后，当然，这里面肯定有夸大其词的成分，嬉闹得过分，估计是真实的。

谁来当皇帝？太后与司马昭意见不同，司马昭推荐的人选是太后的叔辈，太后当然不干，以明帝将绝嗣给挡了回去，自己提出的人选便是曹髦。司马昭也同意了，让太后从曹芳手中取皇印，交付给曹髦。太后的举动戏中有戏，先是当着曹芳、司马昭的面不取，自己派人从曹芳手中取，司马昭派人来取皇印不给，自己当面交给曹髦。这显示出那时太后还有三分说话的分量，霸道的司马昭也不得不随着她。

曹髦本可成为不错的皇帝，喜欢读书，还经常与大臣讲经议典，只是性格太躁急了些，年轻气盛，又不知天高地厚，不满司马昭的专权，轻率地对大权在握的司马昭动了杀心。要杀也应策划好，引司马昭来皇宫杀，可他却性之所至，怒发冲冠，拉宫中的喽啰公开去晋王府杀司马昭，岂不知这边人还没出宫，身边的人已报告给了司马昭，"御驾亲征"的队伍出宫便被拦住。还别说，曹髦真有气魄，一声号令，阻拦的队伍便鸟兽散了，估计这更激发了他皇权必胜的信心。半道上，与贾充带来的司马氏心腹队伍相遇，形势便不同了，曹髦看大势已去，倒还不算孬种，亲自拔剑叱喝，开始真弄得拦截的队伍手足无措，毕竟是皇帝，谁敢弑君。狡猾的贾充大言凿凿，自己却不动手，命令一个叫成济的傻瓜，去杀曹髦。曹髦这时也奇怪，命令身边的护仗放下仗，自己挥刀上前，是以为成济不敢杀他呢，还是知势已去引颈去死呢？得到贾充的命令后，成济便拔剑刺死了曹髦。消息传到司马昭那里，连司马昭都慌了神，毕竟是弑君，舆论上不好交代，最后还是将成济当成替罪羊，斩首以谢天下。

曹髦死了，又找来曹奂，这次是司马昭找的，太后大约被曹髦之死吓怕了，又加上曹髦在出宫去杀司马昭之前，特地向太后当面做了汇报，太后没阻拦，说不定还被认为是同谋。司马昭也没追究，但小皇帝曹奂和这个太后从此俯首帖耳,任凭司马昭摆布,直到司马炎逼其禅让,魏宫的戏便结束了。

　　曹操起事、创业,开辟曹魏江山颇多戏剧性,料不到王朝的落幕也有这么多戏剧性。开场的是喜剧,收场的是悲剧,也是闹剧,三通锣鼓,大幕即落,晋王朝的戏又等待开场了。

后 记

这是笔者继《红楼人物癸巳诗》和《水浒人物甲午曲》之后，读中国古典四大名著后的第三本书。用诗、词、曲、谣的形式，表达自己读四部古典小说的感悟，本是一时兴趣，没想到三年完成了三本，虽有诸多遗憾，但还是很庆幸的。这三本名著是写人间的书，诗词曲流传也多些，《西游记》是写神界、魔界的书，谣也更为空灵，看何时迸发灵感，再实现那个夙愿吧。

俗语有：老不看《三国》，少不看《水浒》，忆及自己读书的经历，是少看《水浒》，老时不屑看；《三国》是少也看，老亦看，少时看故事，老时看人物，少时看热闹，老时看名堂。俗语说《三国》多权谋，老看乱心也，其实《三国》不仅仅讲权谋，它人物之多，跨时之长，画面之广，堪称一幅历史画卷。其本身是由史志脱胎而成的，可以说是一部艺术化的断代史。结合史志看《三国》，追溯其来龙去脉，琢磨小说的删减加工，读者会看到封建社会兴亡更替的一段社会全学图，各种人物在这大潮涌动中或沉或浮，使人产生启示和联想。词吟《三国》中的二百多个人物，对我来说，是一件不小的工程，不论水平如何，总体是完成了。考虑到词这种形式太小众，又自感词吟后意犹未尽，于是画蛇添足，每个人物后又添上一段词话。有感而发，念起落笔，不拘形式，不论长短，似有些不伦不类，解语乎？随笔乎？史论乎？信马由缰，便也不去顾及了，由读者评判吧。

词吟的人物，大都不拘于小说，其中掺杂史志、野史，甚或自己的评判、猜测，博读者诸君读《三国》时乐乐而已，倘有一二助君感悟、略思之处，便可告慰了。主观想书中人物尽可写完，写完后校阅发现仍有遗漏，如吕蒙、蒋琬、费祎等，日后择机再补写。中国画报出版社史文良女史为此书出版付出辛劳，特别是添加这么多幅人物插图，给书添色多多，并有董昭礼先生为此书题写书名，在此一并致谢！

谢德新
2016年4月于北京